A.D.

Ander werk van Gustaaf Peek

Armin (roman, 2006)
Dover (roman, 2008)
Ik was Amerika (roman, 2010) BNG Nieuwe Literatuurprijs,
F. Bordewijk-prijs
Godin, held (roman, 2014)
Verzet! Pleidooi voor communisme (pamflet, 2017)

Gustaaf Peek

A.D.

Amsterdam · Antwerpen
Em. Querido's Uitgeverij BV
2021

Deze uitgave kwam tot stand door bemiddeling van
Sebes & Bisseling Agency te Amsterdam.

Omslag Brigitte Slangen
Omslagbeeld Jan de Bisschop, Rijksmuseum, Amsterdam
Foto auteur Maya Hermes

ISBN 978 90 214 2844 4 / NUR 301
www.querido.nl

Dit boek is voor D. & E.

quam multae glomerantur aves, ubi frigidus annus
trans pontum fugat et terris immitit apricis.
stabant orantes primi transmittere cursum
tendebantque manus ripae ulterioris amore.

– Vergilius, *Aeneis,* boek VI

I

Het kleinste mes aan boord, iemand wist nog dat het van die jonge Deen was geweest, Anders, die z'n lange haren soms in een vlecht droeg en zelfs op wacht z'n partijdig gevijlde dobbelstenen tevoorschijn trok, verdwijnt in de open mond, tranen van de pijn en het geforceerde gapen glanzen op de wangen van de kermende bottelier, tot de punt iets bereikt wat zo'n geweldige gil wakker steekt dat zelfs de maats in het galjoen van schrik naar de balken grijpen om niet met bevuild kruis door het gat in de blinde golven te verdwijnen. De bottelier gebaart dat het mes eruit moet, het lijkt op vechten, maar iedereen ziet dat Jacob eindelijk heeft bereikt waar hij op mikte, de zieke, koppige kies kan hem niet meer ontgaan en hij blijft aan het heft draaien en draaien tot iets uit de bloedrode mond schiet, een held voor de jongens halfhoog in het want, z'n rusteloze voeten vegen de spatten uit over het droge dek.

Aert en Siem klemmen de bottelier op z'n verzoek tussen hen in, hij was bang dat het mes, de vervanger van de tang waar Jacob als eerste mee dreigde, te veel van z'n tong zou afsnijden wanneer hij niet dwingend stilgehouden werd, dus staat hij als een gevangene tussen de jonge maats, ook al voelen ze z'n armen nu wegzakken en moeten ze zich schrap zetten om hem nog rechtop te krijgen. Jacob roept dat ze hem niet moeten laten vallen, maar uit de bottelier lijkt het leven verdwenen en Aert en Siem, de twee jongens uit Gouda die niets uit die stad kunnen opnoemen, vraag maar aan Menno, die daar nog precies kan aanwijzen waar z'n oudere broer, de eerste Willem, onder de hoeven van de hoge zwarte paarden wegraakte, Menno die in Ilha de Mayo als laatste in z'n kuil werd neergelaten, zodat niemand meer kan roepen dat de jongens niet echt uit Gouda komen, grijpen hem gauw om z'n middel, wat een vloek bij Jacob veroorzaakt, de bezetene met bebloed mes in de rode, driftige cirkel, z'n missie is nog niet volbracht, hij schreeuwt Aert en Siem toe dat ze de bottelier stil moeten houden of hij begint na de vervloekte kies aan hun kloten en oren.

Kijk naar me, denkt de provoost. De mannen staan met opzet als een haag rond hun wandaden, altijd die gebogen ruggen, het laffe, gezichtloze wanneer hij arriveert, maar Jacob en vooral Aert steken daar duidelijk boven uit. Kijk naar me, waag het niet om weg te kijken. Hij is al van het bakdek afgedaald, hij kan niet meer verder, tussen de mannen is te dichtbij, ze moeten hem hier opmerken. Hier. Hier.

Weifelend lijkt de bottelier zich met dichte ogen weer op te richten, een wonder, Siem hoopt dat de wind het gekreun van z'n moeite verbergt, terwijl Aert met z'n knieën hun dommelende last op z'n plek vergrendelt. Jacob veegt met een mouw over de openhangende mond, daarna duwt hij het voorhoofd van de bottelier naar achteren, richt hij het mes weer op de nauwe holte, laatste poging, als het niet lukt staat hij net zo goed weer in het dode water bij de pompen.

Aert heeft honger, het extra eten op het eiland moet z'n buik te ruim hebben gemaakt, de schuld van al het geitenvet dat nog dagen z'n vingers bedekte, de bruine saus die hij met z'n tanden op het hout tot de laatste druppel opzoog. Aert voelt de bottelier weer instorten, maar dan is de punt van het mes eindelijk ergens onder geraakt, Jacob voelt het heel duidelijk en roept dat ze niet moeten bewegen, hij wrikt en merkt dat het lemmet meegeeft, dat hij bloed op z'n hemd krijgt, dat hij lacht, dat hij iets lichts voelt landen op zijn tenen. Twee giftig geverfde kiezelstenen op het dek, Jacob knikt naar Aert en Siem dat ze hem kunnen neerlaten, hij maakt zich breed om alle toeschouwers af te houden, zodat de bottelier in zittende houding, met z'n rug tegen het watervat, z'n bewegingloze benen kan strekken. Siem wil zo snel mogelijk van het bloed op z'n onderarmen af, Aert grijnst alleen maar, alsof hij als enige de wilde ontknoping van een grillig verhaal toegefluisterd kreeg.

Achter de mast tuurt Nel, buiten omdat ze binnen machtelozer tegenover het eindeloze deinen lijkt, jaloers op de mannen die het schip even voor het eiland verruilen mochten, het geschenk van roerloze grond, naar de rumoerige kring in de vage verte onder haar, in haar beleving een bijna eenkleurige massa, ledematen lijken in lichamen opgegaan, hoofden vergroeid met hun mutsen, er gebeurt iets, ze voelt zich veiliger zo verder weg van hen, toch wil ze kijken, vergeten dat ze minder mag meemaken, ze ziet zich al de kluwen kleren van mevrouw van zich afgooien, het dek afdalen, naar de mannen toe lopen, maar ze blijft staan, kalm en niet bang, wie zou ooit haar gedachten opmerken? De arts van mevrouw had haar verteld dat ze aan boord vooral naar de horizon moest kijken, haar ogen zouden zo kunnen aansterken, zo weer aan grote afstanden wennen. De gedrongen chirurgijn, die zich steeds in haar blikveld wankelde, pestte haar die eerste weken met haar turen, alsof zijzelf deze kinderlijke oplossing voor haar zwakke blik had verzonnen, z'n gegrinnik steeds onder het bleke blauw of grijs wanneer ze, even ontsnapt aan haar taken, zo ferm over zee uitkeek dat haar ogen haar dreigden te ontglippen. Z'n adem dan op de vrije huid van haar nek maar nog altijd zonder de verwachte aanval van z'n handen, alsof hij de schaar in de verborgen zak van haar schort voorspellen kan, de bloedbelofte.

Een twinkeling op de lucht, zilver en hel in de aanhoudende wind, ze moet weer naar binnen. Ze wil dat hij omkijkt voor ze weg is, wil hem storen, van z'n gedachten afhouden. De laatste dagen heeft ze hem na het eten naar z'n buik zien grijpen, zien grimassen bij de wijn en zijn verklaring voor de smartelijke maar niet ongebruikelijke gassen ondergaan. Zou ze het versnellen en z'n soep met rode pis aanlengen, zou hij haar ingrijpen meteen vermoeden of zou ze later bij z'n ziekbed komen om hem te vertellen dat het gevoel vanbinnen leeg te bloeden van haar afkomstig is? Ze kan niet meer op hem wachten, ze verandert, omdat ze niet als zichzelf haar mevrouw onder ogen kan komen, ze moet weer het dier worden dat een ander mens als een mindere tegemoet kan treden, dat de afwezigheid van straf als beloning opvat en slaapt en eet om net wakker en nauwelijks verzadigd van dienst te zijn. Haar naam slaat om, niemand kan haar nu meer zonder bevel roepen, ze is voldoende verdwenen en draait met de vrije vingers van haar rechterhand de deur naar de hutten open. In de voorlaatste, dicht bij de galerij, wacht haar mevrouw met het geel doorgelopen verband, dat ze al niet meer werkelijk kan ruiken.

Eben ziet Nel binnenkomen, ze kijkt niet naar hem op maar laat de deur voor hem open, ze passeert hem en lijkt buiten te hebben meegenomen, hij durft niet meer verder te gaan. Net verheugde hij zich nog, hij heeft zich gewassen, z'n oren en hals zijn nog nat, de lucht voelt het koelst op die plekken. Zelfs de deuropening, zo fonkelend fel, is te ver, wanneer hij er zou staan zou hij de weg versperren. Hij weet dat de chirurgijn z'n buik rust moet gunnen en dus nooit te lang op het kampanjedek blijft, ieder moment kan de brede gestalte binnenvallen, wat hij niet wil afwachten, hij wil gewoon naar buiten, hij heeft niet voor niets z'n heer zo vroeg op de dag in slaap gekregen, z'n beloning zou de lege zee zijn, een moment zonder een bevelenregen. De deur zwenkt, nog even en ze zal tegen de deurpost slaan, hij staat er het dichtstbij, ze zullen hem luiheid verwijten wanneer hij haar niet gauw sluit. Hij is te laat, de chirurgijn, die bukkend naar een balk reikt en zich zo naar binnen hijst, vult de deuropening, belemmert het licht. Eben is bang tot hij zich verlaat, zich in tweeën deelt, met open ogen z'n droom betreedt. Zo kan hij toekijken hoe de man hem nadert, een hand naar hem uitsteekt, z'n hemd oplicht, met een vinger lussen rond z'n navel krast.

Terwijl de discussie over de knikkebollende bottelier zich in steeds fijner garen scheidt, of iemand z'n tong moet vrijmaken, kruidnagel of een passende platte steen het juiste middel is voor de verse gaten in z'n mond, trekt Siem zich terug uit de kring en klimt het want in, tot hij hoog genoeg is en de nabijheid van anderen niet meer vreest. Niemand die geen werk in het want heeft kijkt ooit naar boven, hij is even veilig, alleen. Hij legt een wang op het vettige touw, sluit z'n ogen. Zelfs hierboven waar hij geen grond raakt, het meeste op de wind lijkt, blijft het schip zwaar water in z'n benen gieten, de zee steigert om mensen van zich af te schudden, de teleurstelling toen hij van de boot eindelijk op de kust sprong en daar niets stil wilde liggen. Hij houdt z'n ogen dicht, want zonder zicht mag hij kiezen waar hij terechtkomt en nu is hij tot de kruin van de zwaaiende spar geklommen, z'n vingers zijn plakkerig van de hars, eindelijk durft hij hoog genoeg om van een afstand bij te wonen hoe ze tot haar knieën in het water staat, de was vergeten op de oever, ze reikt naar haar jongere zuster, die bang lijkt voor de ondiepe maar donkere poel. Het meisje wil niet, wendt zich af, laat haar grote zuster achter in het spannende water. Haar benen zullen niet kil zijn, het is al weken warm met avonden die nog altijd niet om dekens vragen, Siem zou nu op haar roep zijn ingegaan, een simpel woord en hij zou naar haar toe zijn gerend om naast haar in de lauwe modder naar de overkant te kijken. Hij wil haar niet laten schrikken, daarom blijft hij in z'n boom, liever is hij zo klein als het zusje, jong genoeg om haar straffeloos aan te raken, om zich zonder worsteling in haar omhelzing te nestelen.

Een emmer zeewater en de belofte z'n kist vol te schijten of leeg te schrapen als hij niet wakker wordt, hebben de bottelier rechtop gekregen, hij veegt de natte haren uit z'n ogen, iemand geeft hem z'n muts. Dan een duidelijk getik en gesis dat steeds verder het schip op golft, ergens valt iets verklikkend luid dicht, een waarschuwing van geknik en vingergebaren, de overgang gaat niet snel genoeg, de oudere maats nemen vermanende houdingen aan, de jonkies zullen het niet voor hen gaan verpesten. De angst van de ene mens voor een ander, alleen een dwaas veinst dat hij vrij is, zou zich nu doof voor de roep van boven houden. Alle ogen op de donkere toegang naar het galjoen, ze zullen hun werk vervolgen zodra de duivel verschijnt. De kapitein komt naar buiten, hij praat met Nicolaas achter hem, die hem z'n andere handschoen aangeeft. Aert kijkt omhoog, probeert Siem in het want te ontdekken. Nicolaas, in blauw vandaag, zwart onder z'n vacht en even verdorven, de gehoorzame, een sieraad voor z'n meester, roept om rijen, verlangt een erehaag, een ruimtelijk podium voor het naderende schouwspel.

Op het koedek hebben ze er al iets van gezien, het verwrongen, klein gevouwen lichaam, de obsceen lichte last op de schouders van de adelborst, ze verdringen elkaar in hun weg naar boven en buiten om er niets van te missen.

Siem maakt aanstalten om het want af te dalen, maar Aert gebaart dat hij daar moet blijven, beter zelfs om nog iets verder omhoog te klauteren. De bungelende, open mond met de losse tong van de dode jongen op de smalle rug van de adelborst, pas op, waarom houdt niemand z'n nek recht in godsnaam, doet Siem met z'n tanden naar het touw reiken om er hard in te bijten.

Nu danst de jongen niet meer. Zo anders dan op de dag toen ze vast dreigden te lopen, vanwege gaten op de kaart, let maar op, de spionnen hebben de schipper Portugese rotzooi verkocht, soms mompelen ze dat de stuurman z'n koers rechtvaardigt door ter plekke nieuwe kusten aan de verzonnen landen te krassen. De rotsen waren eindelijk in vlakke kustlijn overgegaan, bomenrijen, er verschenen gezichten die uitkeken over zee, hun voorbijgaan volgden. De maats scholden en zwaaiden, laat je staart zien, laat je staart zien, ze verdrongen zich op de rusten om hun broek te laten zakken, met hun reet naar alle bruine tepels in de verte te wijzen.

De zuster van de koopman stond erop groen te zien vanaf het achterdek, dat was de reden. Haar broer paaide haar, de stuurman moest maar dicht bij de kust blijven, zodra ze naar de Abrolhos voeren zou z'n zuster haar bevlieging alweer vergeten zijn. Maar hoe vaak had Nel wel niet moeten aanhoren dat de belofte van de koopman aan mevrouw god zou behagen, z'n oog op het schip hield, dat ze in het zicht van zowel land als zee moesten blijven om niet in de buik van de duivel te verdwijnen.

De jongen zat laag in het water, een uitgeholde stam met twee drijvers, meer was het niet, hij leek niet gewend te zijn om te varen, even dreigde hij z'n peddelhout te verliezen, maar hij won het ruwe ding terug van de zee. Hij was niet bang, hij kirde en wuifde en vergat de branding te bevechten, misschien was de jongen een offer, deden ze dat niet heel veel aan de overkant? Maar de zee zou hem die dag niet grijpen en ze voelden iets van voldoening. Toen hij dicht genoeg was gekomen, wierpen ze touwen z'n kant op. Aan de vloedlijn stond een klein gezelschap, vreemde figuren in de rijkste uitdossingen tot nu toe, misschien hoefden ze niet meer verder, hier al leek goud in de duisternis te schitteren en genoeg voor iedereen. Hoe welkom deze gulzige, overhaaste praat voor de provoost en hij liet z'n staf op het helle dek heen en weer flitsen, de bootsman hielp hem de hardnekkigsten van de rusten te trekken, zodat ze eindelijk zelf eens wat konden zien.

De hoge heren hadden niet begrepen dat goud was geroepen om de oude Kryn naar het uitzicht te lokken. Met een deken om z'n schouders kwam hij langzaam dichterbij en de ogen die ooit in onerbarmelijke kou naar walvissen hadden uitgekeken knipperden met een laatste honger naar de nerveuze horizon en de belofte van zijn deel van de opbrengst. Waar? Waar? Dovende ogen. Twee dagen voordat ze hem zouden innaaien, vijftig jaar nadat hij zijn moeders laatste was gebleken, liet hij een hand op muts en hoofd van de kleine Coen rusten, die hem beschreef hoe makkelijk het zou zijn om al het goud van deze duivels lelijke dieren te trekken. Kryn wilde weten of er een koning bij zat, of iemand een kroon droeg en Coen, wiens enige herinnering aan een kroon een houten tonnetje was, een straf die je hoofd deed bloeden, vertelde over een zwart monster met een gezicht als een varken en een kroon zo groot dat hij om de bezaansmast zou passen. De knaap werd steeds beweeglijker onder Kryns hand, Coen wist ook een koningin op te roepen, met groene uiers op de plaats van haar borsten en botte tanden van het mensen kauwen, hij liet haar in een gouden schaal pissen, gretig naar de zee rennen. De oude man lachte, had een ander mens ooit zoveel meegemaakt?

Het onmetelijke verschil tussen de romp van het schip en het insectachtige bootje herstelde een gevoel van heerschappij bij de maats, ze zagen toe hoe een van de broze drijvers klem kwam te zitten en brak, de jongen haalde zich open aan de karbonkels van de romp tijdens het grijpen naar het touw. De diepe bevrediging van de vangst, de zee zit vol maar is niet gul, wanneer een mens met eigen armen iets uit het razende water weet te trekken, dan is van al het bovenmenselijke gewonnen, alsof god zelf zich voor een vergankelijk maar onmiskenbaar moment aan de macht van de mens moet onderwerpen. Het was Pieter de reus uit Gent die alle andere grepen naar het schommelende touw wist af te weren en de jongen binnenhaalde.

De linkerarm van de jongen leek in bloed gedoopt, het weerhield niemand ervan hem aan te raken, z'n huid en haar te keuren, de dunne doek op te lichten die z'n ballen bedekte, als de Poolse broers niet tussenbeide waren gekomen was de jongen allang heilloos gehavend teruggeworpen. Zoals zoveel anderen waren de Poolse broers ongevraagd familie geworden, wellicht kwamen ze uit dezelfde moeder, maar niemand verstond ze, het verbond van hun tong werd een bloedband, ze lieten het zo. Iedereen eiste de jongen op als nieuwe slaaf, maar Kacper en Lew waren de eersten die begrepen dat de jongen werkelijk iets zou kunnen opleveren en riepen om de kapitein. Teleurstelling maakte de monden bitter nu de naam van de kapitein over het dek ging, het was ook te laat om die Poolse honden tot zwijgen te slaan.

Aan de overkant waren de gouden gedaanten weer verdwenen, de kust kromp, de bel klonk, niet lang meer tot het donker.

De reus Pieter keek neer op de broers, wier snelheid van gedachten de maats zo verraste, hoe vaak hij niet in gezelschap verraden wil dat hij de enige was die z'n naam op het contract kon schrijven, die dag in Middelburg in de lange rij voor de tafel. Toch schikte hij zich ook nu weer in de ruimte die hem onnadenkend gelaten werd en hij schaarde zich bij de Polen om de jongen van de meest roekelozen af te schermen. Nog altijd leek de jongen niet bang, het moesten wel beesten zijn, zo onbevreesd als ze bleven zo dicht bij de bijl.

De jongen danste, Nicolaas had z'n arm verbonden, maar nog maakte het wilde wezen vlekken op het dek. Terug in z'n hoek in de schaduw probeerde Kryn het lied na te volgen dat de jongen in beweging hield, hij zag een angstig gespartel voor zich en lachte en betreurde het dat hij niet meer sterk genoeg was om goed te zien, om een zweep te hanteren. Maar niets prikte de voeten van de jongen tot hun dans, niemand had hem nog geslagen, noch sprong hij met slingerende armen omdat de kapitein het had bevolen. Z'n blijdschap, die eerst z'n barbaarse aard bewees, leek hem in een echt kind te veranderen. De maats vielen stil, bleven kijken. Siem dacht aan de kapitein, iemand moet de jongen waarschuwen, hij voelde lafheid een geheim van z'n gedachten maken. Zelfs al zou het hem lukken tien man aan z'n zijde te krijgen, dan nog zou de kapitein het lot van de jongen bepalen. Hoe Siem z'n gedachten ook aangreep om angst in berusting om te zetten, vernedering in woede, het lukte hem niet.

Daar was hij al. De enige voor de mast met laarzen aan, handschoenen, een geveerde hoed op. De bel klonk, niemand wilde wat komen ging missen, maar toch verlieten enkele maats de kring naar taken uit het zicht van het komende schouwspel, sommige waagden het om achter de ruggen van de bootsman en provoost geluidloos te blijven staan. Nicolaas was daarna de enige die nog leek te bewegen. Pieter de reus had zich tussen de anderen in de kring gevoegd, alleen de Poolse broers bleven schuchter bij hun buit treuzelen. De kapitein las het gezicht van z'n Nicolaas, bestudeerde daarna de dansende jongen, onwetend van de verbeelding van alle mannen om hem heen, de gekmakende verwachting van andermans bezoedeling, van nakend vermaak. Nicolaas kreeg een gebaar dat hij de jongen stil moest zetten. De jongen keek op en waarom zou hij Nicolaas, met dezelfde kleur huid en hetzelfde haar van zwarte ruwe hennep, niet vertrouwen. Nicolaas glimlachte, sloeg een arm om de jongen heen en beeldde uit dat er benedendeks eten op hem wachtte. Het was nu aan de kapitein om de jongen al geheel te zijn vergeten, om de drukte voor de mast te verlaten, zich in de kajuit over een bezigheid te buigen om overtuigend later naar het ruim af te dalen. Een teleurstelling was dit alles, Nicolaas begeleidde de jongen naar beneden, het zou allemaal niet buiten gebeuren, de kapitein ontnam hun de gelegenheid om te lachen en te roepen, om kostbare vrije momenten uit de handen van officiers te peuren. Kryn vroeg aan de kleine Coen waarom hij niets hoorde, maar Coen was te verdrietig om te antwoorden, in de war ook, elke jongen zou zomaar een nieuwe kameraad kunnen zijn, iemand om bij te schuilen, om eten mee te delen, helpende handen tegen de begeerte van de maats. Kryn greep om zich heen en vloekte toen hij Coen nergens meer voelde.

Zonder de jongen en de kapitein stond het dek nog steeds vol, maar het leek verlaten, aarzeling bracht enkele maats onder de aandacht van de bootsman, die met scherpe kreten de bel voor het prinsenkwartier overstemde. De Poolse broers waren overgeslagen, ze hadden op loyaliteit, op een beloning gerekend, ze hadden moeite elkaar aan te kijken, zo fel beet de spijt, de pesterijen die hun overmoed zouden oproepen kwelden hen al. Aan het werk, weer iemand worden die met steeds minder eigen gedachten in het want klimt, de pomp bedient, hangend boven de boze zee hennep en teer perst in de kieren van de galerij.

Alleen David, die nauwelijks ouder dan de binnengehaalde jongen kan zijn, deelde niet in de teleurstelling die het voordek tot een nors zwijgen bracht. David, die op de eerste dag met een diepe buiging z'n diensten aan de kapitein had aangeboden, een aanbod dat de oudere man nooit openlijk heeft geaccepteerd, zo vanzelfsprekend bleek de plaats van de jongen aan de zijde van z'n nieuwe meester dat elk gebaar van bevestiging of bestendiging overbodig werd, beledigend zelfs. Geboden en verboden liepen via Nicolaas, maar elke handdienst, elke wens naar voedsel, wapen of kledingstuk vervulde David voortaan. De jongen had iets aan z'n heer gemerkt en was op de overloop achtergebleven, het leek hem de betere plek. Jacob zag het, de onrustige aarzeling van Davids kinderlijf viel hem op, zo rood en beweeglijk, hij besefte dat de meeste doden die hij heeft meegemaakt kinderen waren. David had moeite z'n handen kalm te houden, het kind leek te willen klappen, een zucht naar spel te onderdrukken. Ook de kapitein verscheen en weer leek de jongen te voorvoelen wat er zou gebeuren. Hij zou vooroplopen, de blikken van de maats op zich dulden, z'n trots weerstond hun afgunst terwijl hij het gezelschap voorging, omlaag, naar hun plek bij de tonnen van de broodkamer.

Siem ziet de jongen schuchter tevoorschijn komen, alsof hem straf wacht en onwillekeurig voelt hij medelijden met David, die niet meer weet dat hij nog maar een kind is, moet hebben meegemaakt hoe de jongen klonk en spartelde, na een maand zonder buitenlucht in een verminkt ding op de schouders van de adelborst veranderde. Even twijfelt David of hij wel op het dek moet blijven, maar de kapitein kijkt naar hem om en dat is al te veel, de jongen haast zich naar z'n plek achter z'n heer. Nicolaas wijst aan waar de adelborst de dode jongen moet leggen. De adelborst is onhandig, z'n last heeft hem tijdens de beklimming ondergebloed, zelfs z'n wangen en kin zijn rood, als sporen van een bestraffende vlakke hand, en ook nu dreigt hij het lichaam niet te houden. De kapitein laat hem wankelen, hulp wordt niet toegestaan, de maats haten Nicolaas, die een van hen zo verwaand tot openlijk ongemak dwingt, wacht maar, wacht maar. De adelborst zakt op z'n knieën, draait z'n schouders, maar z'n last ontglipt hem en valt te luid op het bakdek. Hij hijgt, durft niet op te kijken. De kapitein legt een laars op de schouder van de adelborst en duwt, dit moet een godsgeschenk voor Nicolaas zijn, is iemand als hij ooit zo hoog gevlogen, heeft een halsband ooit zo van goud geleken. De adelborst ligt opgerold en met z'n handen om z'n hoofd alsof hij nog meer verwacht, maar de kapitein is klaar met hem. Het is tijd voor de rest, voor de viering. Vanaf z'n hoge plaats ziet Siem in David weer de bewondering voor de kapitein terugkeren, wonderlijk hoe hij toch even mededogen voor het wrede knaapje had gevoeld.

Twee man, Wolfert en Willem, de eerste soldaten wier namen en tarieven voor tabak en ander vertier al voor Het Kanaal bij de maats bekend waren, krijgen de opdracht de dode jongen op de plank te binden, tot Nicolaas laat weten dat de kapitein nagels boven touw verkiest. Hier is ze dan eindelijk, de vertoning die hun eerder was ontnomen, twee soldaten, de een uit Bremen (zegt hij), de ander uit Amsterdam, die dunne armen op resthout vasthameren. De kring op het dek is niet eerder zo dik geweest. Ze roepen dat de kop niet mag bungelen, jengelen erom als een kind naar z'n tiet en het lukt, Willem krijgt het gebaar en hij knoopt een touw in een kruis rond de onvaste hals. Dan mag Wolfert de vislijn bevestigen. De wind, die na een geeuwende ochtend nu weer om meer zeil vraagt, vereist handen overal van hoog naar laag, maar zelfs de schipper mist ruimte in z'n verbeelding om de kapitein op zo'n moment van z'n voornemen af te houden. De adelborst moet de jongen overboord gooien en nog lang zullen de maats volhouden dat de zwakkeling z'n tranen niet verbergen kon.

De plank komt bovendrijven, het gezicht blijft onder water, drijvend lijken de korte benen nog vreemder te staan, ook de zee krijgt de onnatuurlijke krommingen er niet meer uit. Ze zien de onderstuurman fluisterend met de bootsman overleggen, die daarop hier en daar mannen uit de kring pikt, de ontgoocheling van de pechvogels tot zwijgen dreigt en hen naar hun taken jaagt. Alle mannen op de loefzijde doen het schip kantelen, Wolfert laat de lijn voet voor voet vieren. Iemand wijst, maar het blijkt een schaduw, een drijvend erf wier. De maats merken aan de brandende gloed van hun wangen en het droge krijt in hun kelen dat ze te lang buiten de schaduw zijn blijven staan, Jacob knippert steeds met z'n ogen om de blauwe waas weer helder te krijgen, als de jongen te ver afdrijft zal niemand er meer iets van kunnen meekrijgen.

Daar, de eerste vin. Gejuich kwettert op het dek. Siem is van het want geklommen, er zal vast werk aan de pompen zijn, en anders is er tijd voor slaap tot de bel voor z'n wacht. Op het galjoen kijkt Pieter de reus uit over zee met z'n rug naar de mannen, hij hoort god te laat vertellen dat hij de jongen terug naar z'n eigen kust had moeten gooien, naar de straffen van z'n eigen volk, of dat hij het oordeel van de zee had moeten afwachten, hij, Pieter, had ingegrepen in iemands noodlot, wie zou nu durven beweren dat verdrinking erger is dan een maand met de kapitein en een einde als aas en vermaak. Het is gods troostende stem die de Reus doet huilen, die hem vurig naar een schip in de verte doet verlangen, een verlokkende Portugese of Spaanse vlag, alles om de jongen in stilte aan de zee te laten.

Wolfert haalt de lijn te snel in, de haaien sjorren het willoze lijfje heen en weer, Willem komt zijn kameraad te hulp, samen weten ze het drijfhout om te slaan, er zijn al happen uit het gezicht genomen. Een bloedspoor naar de romp van hun schip, lijnen met haken zakken in het water tussen de spartelende vinnen, de chirurgijn is voor de mast gekomen, hij loopt in de weg, met een hand op z'n buik ziet hij toe hoe de onderbarbier als eerste beetheeft, een forse felle, z'n gespartel klinkt als gehamer op de romp, de maats worstelen zich naar voren, grijpen allemaal tegelijk naar het touw. Zodra het beest op het dek slaat, plant iemand een voet op de staart, mannen storten zich op de zijvinnen, de kop schudt te heftig om vast te grijpen. Coen wil iets zien maar vindt geen opening in het gedrang, een achteloze elleboog tussen z'n ogen doet hem duizelen en hij deinst terug. Over de hoofden zweeft een harpoen, het is Lew, hij moet al met het ding hebben klaargestaan. De anderen maken ruimte, alsof ze hem dit na alle pesterijen gunnen, ook al kon niemand er iets aan doen dat Kacper van boord is geslagen door losgescheurd tuig, ze hebben Lew zelfs tegengehouden toen hij z'n broer achterna wilde springen, laat hem dus maar, het is toch tijd om deze haai eens gehoorzaam te krijgen. Ze laten het beest vrij spartelen, Lew houdt de harpoen boven z'n hoofd, met twee handen drijft hij de punt steeds omlaag. Putten in het dek, meer niet, de haai heeft geluk en de maats beginnen te grinniken, angst begint Lews woede te blussen en hij weet dat hij snel moet zijn, nog eenmaal mikt hij op de onrustige rug. De harpoen treft de haai vlak achter de kop met zo veel kracht dat de punt zich in het dek boort en het hout rechtop blijft staan. Lew schreeuwt van blijdschap tot hij beseft dat hij het beest misschien te vroeg heeft gedood. Maar de haai siddert nog en de maats, die nog gauw van het laatste leven willen profiteren, snijden en hakken gehaast de vinnen van de rug en borst, Coen, nog altijd duizelig maar vastberaden iets aan deze haai te beleven, weet de zwarte ogen uit te steken.

De duivel lijkt nog net te bewegen wanneer ze hem weer overboord smijten, in de donkere zee is het verminkte beest zijn broeders even onbekend geworden als de dode jongen. De domheid van deze vervloekte vissen, ze happen in hun eigen soort als verhongerden. De worsteling op het dek, de sparteling in zee, de voorstelling die maar duurt en duurt en hen deze onverwachte ogenblikken afhoudt van beschimpingen en bestraffend werk, er gaan hoera's op voor de kapitein, die zo oud mag worden als de horizon en zo rijk als de koningen wier achterkleinkinderen hun goud nog altijd niet hebben verbrast.

David denkt aan de klanken die uit de mond van de jongen kwamen die eerste dag, de mmm's en kk's en trr's, had daar ergens z'n eigen naam tussen gezeten? David ziet de adelborst soms schrijven, tekeningen die ieder kind lijkt te kunnen maken, hij zou de adelborst kunnen vragen naar een tekening van z'n eigen naam, zodat hij die uit het hoofd kan leren.

De bel schalt, de kwartiermeesters roepen dat iedereen zich nu wel lang genoeg heeft afgetrokken en breken de groepen open.

Nog een bel en ook weer de volgende, de maats schelden bij het wegspoelen van hun eten op het water van dat laatste eiland, hoe kan iets zo snel naar lijkvocht gaan smaken. Ze waren gek om verder te reizen, ze hadden daar met open mond onder het vallende water moeten blijven staan. Dan was hun ook geen geit ontsnapt, het stond er vol mee, een dag langer en ze hadden ze allemaal vanachter elke rots en struik tevoorschijn getrokken. De baksmeester roept dat ze allemaal hun bek moeten houden, die geiten komen gauw genoeg aan de beurt en de honger na hun kale botten ook. Hij smoort een gemompeld lied over hoge heren en pluimvee, hij wil het niet hebben. De provoost komt op de overloop, hij snuift de rook uit z'n pijp naar zich toe, konden ze hem maar meer hekelen dan met de snijdende geuren van de pisvloer. Komt ie met z'n stokkie, zou ie z'n pik ook zo oppoetsen. De provoost wijst naar Lieuwe, die zo stil wordt als een steen. Niemand hoort zo scherp als de provoost, dat moet het zijn of de duivel zelf fluistert hem van alles toe, nu heeft hij meegekregen dat Lieuwe twee hele keren een vuile bek heeft opgezet. Lieuwe kan het geld niet missen, niet met al die holle magen thuis en ook nog z'n ouders, hij zegt dat niemand hem hiervoor kan aanwijzen. De provoost meldt met galmende stem de hoogte van de boete, noteert het bedrag. Hoe kunnen de woorden van een man als een afranseling voelen, Lieuwe hoopt z'n tranen weer in te ademen, hij weet dat hij woedend moet doen, ze zien me, denkt hij alleen maar. De provoost vertrekt en de maats spugen op de stappen die hij op hun grondgebied heeft gezet. Daarna pakken ze Lieuwe, wie trekt z'n bek ook open in de buurt van die slijmerige anus, en heeft je moeder je nooit gewaarschuwd om niet hardop over neuken na te denken. Het waren vloeken tegen god, maar Lieuwe slikt droge happen door een dikke keel, ondergaat de loze woorden tot de volgende bel.

Zoveel wind. Op het dek is het donker en even leeg genoeg voor Aert om z'n hoofd heen en weer te draaien, met elke beweging de wind weer op een andere manier in z'n oren te vangen. Hij maakt z'n handen breed, lijkt met z'n vingers repen in de wind te kunnen snijden. Z'n hemd wappert op z'n buik, rug en borst.

Het licht van de kajuit zo ver.

Wacht maar, zeggen de oudere maats, zoals Marten, die beweert met Portugezen te hebben gevaren en met de lichtste kist van iedereen aan boord kwam, wanneer nog zuidelijker de wolken tot de laatste verdwijnen en de hitte je als een moordenaar besluipt, het dek een hel lijkt te verbergen, je voeten aan de planken dreigen vast te braden en nergens een verkoelend zeil, want de stuurman ziet er niets in er een neer te laten zonder wind. Hij vertelt over een knaap niet ouder dan twintig die dacht dat hij de wrekende zon kon verslaan. Elke klus benedendeks nam hij aan, de maats in het want vergaten z'n gezicht, niemand meldde zich zo vaak voor de hondenwacht als hij, het leverde hem veel slaap en schaduw op, z'n huid werd zo bleek dat hij doorzichtig dreigde te worden, sommige maats begonnen al van een schim te spreken. Maar op een dag, met Principe al achter hen verdwenen, vonden ze hem in het ruim, z'n lichaam wit en dood, de hitte had alle adem daarbeneden afgevangen, zelfs de ratten hadden dit makkelijke maal niet aangeroerd.

Een leugen, zo ver zuid, is hem even vreemd als een kamer in een kapucijnenklooster, maar wie kent Marten, wie weet van z'n tijd op het koude water bij Groenland, de angst voor de reusachtige staarten die elk moment door de dunne romp van de sloep kunnen breken, de angst voor vingers die te laat bij warmte arriveren en daardoor niet meer te redden zijn, nooit zal hij meer de Baskische woorden voor vuur en help vergeten, de angst voor niets, een lege zee, ketels zonder traan, voor een thuiskomst met schuld.

Maar de jongens luisteren en delen hun mutsjes rinse wijn met de ouderen die minder geduldig waren. De kaars bungelt in z'n houder, het licht deint en wiegt. Er wordt op de hoge heren gescholden, die onmiddellijk vanuit andere hoek weer tot koning worden uitgeroepen, er wordt naar elkaars tabak gegraaid, wie misgrijpt kent z'n kameraden niet. Fredrick mishandelt de fluit die hij van die dode Engelsman heeft geplukt, hij zei dat hij erop kon spelen, dus iedereen had iets bijgedragen, zonde om dat ding achter slot te houden, maar als hij niet binnen een week dat kutding leert bespelen, zullen ze hem die houten tamp in z'n reet duwen, een scheet zou al beter klinken. Alle wijn, alle onverwachte gebaren en overhaaste woorden drijven Fredrick van de overloop naar het dek.

Buiten, schuifelend langs alles wat hij in de duisternis kan aanraken voor z'n evenwicht, vraagt hij zich af waarom hij eigenlijk nog wakker is, zorgt slaap niet het best voor hem, zijn z'n dromen niet het enige huis waar hij z'n ouders nog kan ontmoeten, waar het geneurie van Maartje hem bij het weven en ruwen begeleidt, z'n opa nog binnenwandelt en bij de haard in z'n baard plukt, z'n opa de ongelooflijk oude man, de voettocht die hij ooit vanuit het oosten ondernam, nooit is het hem gelukt om die rare klanken uit z'n verhalen te krijgen, altijd heeft hij met spijt gesproken, na de trots over de zware, gevaarlijke reis, na de kruik en tweede pijp, steeds het boze berouw, liever was hij thuisgebleven, hij mist het eten, de bomen die groener en sterker zijn en bergen van voet tot top bedekken, wie kan leven in een land zonder valleien, niemand in Dordrecht heeft hem ooit Eli genoemd, hoewel z'n moeder die naam de mooiste vond en z'n buren het makkelijk uit hun mond kunnen krijgen, toch bleef z'n opa waar hij was, van haard naar markt, van markt naar haard en niet meer ergens anders heen, waarheen, niet meer verdergaan om verder te verdwalen, schrikken zou hij van dit schip, een dorp van meer dan honderd man op drift, niemand weet of die gestolen kaarten kloppen, en alle hout en ijzer betekent niets tijdens een storm, z'n opa zou het niet begrijpen, groter dan een schuit heeft hij nooit gezien, niet deze duizenden draden van het tuig, sommige zeilen hoef je nooit meer aan te raken, hij zou het niet geloven en zich alleen maar zorgen maken, het ruim volgestouwd met alle tonnen, maanden eten voor honderd monden, geen boer had ooit zo'n schuur, geen handelaar zo'n pakhuis, hij zou ervan huilen, en dat is alleen de heenreis, zou hij geloven hoeveel ze terug kunnen varen, twee dagen, lieve opa zo mager en stil op het stro, daarna het zware scheppen in de drassige aarde, het ongeduldige dichtlopen van de kuil, zo snel verdwenen, het is niet verdwalen, z'n opa's kleinzoon, op zoek naar de hoogste bomen, de hangende takken die het peper zullen laten regenen, niet wegblijven maar weer thuiskomen, met volle kisten, vreemd goud in iedere hand.

II

Ze worden De Kraaien genoemd. In Middelburg zijn ze een verschijning, vijf vrouwen, van hals tot hak in zwart gekleed, met zwarte kappen die schaduwen over hun ogen slaan, hun monden nauwelijks onthullen. Op de wal al laten ze geen lucht in hun gelederen, niemand ontdekt nog hoe ze heten of klinken, ze lijken even oud. Ze hebben in de rij gestaan, dus zullen ze meevaren, maar niemand treft ze in een logement, ze moeten ergens anders op de oproep hebben gewacht. Niet alles houden ze geheim, wie hen passeert loopt een dode neus op, zo verstikkend is de stank die hen als een boosaardige zwerm omringt, de geur van schijtemmers, van kadavers. Zelf lijken ze er geen last van te hebben. Ze staan recht, lopen zonder dralen in een gelid als een schamel maar verbeten peloton. Trots zijn ze, met een aparte sloep komen ze aan boord.

Blijkbaar rinkelt er wat zilver in hun klauwen, want er blijkt plek voor een van hen in een hut op het achterdek. Die ene slaapplaats wisselt elke nacht van gast. De andere vier hebben hun eigen hoek op de overloop en hun eigen bak, ze slapen in hun kleren, in hun stank. Langzaam zijn hun gebruiken zichtbaar geworden. Het vuil op hun handen kan niet altijd de leeftijd van de huid eronder verhullen, er zit een jonge bij, gisteren was haar nacht in de kajuit, nu is ze weer terug, ze is de langste van de vijf ook. De oudste is te herkennen aan haar licht gekromde rug, de ingehouden hoest die niet meer klinkt wanneer zij haar nacht achter de mast doorbrengt, zij is ook de enige die daar soms twee nachten krijgt.

Ze bewegen zich in paren, naar de kombuis voor hun bak, altijd met twee de gang naar het galjoen. Ze verstellen kleren, vragen daar geld voor, je ruikt meteen wie z'n wambuis naar hen heeft gebracht. De dieren zijn hun taak, dat moeten ze aan de wal al hebben geregeld. Ze zijn niet bang een man daar weg te jagen. Ze dragen messen, Tyn kan het litteken niet meer laten zien, maar hij was die ene nacht niet zo dronken dat hij niets van die haal in z'n arm voelde, wie van hen het had gedaan bleef niet staan om haar handwerk te bewonderen, ze liepen gewoon door, spraken er met geen woord over. De wond was niet diep genoeg voor de scheepsraad, Tyns litteken werd het bewijs dat hij van iedereen De Kraaien het dichtst genaderd was, hij dacht dat er een struikelde en wilde een heer zijn, zei hij steeds bij het opstropen van z'n mouw. Maar het felle bloed dat ze later met azijn uit het hout schrobden maakte schuchter, wie z'n hand nog eens zo ver wilde uitsteken, moest iets heel bruikbaars hebben verzonnen, want het gebaar zou gepaard gaan met een offer.

De bel, even vaak en schel op zondag als op alle andere dagen. Deze schipper is er streng over, of misschien is het de koopman, maar de kwartiermeesters jagen iedereen naar buiten, de slaperige dwazen van de hondenwacht strompelen de trap op, zelfs de zieken moeten naar boven om te luisteren, dus worden ze op de schouders genomen, wat er ook maar langs hun benen aan laatste leven uit hen loopt, en op het dek in de schaduw gelegd.

De Kraaien zitten vooraan, altijd daar. Op een dag kan de vrouw van de predikant niet meer doen alsof ze niets ruikt.

Zonder hun mutsen op voelen ze de wind in hun haren, meer zeil zou het schip goeddoen, wie weet hoelang deze opleving aanhoudt, maar hier staan ze, klaar en voor de strenge tong van de predikant gevangen.

Waarom vroeg Jezus niet om z'n vrijheid? Waarom heeft hij zich niet een weg uit het paleis gevochten? Wie heeft er ooit gehoord van een koning die zich zo laat verslaan? Waarom heeft Jezus Simon geen zwaard gegeven? Waarom had hij apostelen en geen soldaten?

Jacob heeft moeite zich Simon voor te stellen, hij moet zich inhouden om niet z'n vingers te gebruiken en de apostelen die hij kent een voor een af te gaan. De predikant spreekt vaker als een verdoolde en dat komt niet door z'n zuidelijke manieren, daar zijn ze aan gewend, maar z'n gewoonte om tijdens z'n preken als een gebrekkige kip steeds net naast het voer te pikken, heeft vele zondagen moedeloze hoofden op de borst doen vallen. Jacob denkt aan David en Goliath, de prent die hij ooit zag waarop David z'n haar droeg als hijzelf en de in harnas gehulde Goliath nauwelijks groter leek dan de jongen met de fatale steen in z'n slinger. Hoe nutteloos, een verhaal dat niet meer anders eindigen kan, alle vaste woorden al eindeloos geuit, wie is nog wakker voor de onverdiende uitkomst. De zware metalen hand van Goliath, Jacob kan het helder zien, die Davids schedel splijt, de steen uit diens bebloede slinger grijpt en tussen zijn tinnen kaken vermaalt, wie zo'n reus verslaat, niet met een list, die is niet sterk genoeg om de hongerige hand van het lot af te houden, vraag maar aan alle sluwe mannen in hun juten zakken op de bodem van de zee, maar met de woedende vastberadenheid die zo'n daad verlangt, een zwaard in de nacht, een haakbus in de rug, een hartsvanger tijdens de dagdrukte van de straat, die mag in z'n eigen nieuwe verhaal eindelijk alle geboden uit de woorden snijden. Jacob wrijft over zijn zwakke been en merkt dat z'n pik wakker is, zich onrustig wentelt in het borstelige haar van z'n dijen. Hij legt een hand op z'n broek om het gewoel te bedwingen, de greep veroorzaakt boze weerstand, wordt een slot.

Nog maar even, het gebed heeft de pinas Adriana al bereikt, o de hoop dat ze de Kaap eerder zal bereiken, daar haar moederschip opwacht met een vol ruim, een gave boeg en een vadsige bemanning. Waar zou ze zijn, nu meer dan zeven weken uit het zicht, zoveel sneller vooruit met dezelfde wind. Ze is een droom, iedereen, of het nu door de lege biertonnen komt, door de zieken die het koedek vergiftigen of de tucht van de provoost, iedereen wenst zich op de Adriana, vervloekt de loting die hen tot het grote schip heeft veroordeeld, de smalle pinas met haar ongelooflijk scherpe zeilen, het zou niemand verbazen wanneer ze de Abrolhos allang is gepasseerd, zo'n voorsprong vraagt om het verspillen van rantsoenen, op het vrolijk plengen van wijn in zee. Haar kanonnen hebben ze ook niet werkelijk nodig, ze heeft vast al een Portugese karveel te grazen genomen, de jaloezie veroorzaakt buikpijn, het is niet goed zo lang een lege kist te hebben. Lucas doet niet mee aan het loze dromen over een pinas die waarschijnlijk al weken een huis biedt aan al het donkere ongedierte in de kwellende diepte, hij heeft als enige geruild, liever een soldaat op een fort dan een busschieter op een dunne doodskist, niemand die hem kan wijsmaken dat de Adriana met haar magere aantal lopen een Engelse of Spaanse boeg doet sidderen, hij zit goed op 't Wapen, de rest is gelul.

Elke nacht slaapt hij op het dek. Lucas laat zich niet meer onder vloeren of balken dwingen, hij heeft weinig onder zich nodig zolang het boven hem schoon blijft, leeg, hij vreest weinig van de hemel.

Schiet op, predikant, zuidelijke verrader, lieg niet langer meer.

Elke uitnodiging voor de kapiteinstafel slaan ze af, hun plek achter de mast is alleen een slaapplaats, ook hier hebben hun gezichten zich nog niet helder in andermans herinnering vastgehaakt, beter zo, de ruimte is al krap en het zou jammer zijn wanneer een stalgeur een gezonde eetlust en de moeite van de kok bederft. Dit betekent niet dat De Kraaien niet eten. De kok is er niet blij mee, maar hij gehoorzaamt de koopman wanneer die hem beveelt het eten naar achteren te brengen. Telkens hetzelfde, welke het ook is, de deur blijft gesloten, hij moet de schaal neerleggen, elke dag ook dezelfde waarschuwing dat het eten ratten aantrekt en niet te lang zo kan blijven staan. Die eerste dagen keek hij nog wel eens om, misschien zou hij een naakte arm betrappen of nog meer, maar zoveel geluk kreeg hij niet toegeworpen, hij zou Nel wel weer proberen te lokken met het nog druipende karkas van een kip, anders had hij nog wat brandewijn om onder Geesjes neus te houden, haar mevrouw slaapt altijd zo vast.

Ze wacht zo lang ze kan. Als dat betekent dat ze straks de ratten van het bord moet wegslaan, dan is dat maar zo. Ze telt, ze zingt, mompelt dorre psalmen, terwijl ze tegelijkertijd ruw met de lap over haar nek en schouders wrijft, daarna over haar oksels en borst, na elke veeg dompelt ze de lap weer in het rozenwater, ze voelt zich verschijnen, weer lichter worden. Na de nacht zal ze van haar kleren schrikken, dat weet ze, daar is ze niet rouwig om, de huid vergeet, verlengt en verdiept deze momenten, de tinteling na de schurende lap, de kilte die even achterblijft, dan zo snel erna het gloeien, de warmte en de troost. Haar lichaam is grijs en vaag in de duisternis van de krappe hut, staand kan ze daar haar armen niet in de breedte strekken, haar losse haren kietelen haar rug. Alleen zij kan zichzelf nu zien en dat maakt haar groot, alsof ze verandert in iemand die over zichzelf kan uitkijken. Ze schrobt haar schenen, knieën en dijen, steekt haar hele gezicht in het water, daarna maken vallende druppels haar huid verschrikkelijk teer, ze zucht van de zindering in haar onderrug, alsof ze nog een staart heeft en iemand daaraan likt. Haar buik voelt goed, ze heeft nog even voor ze weer gaat vloeien.

Genoeg gewacht nu, ze trekt haar mes, legt haar hoofd tegen de deur. Van Martha mag dit niet, geen oog mag ons als vrouwen betrappen. Maar ze waagt het erop, ze opent de deur, schuift in een beweging de schaal naar binnen. Zelfs wanneer iemand haar in de haast heeft opgemerkt zal haar lichaam in het grauw van de overloop niet meer dan een schim hebben geleken. En dan eerst de grendel, en dan nog haar mes. Ze gaat op bed zitten, de schotel op schoot. Terwijl ze het aardewerk beroert, bestek voelt, voorzichtig bepaalt waar de drinkbekers staan, beseft ze dat ze er enorm naar had verlangd om in het donker te eten. Ze ontdekt iets ongebruikelijks op de schotel, een klein schaaltje, bijna had ze het per ongeluk van haar schoot geschoven. Er zit iets zachts in, een bodempje maar, iets ervan plakt al aan haar wijsvinger. Ze ruikt eraan, dan likt ze haar vinger schoon, zuigt tot elk spoor uit de huid is verdwenen, het is even geleden dat ze honing heeft geproefd.

Stappen op de overloop, ze naderen tot ze voor haar deur stilvallen. Ze grijpt naar haar mes, steekt dat vooruit, mocht iemand door de deur breken zal hij op de geslepen punt ervan stuiten. Het blijft stil, haar opgeheven arm begint te trillen, Martha's woorden geselen haar beslissing zo lang naakt te blijven, zich zo grondig te wassen, ze zal vechten. Het mes op haarzelf gebruiken. Geschuifel en gezucht, een kraak in het hout van de deur verraadt dat ertegenaan wordt geleund. Waarom niet vragen wie het is? Omdat haar stem niet vast is, omdat iemand kan horen dat ze het heeft gewaagd om zonder kleren haar deur op een kier te doen. Een afzet, een stap, dan nog een, en nog een, het klinkt alsof iemand zich de overloop uit haast, wat het ook was buiten haar deur dat de onbekende bij zich riep, het heeft z'n lokkende werk gedaan en ze laat haar arm zakken.

Ontsnapping maakt overmoedig, ze weet het, ze blijft zitten zoals ze zit en eet traag, de wijn doet iets in haar wuiven, met haar tong leegt ze het schaaltje tot zelfs de zoete geur eruit is verdwenen. Ze wil haar binnenste versterken, parfumeren, zodat het gefermenteerde varkensvet dat ze 's ochtends weer zal opbrengen, waarvan de stank voor eeuwig in haar zwarte kleren is getrokken, niet meer dan een tijdelijke laag is, een vermomming waarachter ze zich kan verschuilen zonder erachter te verdwijnen.

Na het eten, liggend onder een deken op slecht bedekt, netelig stro, vatbaar voor de zee, altijd de zee, als brute schouders onder haar hut, denkt ze aan Martha, die zo vurig op eigen woorden staat voor het gebed.

Het deinen van het schip als een wiegen, een teder gebaar van gods hand. Martha zou zeggen dat god de kribbe steeds trapt om het klotekind tot zwijgen te brengen, alle brutale dromen eruit te schudden.

III

Er zweeft veel op zee vanaf de mars. Een school vliegende vissen kan onverwacht in een horde ratten veranderen, verre golven kunnen op verloren geliefden gaan lijken, de horizon kan opeens bomenrijen herbergen, en hoeveel uitgehongerde mannen hebben niet meerminnen zien wegglippen in de watervlugge wentelingen van dolfijnenstaarten.

Daarom wacht Reijer nog even, het is nog te vroeg om hardop na te denken over de verleiding die de verte hem in de vorm van een zwarte spat voorhoudt. Liever de bel nog enkele malen extra ondergaan, de wacht voortzetten en een maat blij maken met deze onvoorziene meevaller. Schippers kunnen gul zijn over dit soort dingen, beter dus om ook maar de potspijs een keer over te slaan, nog langer te wachten. Hij pist met de wind mee vlak op het hout, zodat het langs de steng omlaagloopt.

De verre stip bolt op, het zwart dreigt al langzaam vorm te krijgen, wat het ook is, ze varen ernaartoe en niet ervan af, Reijer hoopt dat niemand op het naderende schip al te ferm over z'n schouder kijkt. Onder hem is het kampanjedek even onbemand, maar niet lang meer of iemand kan vanaf daar die vlek aan de horizon opmerken, de tijd voor twijfel raakt op. De hoogbootsman is een rat, die zal elke kruimel van de ontdekking opeisen, Reijer weet dat hij het via de derde waak moet spelen, maar zelf zal hij die niet zomaar kunnen aanspreken. Dan maar de schieman, ze komen uit dezelfde stad, hebben kort gesproken tijdens het laden, Reijer vond toen dat hij niet veel hoger klonk, ook onder zeil bleven ze naar elkaar knikken, een goed teken, het moet lukken, hij gaat het erop wagen. Misschien is het de Adriana, een kwellend besef, alleen goed voor rook en lawaai uit hun lege kanonnen, misschien een mutsje meer van de schipper vanwege het onverwachte weerzien, niet de beloning die z'n maandenlange bitterheid moet wreken. Zodra hij de eerste kleuren kan onderscheiden, en het zijn de juiste kleuren, moet hij in beweging komen.

Hij is de bel net voor, klimt omlaag, knijpt in het touw om het trillen van z'n handen te stoppen. Beneden staat zieke Gerrit zuchtend omhoog te kijken, dat zal dan z'n aflossing zijn, Reijer moet z'n juichen inhouden. Eenmaal beneden vertraagt hij z'n passen, het mag niet lijken alsof hij rent.

Niemand bij de fokkemast, Reijer kan zich wel doodslaan omdat hij niet eerst vanboven heeft gekeken. Het huis van z'n ouders voelt nu zo ver als het ruim, voordat hij achter elke ton naar de schieman heeft gezocht, is zieke Gerrit er al met de buit vandoor. Hij vraagt waar de schieman is aan een van de Duitsers, die alleen maar naar achteren wijst. Maar het klopt, Reijer ziet hem achter de mast bij de onderstuurman staan. Nu rent hij, het maakt hem niet meer uit wie het ziet. Hij wil voorbij de grote mast, doen alsof hij de kaffende staf van de provoost niet hoort, iedereen moet weten dat hij de eerste is want de eerste mag voorgaan, blijven bijschenken, mag door een kille wacht heen slapen, hij is nooit ergens eerste geweest, de anderen zullen hem erom haten, ze krijgen niets van z'n wijn, hij heeft eten overgeslagen, als een vogel geleefd, niemand zal hem afnemen waarvoor hij heeft gehongerd. De afstand is te klein, dan te groot, hij voelt iets krimpen, doven, hij haalt het niet. Een pas voor de mast blijft hij staan. De hoogbootsman komt op hem af en elke droom van drank, goud of gejuich die in hem was gevaren, bloedt hij nu weer uit.

De beste ogen op het dek roepen dat het een Portugees is. Dat was eerder nog duidelijker te zien, voordat hun prooi hun vlag in de gaten kreeg en overhaast haar zeilen neerliet. De Portugees is kleiner, maar niet sneller, wellicht kermt ze onder een zware vracht of weerhoudt een uitgedunde bemanning haar van haar vlucht, de maats slaan aan het rekenen van hun wensdromen.

Het bevel is duidelijk, de beloning ook, zelfs wie z'n contract nooit heeft kunnen lezen zal wat van de veroverde lading mogen proeven. Geen geklaag dus meer over toegeschreeuwde taken, dit is het, de belofte van hun deel, omdat niemand voor papieren bedragen aan boord is geklommen, de doodse optelsommen, buit is voor de moedigen en dat zijn ze, beloofde beloning heeft hen nooit gelokt, ze hoeven niet te verdienen wat al vanaf de eerste windvlaag op hen wacht, alles van die Portugese dwazen, die Marialikkers, die hun schip zo wijdbeens schenken, alles droeg al hun stempels en brandmerken, het heeft nooit iemand anders toebehoord.

Iedereen wil z'n kist zo leeg mogelijk nu, lepels kosten opeens nog geen gulden, met een bijbel moet je lang leuren om er nog iets voor te krijgen, wie nog geen verstopplek heeft voor het overschot straks is te laat. Drie dagen, roepen sommigen, anderen schatten vier, de voorzichtigen houden het op zeven, ze willen later geen gezeik, dus onthouden ze goed wie wat heeft gezegd.

Voor Jacob, wiens gepoetste lepel tijdens het eten arrogant afsteekt bij de opgeraapte houtjes van de anderen, omdat de vader van z'n moeder voor een apotheker had gewerkt, is rijkdom geen visioen van glimmende kisten met Spaanse matten, van vleesschalen en opgetilde rokken, zijn fortuin zou hem een ladder geven, snelle treden naar de buitenlucht, waar hij alleen zou aantreffen wat hij kon besturen, wat alleen door zijn bevelen zou ontstaan, hij zou onmisbaar zijn, gewild, hij zou aan de bron staan van een bloei die land tot leven brengt, een veld met mensen en hij kent ze allemaal, de zee zou hij pas weer op gaan wanneer geesten overvloediger dan de zijne de dodelijkste eisen van de scheepvaart hebben opgelost, tijd, wie die moet kopen mag zich niet rijk noemen, hij belooft: luisteren en kijken, wachten en woord houden, een vrouw die zich voor hem ontkleedt, zijn vragen aanhoort, zijn handen in antwoord langs elk van haar verlangens leidt, slaap, ideeën zullen hem wekken, vrouwenwoorden, kinderstemmen.

De Portugees krijgt meer tekening, het staren pijnigt hun ogen, zelfs het eten verliest z'n schijn van tijdverdrijf, na de laatste happen haasten ze zich weer naar boven om met dorstige mond maar niets van de jacht te missen. Laat hun zeilen loswapperen, uiteenscheuren, laat ergens een brand ontstaan, ver van het kruit maar dicht bij het halfdek om de officieren uit te roken, hun blik te doen tranen, laat hen halt houden om te onderhandelen, die bruinhuiden zijn toch liever slaven, laat hen zich als ketters verzetten, iedereen hunkert naar de druk op de borst van de kanonnen, laat de vrouwen die ze nu nog nergens kunnen ontdekken benedendeks verborgen zitten, hoor ons, hoor dit laatste, laat het dochters zijn.

De zon gaat onder, hun prooi vervaagt, maar hun schipper let goed op, hij weet wat hij doet en zal het spoor ook 's nachts blijven volgen. Siem voert Reijer nog wat water, inspecteert de wond aan diens hand. De huid lijkt niet te erg ingescheurd, het smalle mes dat met een hamer in het dunne oppervlak tussen de middelvinger en ringvinger is geslagen, nagelt Reijer net ferm genoeg op de grote mast. Reijer bedankt Siem, kan zich net op tijd de naam van z'n weldoener herinneren.

– Hoelang nog?

– Heeft hij niet gezegd.

– Ik zal wat van de vroegkost bewaren.

– Als niemand van m'n bak dat doet, zullen ze een bebloede vuist voelen.

– Ik doe 't toch maar.

– Rotterdam toch?

Siem schudt z'n hoofd.

– Aan de kust. Noordelijker. Wat voel je nog?

Reijer merkt dat hij z'n vingers nog kan bewegen, maar de beweging veroorzaakt geen herkenning, het is alsof iemand anders die vreemde vingers aarzelend beweegt. Z'n arm, de elleboog hangt ter hoogte van z'n ribben, is koud en uitgeput.

– Die kale had er toen toch ook niets van te lijden gehad?
– Wie? De IJsman?
– Die met die laatste stroharen, met die kale kin.
– Bij hem zat het mes veel lager.

Reijer durft niet meer verder te vragen, de smaak in z'n mond lijkt opeens veel sterker te worden, alsof hij al de ranzige dorst proeft die hem later zal gaan plagen.

– Probeer je benen af en toe te bewegen, zodat je hand weet dat de rest nog leeft.

Een vinnig geklop, de staf van de provoost, Siem laat Reijer zonder afscheid onmiddellijk alleen, loopt van de mast vandaan met z'n rug naar het geluid, de beker voor z'n buik.

Reijer vraagt god om een korte nacht, hij wil niet in slaap vallen, is bang wakker te worden met een uitgescheurde hand, wat z'n straf alleen maar zal verlengen, hij zal in z'n tong blijven bijten om niet weg te vallen, zodat maats hem niet kunnen bevuilen, hem niet onderpissen of hun pik tussen z'n slapende lippen wringen.

Wat hem omringt moet hij gebruiken. De wind, wanneer hij z'n hoofd in een bepaalde stand schuin houdt, groeit het gefluit in z'n oren, en het gekraak boven en onder hem zal hem ook van z'n rust kunnen houden, het komt erop aan om weer bang voor het schip te worden, de grote mast die in een storm niet sterker is dan het bot van een bovenarm, het dek dat onzichtbare duivels herbergt die je een sprong in zee gunnen om hun te ontvluchten. Hij merkt dat hij begint te rillen en is tevreden, een voldoening die hij te laat doorziet waardoor z'n hoofd net wat zwaarder op de mast komt te rusten, hij niet beseft dat hij z'n ogen al te lang gesloten houdt.

Bij het eerste licht komt Siem boven, stapt over de slapers op het dek, hij ziet al dat Reijer is verdwenen, het stuk kaas uit z'n eigen kist dat hij heeft meegenomen voelt als een dwaas gewicht. Bloed op de mast, maar het meeste ligt op het dek, in een volgelopen groef vindt hij een deel van een vinger. Hij wil de kaas meteen terugleggen, misschien dat hij later nog naar Reijer zal zoeken.

Daar is de zon, zo koel en klein nog, maar laat de bel een paar keer luiden en ze heeft haar overheersende plaats aan de hemel weer ingenomen, de schaduwen op het dek tot krappe poelen doen krimpen, een gevaarlijk gebied van de buitenlucht gemaakt.

Voor de eerste hitte is Nel al opgestaan. Ze helpt haar mevrouw overeind, probeert de bittere woorden te negeren terwijl ze het ene hemd voor het andere vervangt, broze armen uit mouwen plukt, daarna in andere steekt, zo veel mogelijk wegkijkt, de beschuldigingen dat ze elke ochtend te laat is, ze haar broer de koopman behekst, haar mevrouw kan haar broer niet anders opvoeren dan als de koopman, alsof hij zo is geboren, de indringende angst om maar geen kier tussen haar en haar machtige broer te laten vallen doet Nel walgen. Het is tijd voor de voet van mevrouw. Even lijken Nels handen verlamd, niet meer in staat iets te verrichten, ze vraagt zich af of ze dan eindelijk ziek is geworden. Een klap op haar schouder, haar mevrouw lijkt haar werkelijk met een vuist te hebben geslagen. Nel buigt zich over de verbonden voet, de snijdende geur maakt haar duizelig, de handen die de doorweekte lappen lostrekken zijn van haar en niet van haar. Ze is er. Ze is er niet.

Op het dek vloekt niemand luider dan de hondse wind.

De Portugees, die nog maar kortgeleden steeds meer van de horizon moest prijsgeven, niet meer in een vuist paste, is een insect geworden dat de maats elkaar in de verte moeten aanwijzen. De nederlaag holt hun buiken uit, hoger in hun lichamen brandt het, wie zich er niet door laat verstikken roept dat ze hun lading vannacht overboord hebben gegooid, dat moet wel, straks zullen ze de dobberende tonnen met smerig Portugees vreten tegen hun boeg horen tikken, een spoor van stront en verzopen lading, de zeebodem doet hun kanonnen al roesten, de duivel helpt hen, de duivel hale hen. De natuurlijke vrees voor de schipper zorgt ervoor dat ze in hun woede de laagste in rang tot schuldige uitroepen. De derde waak hoort z'n naam mompelen en verschuilt zich bij de bootsman die hem op tijd achter de mast moet krijgen.

De onderofficieren jagen hen naar hun werk, de provoost mikt op schouders en ruggen, Henrik is niet snel genoeg, de staf treft z'n oor en het is alsof z'n gezicht loslaat, hij houdt een hand op het ontglippende deel en voelt alles warm worden, te veel voelt hij bungelen, hij kruipt weg, iemand stapt op hem, een ander struikelt over hem, hij gilt wanneer meerdere voeten hem niet meer kunnen ontwijken en z'n benen breken.

Op het kampanjedek verschijnt de schipper, schuin achter hem de kapitein, die de lopen omhoog wil. Dan kraken de eerste schoten. Alle rook maakt een vuile mist, het lijkt het dek te temmen, de provoost sluit de maats in die niet meer durven te vluchten. De schipper verdwijnt weer naar z'n kajuit.

Jan voelde z'n musket niet afgaan, flitsen prikten de huid

rond z'n ogen, maar er loste geen schot, de bal moet er nog in zitten. Hij kijkt niet op, maar herlaadt de koude loop en hoopt dat er geen bevel komt nog eens te schieten. De wind doet z'n lont fel oplichten, toch blaast hij er nog eens op, hij kan het niet laten, hij houdt de kapitein in de gaten, die net als de anderen de wilde provoost toejuicht. De man is een beest, een zwijn met een staf. De enige matrozen die hij bijeenschraapt zijn de kinderen en de zieken, de rest van de ratten is benedendeks verdwenen of in het want gekropen. Jan ziet de sergeant aarzelen, de laffe hond weet zich geen raad zonder de aanwijzingen van de kapitein, hij luistert nog eerder naar Nicolaas dan dat hij zelf een bevel durft te roepen. Hij vraagt zich af hoe het zou klinken, het dubbele schot in z'n musket, of het zou kraken of krijsen, dan het onmenselijke geluid van de ongelukkige die te dicht op de ontploffing staat. Hij heeft meegemaakt hoe mannen hun duim kwijtraakten na een barstend schot, de verwarring, het domme zoeken op de grond, zo makkelijk prooi opeens, geknield en bang met soms niet meer dan een mes in de verkeerde hand. Jan kijkt om zich heen en besluit die nacht z'n musket met dat van Harm te ruilen, Harm zal het niet merken en als het hem opvalt zal hij het minst van allen de moed hebben om te klagen, zeker niet bij Jan, die iedereen nog kent van die eerste avond.

De provoost heeft een offerdier ontdekt. Zo is het goed om soldaat te zijn, om een matroos bloeden mee te zien maken, het ziet ernaar uit dat iemand z'n laatste stappen voorlopig heeft gezet, Jan hoeft niet naar de kapitein te kijken om te weten dat ze mogen lachen, een geknakt veulen zou niet zotter kruipen. Het zwijn roept dat het diertje moet opstaan, niet als verse schijt moet blijven liggen, maar het diertje jankt alleen maar. Het zwijn prikt met z'n staf in de bebloede benen, iemand van hen maakt opzichtig aanstalten z'n musket te gebruiken, Jan is meteen woedend op hem, woedend op zichzelf dat hij dit gebaar niet als eerste maakt, nu roept iemand anders onder gelach dat hij het paardje wel uit z'n lijden zal verlossen. Waar is de kameraad van dit gillende wijf gebleven, is dit nu die gevierde matrozeneer, of geldt die alleen op een donker dek wanneer de honger naar een reet te vurig wordt. Jan merkt dat de kapitein naar hem kijkt, alles stopt, hij gaat in de houding staan. Klaar met alle kinderspel, de kapitein is duidelijk, tijd om de laatste onrust tot stilte te dwingen en Jan is degene die z'n wapen op de mekkerende op het dek moet richten. Jan wil niet aarzelen, er zindert iets in z'n armen en schouders, hij wil niet falen, niet nu het bevel hem weer bevestigt dat hij tot de favorieten van de kapitein behoort, diens besten, dus denkt hij de pan en loop van z'n musket leger tot een enkele lading en de dood aan iedereen die dat anders ziet, dit is zijn moment van moed en hij legt aan met alle honger naar het bevelende gebaar dat hem zal verlossen, verheffen.

Henrik ziet mannen naar hem staren vanaf de ra's, zo dierlijk, alsof ze allemaal aan hun handen en armen hangen en niet bang zijn om te vallen, op z'n ongeluk wachten voordat ze verder klimmen of vliegen. Op vreemd gevoelloze ellebogen kruipt hij naar achteren, het verbaast hem hoe hij kan voortgaan en toch steeds halverwege blijft. Hij moet aan geiten en schapen denken, de angst dat ze allemaal het mes van z'n vader voelden maar niet konden gillen, ze nog niet dood het bloed uit zich zagen vloeien. De provoost komt hem niet meer achterna, misschien durft hij niet meer vanwege de grote vogels.

Ze willen elkaar aanstoten, rumoer ontsteken, maar wie weet wat beweging of een verkeerd woord hun brengt. De kruiper met z'n slappe poten en rode slakkenspoor kennen ze als Meel, omdat hij klimt als een molenaar, voet over voet, het brengt ongeluk om hem nu nog naar z'n echte naam te vragen.

Z'n musket wordt gauw zwaarder, niet lang meer of Jan tilt het gewicht van een fors kind, het moet de honger zijn, de lont doet z'n ogen tranen, hij verplaatst z'n gewicht naar z'n andere been, houdt z'n adem in tegen het trillen, hij wil iets veinzen maar weet niet wat om z'n onrust te rechtvaardigen. De kapitein heeft zich afgewend, z'n haren, geankerd door z'n hoed, drijven op de wind, de maats hebben vaker meegemaakt dat hij z'n aandacht voor het dek opeens verliest, het gevolg van z'n bevelen niet meer opmerkt. Hij wuift, het is voorbij, hij volgt de koopman naar binnen.

Hij moet wel vuren, zo kan het niet eindigen, hij moet bewijzen dat z'n wapen het doet, dat hij bereid is, niet aarzelt, moeiteloos raak schiet.

Gejouw vanaf het want, klein hout landt op helmen en musketten, soldaten zijn nu weer de schapen, zij de wolven en zolang ze de staf van de provoost niet zien razen zullen ze doorgaan die blatende kadavers te bekogelen, de woedende afdaling langs het striemende tuig vult hun buiken met moed, ze zullen hun kameraad redden, want hij is hun eeuwige broeder.

Zonder de sergeant af te wachten richt Jan op het eerste klauterende lijf dat hij ziet en hij schiet.

De ontploffing verwondt drie man. De adelborst dichtbij voelt een klap op z'n schouder en valt om. Hamer staat aan de andere kant, is niet onmiddellijk blind zoals Jan, maar flinters van de ontplofte pan en loop snijden door z'n kleren, klemmen zich tussen z'n ribben. Wanneer ze de adelborst omdraaien, bloedt hij fors, z'n gezicht lijkt verschoven. Hamer houdt gesprekken met mensen die er niet zijn, hij laat zich niet optillen of wegslepen, verbergt z'n verwondingen alsof hij er zich voor schaamt.

Jan heeft moeite met denken, met geloven.

Niemand durft hem te naderen, niet nu hij zo raast, zo onbesuisd met een verkoolde kolf zwaait. Krijsend als een kind, zo bang en gekwetst dat het wel waar moet zijn dat een man z'n eigen gil niet kan horen.

Er heeft zich een kring om Henrik gevormd. Ze roepen Meel Meel, alsof hij doof of dood is. Nog niet, roept hij naar al die neuzen en ogen die rond hem zweven, die hongerige monden, ik ben nog niet klaar voor het innaaien, jullie mogen me nog niet in zee gooien.

Hun broeder jaagt hen achteruit, ze weten niet waarom hij zo onrustig ligt, zo vreemd hoest, z'n rode ogen zo bezeten rillen.

Met elke bel lijkt hun wind af te nemen, terwijl de Portugees op z'n eigen zee lijkt te varen, weer een vlek wordt en verdwijnt. Even hebben ze hun verzonnen levens achter de mast gehad, zeven dagen staren naar een kraak die z'n reet niet wil laten ruiken, zeven maar, waarom blijven ze het dagen noemen, deze bestraffende brokken die de bel steeds voor je afsnijdt, wat heeft het geholpen om te doen alsof je de sleutel van de bottelier al om je nek voelt, je de meid van de schipper of dat wijf van de predikant vooroverbuigt, je de bloemen ruikt in het laken van de kajuitstafel, eindelijk een einde aan de pijn in je pik te denken en je aderen te sluiten, hun bevelen uit te zweten, te stoppen met luisteren, nooit meer luisteren, niet meer het dek op, hen niet meer geloven, een ander voor je uit duwen, naar het want jagen, hun benen te zien verlammen, bang voor broos tuig en splijtende masten en de open muil van de zee, alle anderen van de bak wegjagen, niet meer om iedere hap hoeven vechten, genoeg van de vermoeiende woede, de rouw wanneer de bodem te gauw door de grauwe drab schijnt, nooit meer een slok woelend van de maden, niet meer uit de dood te worden gewekt om voor werk je kooi te moeten verlaten, nooit meer de kooi, die zure, beklemmende kist, niemand is hier meer, niet nog een ochtend van stank en zwart, alles buiten een leegte die je gewicht niet houdt, al het verblindende blauw, niet langer aan de ketting van bevel, je naam uit het boek, dat kruis dat niemand ooit op een contract heeft gekrast, niemand is ooit in Middelburg geweest, niet nog een sollende hemel, genoeg van ijzige slagregens die als bijensteken je handen en wangen bestoken, van een schip dat je van z'n rug wil gooien, beter de kisten van alle anderen te openen en je vingers in hun tabak te steken, hun lepels en hun tekeningen van kutten te jatten, beter iemand te neuken die zijn armen niet weet los te worstelen, gaten in de barkas te slaan, op te houden over paleizen en slaven.

Het blijft stil op de overloop, het aanbreken van de laatste vaten brandewijn, een aalmoes van de koopman, verandert daar weinig aan, op hun bultzakken drinken de maats met een elleboog om hun rantsoen, niemand, behalve de gillende blinde zieke, overstemt het priemende steunen van het schip.

IV

De vaten met drinkwater komen het eerst tot leven. Ze hebben lang in de zon gestaan, sommige spatten open, andere spuwen water uit de verse kieren tussen de duigen. De kwartiermeesters schreeuwen om tonnen en kannen om het laatste op te vangen. Fedor kan zweren dat hij het water op het hete dek ziet verdampen, hij is niet van plan om iets te redden wat al halverwege de wolken is. In de schaduw bij het galjoen houdt hij z'n lijn in de gaten, hij merkt wel wie hem uiteindelijk komt halen.

Ze zouden niet zoveel watervoorraden hoeven aan te houden wanneer niet elk maal een laag zoute as in je bek legt en je dwingt slok na bittere slok naar binnen te werken. Hij mist bier, had niet verwacht dat hij ooit zo lang zonder zou moeten doen. Weer het besef dat hij zich geen smaken kan herinneren, dat die hem pas te binnen schieten wanneer ze z'n tong wekken. Hij kijkt toe hoe het geschreeuw van de bootsman de kuipers slordig maakt, hij weet niet hoeveel tonnen er nog beneden staan, maar hier op het dek verliezen ze zeker de helft van het water en met deze brakke hemel durft niemand iets over regen te roepen. Hij beweegt z'n lijn op en neer, op en neer. Het is iets om te doen, hij heeft het nooit erg gevonden dat de vangst naar de kajuitstafel verdwijnt.

Boerentaal. Hoerentaal. Klanken die de keel geselen als stekelige visgraten. Hun monden altijd in onderhandeling, hard en afgemeten, de taal van de laagste prijs. De afgelopen nachten moest hij hun voorbereidingen aanhoren. De Abrolhos dienen met viering gepasseerd. Op de overloop veranderden oude hemden, gehavend maar na hun pisbad ontdaan van luizen, in genaaide dierenhuiden. De maats kregen rollen toebedeeld, die Jacob lijkt de baas, er werd geoefend, de kleine klommen op de grote, veranderden in bochels, daarna alleen nog maar geschreeuw, van monsters die Jacob in rondjes liet lopen, gezeik over de inhoud van de emmers, over het geloofwaardigste bruin, sommigen wilden er rode strepen doorheen roeren, ruzie over welke spullen je het best mengen moest om het echt te laten stinken, iedereen die daarop z'n reet liet horen, ze zullen toch met het echte spul de emmers vullen.

Iets trekt aan de lijn, maar hij reageert niet, hoe graag hij ook kracht zou willen zetten om de vis tevoorschijn te trekken, hem net onder het oppervlak jachtig heen en weer te zien snellen, aan z'n hand te voelen razen, hij blijft onbewogen staan, spant z'n armen om ze stil te houden, kijkt niet over de rand, dit was het verkeerde moment om te gaan vissen. De Looiers, hoe heeft hij ze nu pas kunnen opmerken, staan recht tegenover hem op het rooster en wachten, veinzen zelfs geen gesprek. Even is hij vastbesloten om de lijn in zee te gooien, het lange werk aan z'n aas op te offeren, te doen alsof hij zich een bevel herinnert dat hem buiten hun bereik brengt. Maar z'n hand gaat weer op en neer, op en neer, hij draait zich half naar de zee, het is niet duidelijk waar hij naar kijkt, waar hij mee bezig is. Elke knik en por legt het werk rond de fokkemast verder stil. Dit wordt goed, De Looiers zijn eindelijk weer tevoorschijn gekomen, zelfs nu ze nog maar met z'n drieën zijn, doen ze de provoost benedendeks naar dringend vergeten verplichtingen zoeken. En nu is Middelste Mof aan de beurt. Het zal z'n tijd zijn, hij was al te vaak onvindbaar om dan zomaar daar te verschijnen, lijn in de hand, de blik veel te ver over zee, het is ook niet goed zo lang zonder maat te zitten. Ze proberen zich z'n kist voor de geest te halen, of hij de gewoonte heeft er lang in te staren, steeds iets oprakelt en teruglegt, of hij het ding vooral heeft leeggehaald of regelmatig heeft weten bij te vullen.

Altijd vooruit, z'n trots. Nooit je eigen voetstappen zien, geen weg mocht hem ooit bekend voorkomen. In Hamburg had hij jaren kunnen blijven, maar z'n oudoom had hij niet opgezocht, het geld dat hij van die dode had geplukt liet hij in het logement weer achter, maar het belangrijkste, een plek op een boot naar Lijfland, was gelukt, waar het ook lag. Hij hoort mannen soms opscheppen over alle plekken waar ze hout hebben gesjouwd, voor een schipper hebben gekropen, waar ze van vuile matrassen zijn verjaagd, hij begrijpt hun plezier niet, voelt de wil niet herinneringen uit z'n eigen mond te horen.

De angst kwam pas heel laat. Vanaf de rivier leek het land te vertrouwd, gelukkig herkende hij in de haven geen enkel woord, wonderlijk hoelang de mensen daar tegen hem aan praatten zonder dit te doorzien, uiteindelijk gaf niemand om z'n onbegrip, hij werd toch nooit betaald om terug te praten. Hij was voor de grote schepen gekomen, een oude man, aan z'n leugens te horen waarschijnlijk nooit meer dan een hooploper geweest, met de hinderlijke gewoonte in de aarde rond z'n voeten onbegrijpelijke routes te krassen, raadde hem aan naar Amsterdam te vertrekken, dus vertrok hij naar Zeeland.

Ze zeiden dat de vorige schepen nog niet eens waren teruggekeerd, maar dat een volle tafel heren, waaronder de schipper, iedereen voor wilde zijn. Hij wachtte daarom tot het laatste moment met aanmonsteren. Wanneer er schepen van hun eerste reis terug zouden komen, zou hij aan wal blijven, misschien toch een schuit naar Amsterdam nemen, hij kan zich niet voorstellen dat iemand leeft om een cirkel te dichten, nooit wil hij iemand ontmoeten die hem vertelt dat hij ergens al eerder is geweest. Hun aankomst bleef uit en hij stapte met de anderen, die net als hij een kist voor zo'n schofterig bedrag moesten kopen dat het ding nagenoeg hol op hun schouders lag, op een lichter naar een schip dat opeens zo vreemd dichtbij als een kerk zo donker en boos leek. De grootte voelde onnatuurlijk, hij wilde ervan wegvluchten. Welke van de laatste smerige happen op land hij ook de schuld wilde geven, hij wist dat iets anders de moed in z'n buik bedierf.

De ander peilen, in z'n ogen de verwonding ontdekken, hem niet hetzelfde geven, het kind achterhouden, niets onthullen, z'n angst, onbeschut en bleek, betrappen, van die ontdekking een beschuldiging maken, daardoor opluchting voelen, macht over hem.

Die eerste dag, na het laden, het dankbare stapelen en het stouwen, na het terechtwijzen, het geruststellende straffen van zwakkoppigen en melkmuilen die anders in de kruitkamer naar het brood zouden zoeken, zich op kalme zee nog aan het tuig zouden verhangen, werd hij bang voor z'n kooi, alsof hij er nog diezelfde nacht zou sterven, en hij daalde af naar het donkerste deel van het ruim om daar lang en luid in z'n opgerolde hemd te huilen.

Hij begreep de maats niet die hun tranen 's nachts op de overloop lieten horen. Elke snik zou hij hardop vervloeken, belachelijk maken. De reputatie die hij daarmee verwierf, en hij hield niet van reputaties, haatte de dwang die ervan uitging, nam hij voor lief. Zo behield hij ook z'n eigen woorden voor de masten, de zeilen en het want, het was zijn taal die alles een naam had gegeven. Maar idioten die met hem over thuis wilden praten, hield hij af. De zwijgzaamste maat aan boord, een jongen met kleine handen en amper nog tanden, nam hij als kameraad.

De angst ging niet weg. Hij merkte dat hij z'n werk verwaarloosde, soms wakker schrok vlak onder de ra en niet meer wist of hij moest klimmen of dalen. Elke dag de uitputtende klus om verlaten plekken voor z'n gejank te vinden, de angst dat hij op een dag niet snel genoeg zou zijn. Nadat z'n kameraad door de rode loop was leeggehaald, Kristof had hij zichzelf die enige keer genoemd, tegen de moordende honger van de ziekte had de jongen uiteindelijk z'n eigen mes in z'n hals gedrongen, mocht hij als eerste bieden op iets uit diens kist, maar hij wilde niets hebben, misselijk werd hij van de aanblik van geknakte pijpen en de lelijke tandensporen in het laatst bewaarde blok kaas. Toen is hij met het vissen begonnen.

De Reus is bijna tot de fokkemast geschuifeld, maar ze weten dat hij niet gaat ingrijpen, ze hebben zich lang geleden in hem vergist en maken niet weer dezelfde fout. Net als zij wil hij gewoon toekijken hoe De Looiers die gekke Middelste Mof van z'n vis beroven en wat nog meer.

Hij heeft er lang over gedaan om het aas goed te krijgen, om het ding hetzelfde gewicht en dezelfde bengelende vinnen te geven als een echte prooi. De dobber heeft hij uit meeuwenbeen gesneden, niemand anders is op dat idee gekomen. Toen ze zuidelijk genoeg waren en vliegende vissen op hun dek verdwaalden, hield hij vast aan z'n lijn, aan z'n plek bij het galjoen. Hij zag maats de boegspriet op kruipen, vaak hadden ze eerder beet dan hij, maar het ging hem niet om haast of hoeveelheid.

Ze zullen z'n lijn niet krijgen, niet de vis die eraan trekt, niets zullen ze van hem krijgen.

De Looiers missen Gerart, die niet zou hebben toegestaan dat Middelste Mof hun nu de rug toekeert. Claas en Wieger hebben spijt dat ze Gele Jan van z'n kooi hebben getrokken, hij lijkt bijna met open ogen te slapen, ze moeten hem rechtop houden. Wat ze in Middelburg hebben opgelopen na het delen van die vrouw knaagt al de hele reis aan hun vet en botten, verslindt hun eten voordat ze het goed en wel hebben gekauwd, smeert troebele olie over hun ogen, de stank die van Jan walmt maakt dat een mens nooit meer iets wil ruiken. Maar ze zijn naar buiten gekomen, ze wisten dat Middelste Mof op z'n plek zou staan, ze zien niet zo goed meer maar weten dat iedereen naar hen kijkt.

Hij hoort De Looiers roepen, maar ze zullen hem moeten halen, hij is bezig, de vis is onder het schip gevlucht, hij leunt zo ver mogelijk over de reling om de lijn van de scherpe schelpen te houden.

Gerart had geweten wie te sturen, ze kunnen niet allemaal tegelijk, Gele Jan gaat halverwege omvallen. Wieger is altijd de lafaard geweest, Claas trekt z'n mes, hij merkt dat z'n grip om het heft hem helpt te lopen.

Middelste Mof heeft dus nog iets anders gedaan, dit gaat niet meer om een vis, niet wanneer die lange nu al met een mes nadert. De Reus roept pas op, dus toch. Maar Middelste Mof draait zich niet eens om, hij is echt gek geworden.

Claas, die doof is aan een oor na een ongelukkige klap van z'n oudste broer, weet niet wat hij doet, het lijkt alsof iemand hem vooruitduwt, alsof de grond achter hem stijgt en hij moet rennen om z'n evenwicht tijdens de onverwachte afdaling te bewaren. Hij steekt Mof in z'n zij, het moet, anders kan hij niet meer stoppen en valt hij in zee.

Ze zien Mof gillen en met z'n armen zwaaien, met achteloze gebaren De Looier verjagen alsof vliegen hem lastigvallen. De anderen blijven maar op hun plek, schieten hun kameraad niet te hulp. De Reus is verdwenen. Ze zien De Looier nu meerdere keren steken, tot Mof valt en niet meer beweegt.

Het laatste wat Gele Jan hoort is gejuich.

Tegen de tijd dat de scheepsraad hem tot drie sprongen van de ra heeft veroordeeld, kan die gekke Looier nauwelijks meer rechtop zitten, laat staan lopen. Voor een extra rantsoen kandeel slepen enkele maats hem omhoog. Boven wachten ze op het teken van de schipper om hem los te laten. Het lichaam is slap, het is geen sprong maar een tuimeling, de plons is hoog en luid.

Ze staan klaar om hem weer binnen te halen voor het volgende deel van z'n straf, maar niemand ziet hem weer bovenkomen. Aan de loefzijde roept iemand bloed en begint te wijzen, en hoezeer iedereen ook op haaien hoopt, drijft er niets anders dan een schaduw tussen eindeloze andere schimmen op het water.

V

Je was met twee. De kapitein kocht jullie vrij, omdat hij twee duivels zocht. Gomes moest je achterlaten, maar genoeg over hem, je zou hem als man niet meer herkennen.

Niet alleen, je was twee. De kapitein wilde geen verschil, vier ogen en vier handen deelden voortaan dezelfde huid, iedereen kon zien dat het klopte. Twee vreemden waren meer dan broers geworden, dat heb je aan de kapitein te danken.

De kapitein kleedde je aan, noemde je Balthazar en Nicolaas. Hij gaf je pluimen, je moest overal met hem verschijnen, hem met luide hakken flankeren, schouders recht, je hand in je zij zoals hij had voorgedaan, de andere op je sabel.

Hij leerde je de namen van wapens, hoe deze te hanteren, een lont altijd brandend te houden, die eerste nacht verplaatste je je dolk en zwaard van kist naar hoofdeind, je hield een, dan weer allebei vast, je kon er niet van slapen, je wilde je voeten niet meer van de haakbus halen.

Er was eten opeens, zoveel eten. Met een scherpe twijg dwong de kapitein je handen uit je eten tot je aan de lepel wende en hij tevreden over je was. Zo veranderden wapens en maaltijden van hoop in gewoonte voor je, de gulheid van de kapitein heeft je sterk gemaakt, je honger naar iets anders gegeven.

Laarzen, dekens, tabak. Je keek naar de ander om te zien hoe je zelf zat te roken, de dunne pijpjes voelden als been tussen je tanden, maar braken bij iedere val.

Hij liet je vechten. Hij is een hongerige krijgsman, dat had je gauw begrepen, z'n plek in een gevecht is vooraan en je moet hem volgen, voor z'n gunst ook nog verdergaan. Je was voorbereid, daar had hij voor gezorgd, je hebt sporen van z'n aanwijzingen in je wangen en armen, hij gaf je zelfs kreten, je moest schreeuwen tot je keel brak, de vijand mocht geen mens meer tegenkomen.

Je wist dat je het goed zou doen. De jaloezie van de soldaten, die buiten het zicht van de kapitein je met hun voer bekogelden, je villen wilden om de kleur van je botten te keuren, je oude bestaan aanriepen en je met de strop en de ketting bedreigden, bereikte je niet meer wanneer je steeds dieper het slagveld betrad. Om zoveel dood te veroorzaken onder je oude meesters, dat zul je nooit meer vergeten. De verrassing en angst in hun ogen, het kwellende ongeloof wanneer ze beseften dat ze door iemand als jij zouden sterven. Erna, na het kotsen en huilen, op afstand van de anderen maar met z'n tweeën, laat de herinnering eraan je altijd hard lachen. De domme witte koppen die van angst hun wapens laten vallen, hun handen voor zich houden als om je terug te sturen, ze zijn verdwaasd, je hebt het al zo vaak meegemaakt, te waanzinnig om nog aan rennen te denken, je laat ze bevatten dat ze zich niet meer kunnen verstoppen, ze zijn zo zwak, hun werende armen kraken onder je sabel, hun losse vingers bloeden leeg op het veld, je steekt ze in hun benen waardoor ze knielen, daarna houw je de dood in hun hals, je trapt aarde in hun wonden, wilt je laars op hun wangen zien, de weerstand voelen.

Je ijver en drift zijn geen opdracht meer, al zo lang nu heb je niet aan vluchten gedacht. Je wilt de kapitein tot in de hel dienen, waar hij zeker zal eindigen. Na ieder gevecht begeleid je hem, je wordt z'n hand wanneer je de buiken openrijt van gevallen vijanden, zodat hij zich als een ziener over de ongebonden darmen kan buigen, nog altijd heb je niet begrepen wat hij wil aantreffen, alleen een soort opluchting heb je bij hem gemerkt, vooral die winter in de bossen onder Gembloers, toen hij overal buit leek te ontdekken in de dampende ingewanden van de doden.

Daar gaan ze weer, die witte honden, met alle vermommingen die ze nodig hebben om iets te vieren.

Je deed niet mee met de uitgelaten stemming over de eerste tekenen, de meeuwen die rond de mast verschenen en alles wat niet vast aan het dek zat naar zich toegeworpen kregen. Je bent veranderd. Je doet alsof je de vreugde bent vergeten over het naderen van een vogel, van een konijn of zelfs een slang, de honger en hoop, dat je je ooit te goed voor gevangen vreten zou voelen. Boven je hoorde je de ruzies ontstaan over afgezwaaid hout, over het eigendom van de vetste meeuwen, het geschuifel van worstelingen, de verdovende herhaling van vuile woorden. Eindelijk passeert dit vervloekte schip de Abrolhos. Je zou nooit meer varen, maar nu vaar je.

Iedereen moet kijken. Een wild spel dat je niet kent, van mannen in zelfgenaaide jurken, met bolle borsten van jute, andere dragen ezelsoren. De kapitein staat voor de schipper op het kampanjedek, je staat maar iets lager, je staat vooraan. Een stille zee en lege lucht, toch verliezen je soldaten steeds hun plek in de schaduw, zo denk je over hen, als je soldaten, ook al heb je nooit de steun van hun musketten en sabels tijdens gevechten gekend, niemand zal ooit naar je luisteren zonder het levende bevel van de kapitein. Je bent met te veel nieuwe gezichten aan boord gegaan, de helft hoest, de sterkeren kunnen de bloedelozen nog amper het dek op hijsen, allen hebben gaten in hun kleren. Je denkt aan de kapitein, aan het laatste logement en de jongens die je hem daar voerde, hoe je de man zou vermoorden die het een afscheid zou noemen, je wegkeek van een verouderde en voorzichtige kapitein, z'n tragere gebaren, het misgrijpen naar kroezen, een kapitein die aan de zee dreigt over te laten wat een vijand op land had moeten volbrengen, zonder de kapitein ben je alleen, vergeet dat nooit, val je terug tot je plek aan het blok, alsof iemand in de nieuwe wereld in je uniform gaat geloven, hou op, gelukkig waren je dromen makkelijke buit voor Balthazar, je werd beschermd.

Je ruikt het duidelijk, je bent het publiek, ze rusten niet voordat ze je ermee vermaken, de schijt die ze op elkaar smeren, zogenaamd wanneer de ander niet oplet, waarna ze elkaar over het krappe dek achtervolgen, omstanders besmeuren die het vuil gillend weer aan een ander proberen af te vegen. Trots zul je aan de zijde van de kapitein sterven om nooit meer aan die kant van de mast te belanden. Je hebt geluk, Balthazar, op een plek te zijn waar deze witte dwazen je niet kunnen belagen.

De kapitein kijkt ver voorbij de zeilen, de hele reis zoek

je naar manieren om z'n blik weer terug in z'n lichaam te krijgen. Je was opgelucht toen de dobberende jongen verscheen, je had hem moeten rantsoeneren. De kapitein heeft je nodig, al die jaren heeft hij voor je gezorgd, je kunt hem nu niet in de steek laten. Je bent alleen, maar draagt het hart van Balthazar in je, de kracht van twee man klopt in je borst, je bent anders, sterker, hoelang heeft de kapitein al op je kunnen rekenen, je bent z'n heraut, z'n aanzegging en z'n wraak, met twee kliefde je legers als een paar leeuwen, Balthazars dood heeft je bevrijd, een nachtmerrie van je gemaakt.

De kapitein wacht het einde van het schouwspel niet af, je wilt dat hij je orders geeft, hoopt een knik of gebaar als bevel te herkennen, ziekte en hitte schenden de orde onder de mannen, een uiting van z'n gezag, zodat ze z'n hand over hen niet vergeten, maar hij draait zich om zonder teken, je ziet hem het zweet van z'n hals deppen en in de kajuit verdwijnen.

Je herinneringen beginnen op het moment dat de kapitein je vindt. De waanzin op het dek, je vreest wat je altijd zal weerhouden, altijd zal ketenen, hun vanzelfsprekendheid, het natuurlijke van alle handelingen die steeds weer hun verbond bevestigen, zonder de kapitein zullen ze je weer onherroepelijk tot hun vertier dwingen.

Het moment voor zijn. Naar hen afdalen en je sabel trekken, de verrassing aangrijpen om zo veel mogelijk van hen uit te schakelen, het lot tot overwinnaar van deze reis uit te roepen. Je hoeft niet diep te steken, niet met mannen wier aangevreten huid elk moment van hun ribben kan knappen, niet met een schip dat al maanden een snode dorst vertoont, wie eenmaal bloedt belandt vroeger of later overboord. Tot het einde zul je de kapitein vertegenwoordigen, z'n eer uitdragen, ze zullen zich je hellegang herinneren als de bekrachtiging van z'n macht, de reikwijdte van z'n vergelding. Je hebt de soldaten niet nodig, die sterven staand zonder een schot te hebben gelost, ver buiten de roem van hun bevelhebber. Je bent de enige, de laatste.

Balthazar kon je niet verder brengen, hij moest je wel achterlaten. Je bent niet gestorven, je bent nooit teruggevonden in het vijandelijke kamp, verstopt in een lange greppel onder vele dagen mensenmest, zonder ogen en tong, tot het bot ingekerfd tussen je benen, je hoefde niet met een touw om je enkel de rivier in om je weer schoon te krijgen, je blik is niet dichtgenaaid, je mond heeft geen munt te kauwen gekregen, je bent niet weg, vuur heeft geen rook van je gemaakt, de lucht heeft je niet opgestreken.

Je laat ze hun capriolen uitvoeren, je herinnert je de Spaanse dwerg die de kapitein als buit mee had teruggenomen, de dansen op een hoge ton die hij moest uitvoeren, iemand had een dolk naar z'n voeten geworpen, waarna iedereen begon te gooien, je kreeg de opdracht om het kleine lichaam uit het zicht te brengen, niet eerder had je zo'n mens in handen gehouden, zo boos en onrustig, zelfs in de dood.

VI

De Kaap, de Kaap. Ze kan niet ver meer zijn. Kerstmis is al vele mijlen geleden gevierd, de voorraden die bij het onder zeil gaan ongelooflijk en onuitputtelijk leken, lijken onmogelijk gauw geslonken. Bij opbod verklaringen verzinnen, naar oorzaken graaien, niemand heeft dit eerder meegemaakt, zo lang op zee, zelfs de oudjes met hun verroeste lulkoek over Groenland doen niet meer alsof hun voorspellingen iets voorstellen. In de duisternis van de overloop is het moeilijk om er stil over te blijven, de loze tijd tussen de maaltijden wanneer de kwartiermeesters even zijn opgerot, of aan de reling, waar de luide wind alles uit je losse muil naar de dove zee voert, te makkelijk om de schipper dan als een ezel op te voeren, als een blinde die al jaren de navel van z'n vrouw neukt omdat hij zo ver zuid z'n weg niet kan vinden.

Siem weet het zeker, hij is ongemerkt ouder geworden, alsof iemand met z'n klauwen door z'n kist is gegaan en alleen het nutteloze eruit heeft genomen, het daarom zo lang kon duren voordat hij de diefstal heeft opgemerkt. Hij herinnert zich de eerste keer dat de zieken op de overloop bleven liggen, de stromen pis die de eeuwige deining in elke hoek goot, hoe die geur samen met de azijn die alles weer uit het hout moest schroeien z'n keel zo deed schrikken dat hij bang werd om adem te halen. De aanblik van een man met een bloedrood kruis, het aanhoudende huilen en krijsen, zoiets zou hem in z'n oude slaapzaal hebben verlamd, de rottende kinderen die hij daar van dichtbij had beleefd waren altijd verdwenen voordat afkeer of waanzin hen te veel beheerste. Ze wilden de matrassen daarna niet vervangen, dus hielpen ze zelf de nieuweling aan vers stro. Nu zou hij daar niet meer aan denken, zelfs hij, die liever niet wil dat iemand hoort hoe hoog z'n stem bij woede kan reiken, heeft naar zieken geroepen dat ze moeten sterven, sterven of hun gore bek houden. De opluchting wanneer de dood eindelijk iemands gekrijs smoort, wanneer de zieke zelf besluit dat het genoeg is en een rijke ader aansnijdt.

Hij wil dit niet. Heeft een dier ooit met zo'n honger naar de dood van een soortgenoot verlangd, het houdt hem wakker, doet z'n handen misgrijpen op het want. Hij wil zich herinneren wie hij was, maar aan wie zou hij naar vroeger kunnen vragen, er lijkt zoveel meer achtergelaten dan thuis en tijd. Haar naam heeft hij nooit geweten, maar nu plaagt de gedachte hem dat hij haar werkelijke gezicht is vergeten, steeds meer is ze op de dochter van de predikant gaan lijken, soms heeft ze de trekken van Nel, maar hij wil haar bij zich houden hoe ze er ook uitziet, iemand helemaal van hem om in dromen hardop van te houden, om zorgvuldig te bewaren zodat ze hem niet onverwacht bezoekt en hem 's nachts dwingt te huilen, zoals de anderen, die zich 's nachts in de duistere overloop laten gaan, zich jammerend in hun kooien aftrekken of een scheepsjongen voor hun heimwee en woede laten boeten.

Aert waarschuwt hem wanneer hij slordig is, te ver met z'n gedachten van het schip en z'n maats dwaalt en in makkelijke vallen dreigt te trappen, al zo lang en vanzelf dat Siem geen verraad meer vreest. Een eerlijke ruil, Aert hoeft in nood alleen maar naar Siem te wijzen om wat dreigt te ontstaan zo te doven. Siem, deurbreed en met zware armen, maar er zijn meer forse mannen, liet vergelding gauw bij hem horen, hoe vaak hij voor de zekerheid z'n mes die eerste dagen op het dek het licht van de zon liet vangen.

Er is een boterdief, niet vreemd nu er aan hun kant van de mast geen warme kost meer uit de kombuis komt. Ze moeten maar meer brood eten waar je tanden van breken, alsof ze ouwe Seger willen laten verhongeren, of delen ze ook tanden uit, hebben de heren soms een zak vol tanden die in elke bek passen, want het brood kan van een steen niets meer leren, olie hebben we nodig, leggers vol om deze dooie kost in vreten te veranderen, hebben we soms niet hard gewerkt, elke dag gaan we dood op het dek en kijk, kijk naar onze handen, alle maanden, alle taken hebben onze huid gekaard, het zal jaren duren voor we weer van iets zachts opschrikken, het is niet onze schuld dat vrouw en kind onze aanraking vrezen, we ruiken naar duivel, dit is slijm vermengd met gal, te kil en schraal zelfs voor een rat, we hebben onze smekende buiken bedrogen, het bloed staat zwart in onze monden, onze eigen levers worden ons gevoerd, willen de heren ons zien vechten, want we doen het, we vechten tot goud tevoorschijn glimt op onze knokkels, tot we eindelijk wat ooit hoef droeg uit onze bakken kunnen scheppen, ooit zoet van leven rook, we danken hun vachten die dauw in onze monden druppelen, maar hun vlees, open alle kisten, er is gedempt geblaat gehoord, hun kadavers zijn de vaders van de mormels die in De Kraaien groeien, we zijn nog minder dan dieren, laat ons niet alleen, niet alleen in onze lichamen waar Spaanse mieren de bevelen geven, we veranderen van kleur, het zijn de wonden die we niet kunnen verbinden.

Maup heeft geen boter gestolen, hij snapt ook niet waarom iedereen erom blijft grienen, na Het Kanaal was alle boter al als een zure vloek in de mond, maar een kruik olie, van die laatste Deen, niemand kan hem toch meer verstaan, wat maakt het uit wat die roodbaard eraan mist, welke reet hij ermee wilde smeren. Het was ook nog bitter spul, maar Maup voelt het werken, hoe de olie vanuit z'n buik naar z'n borst en schouders stroomt, z'n armen en benen in, z'n vingertoppen lijken zich opeens met veren te vullen. Hij kan niet meer praten, maar als hij nog een woord had opgespaard had hij willen vragen hoe een man al z'n botten kan breken zonder klem te komen tussen zwervend geschut, zonder een verdiende val van de ra. Maats die hij niet kon zien moeten hem aan stukken hebben geslagen, ze mogen het nog eens proberen, hij zal ze de ziekte aan hun vuisten smeren. Nu weer, een duivel die hij niet kan betrappen drukt toch de lucht uit z'n borst, hij wil niet weg, ga weg. Alles ligt te ver van z'n kooi, hij reikt links en rechts maar stopt hiermee, misschien was de olie niet genoeg, of te veel bedorven, hij is al vergeten wat hij wilde pakken. Z'n moeder, wanneer hij aan haar denkt ziet hij een jurk, een rug, een pan op het vuur, iemand die bukt, de schim die geluiden maakt binnen bij het eerste licht, z'n moeder, dat was het, hij heeft nog altijd haar kruisje bij zich, hij kan niemand vragen z'n kist wat meer naar z'n handen te schuiven, ze zouden de kakkerlakken er nog uit roven. Alle kruisen zijn ook hetzelfde, z'n moeder had twee houtjes aan elkaar geknoopt, nou en, hij zou nu bij haar graf kunnen staan en in het gat niet meer dan een vrouw als alle andere zien.

Hij kan z'n lichaam niet meer stilhouden, het heeft niet gewerkt, niets werkt. Hij weet niet wie steeds tegen z'n schouders trapt, maar hij belooft overeind te komen. Zo bang alleen, zo bang.

Vreemd dat het een en dezelfde zee is die van Walcheren naar hier loopt, dat zo ver weer nieuwe vogels hun zeilen ontwijken, ze weer andere walvissen zien blazen dan eerder voorbij Ponta Delgada, dat het water dat ze bevaren nog steeds de kust van hun vertrek bereikt.

De koopman wil het helemaal stil hebben. De eerste dode achter de mast, de ongelukkige dochter van de predikant. Afgelopen nacht is het gebeurd, Nel moet van de heren het woord koorts gebruiken maar beter is het erover te zwijgen, de koopman heeft haar een laarzing beloofd wanneer een vals verhaal bij haar begonnen ooit de overloop uit kruipt. Het dreigement beledigde haar, de luie koopman en z'n giftige zuster, alsof ze ooit zoals zij de nacht met de dode jonge vrouw zouden doorbrengen om haar af te leggen.

Nel had algauw iets vermoed. Van de vrouw van de predikant kreeg ze een gulden om de kleren van het gezin tijdens de uitreis te wassen, maar maand na maand bleef haar werk vrij van bloed. De misselijkheid en flauwtes, maar ook de kleur die zich later in de wangen en hals van de jonge vrouw nestelde, haar huid als fruit deed glanzen, alleen een man zou er zwakte in zien. Nel bood aan haar haren te kammen en met een tinnen borstel, klein en versierd met een bloem, voor het eerst hield ze zo'n ding in haar handen en ze stelde zich voor wat ze op die van haar zou laten graveren, ontwarde ze de blonde haren, de zilte wind had ook die van haar vettig gemaakt, moest ze oppassen niet te gaan huilen omdat ze op dat moment weer even haar eigen dikke haren en zware nieuwe lokken vasthield.

Ze blijft binnen, ook al hangt de hitte gewichten aan elke beweging in de kajuit, ze wil niet zien hoe ze die lelijke cocon straks van de plank in zee laten glijden, de plons zo onnatuurlijk en boosaardig.

Toen ze haar erbij riepen, de chirurgijn zich al van het hele gebeuren had afgewend, was de dochter niet meer wakker. Ze kreeg de opdracht een bebloede bundel op te pakken en die overboord te gooien. De ratten, de honden, de vuile duivels, mogen ze kwelling kennen tot hun spoedige dood. Op veilige afstand van de rusten liet ze de buidel los, de wind nam hem even mee, ze kon al niet meer ontdekken waar het lichaampje het water raakte, ze kotste tot zuur haar mond schroeide.

Figuren op smalle boten roeien hun kant op, die kleinere silhouetten moeten geiten of schapen zijn. Het zorgt voor rumoer dat de provoost en de bootsman weer moeten bedwingen. De officieren die het lichaam dragen houden hun pas in, laten de knuppels voor rust zorgen tot vanaf het kampanjedek het sein komt om de begrafenis te vervolgen. De predikant lijkt iets te zeggen, maar hij is minder luid nu het over z'n eigen dochter gaat. Ze tolt een paar keer in de lucht, dat gebeurt ook wel eens met scheepsjongens. Niets wits verschijnt meer aan het oppervlak, misschien hebben ze lood gebruikt om haar van de haaien weg te houden.

Koert, Molen Jan en Gijs staan klaar voor de schoten. Koert vuurt als eerste, zelfs zonder kogel in het kanon schaaft het rolpaard een spoor in de planken, ongeduldig is hij altijd naar de scherp geurende mist die vonken in z'n borst strooit, naar de korte doofheid na het schot, omdat tegen de avond alle oude geluiden zoveel zuiverder klinken. Hij kijkt even naar buiten, bukt zich dan naar de touwen om alles weer goed vast te zetten.

Het bevel is niet meer dan een brom in de nazinderende ruimte, Molen Jan is de volgende maar hij heeft z'n lont uit laten gaan. Gijs kijkt niet op, matennaaier, maar gelukkig wijst Koert met een smeulende stomp in z'n richting. Hij neemt het touw aan en blaast erop, hij staat te dichtbij en hij weet het, na het schot voelt hij gauw z'n lichaam na op bloed, maar hij is droog gebleven. Hij hoest en wappert de dampen uit z'n gezicht, dit moet iets waard zijn, hij wil dat de anderen meemaken dat de kwartiermeester hem straks bijschenkt. Gevloek vlakbij, waarom moet Koert zo schreeuwen, het is niet alsof hij die lont nog nodig had. Molen Jan ziet de maat naderen, wendt z'n gezicht af, het is vuil spel hoe Koert steeds op z'n oren mikt.

Grappig hoe het domme gehoest van Molen Jan hem belet om Koert af te weren, dat ene wild zwaaiende armpje lijkt uit een kinderlijf te steken, elk moment verwacht Gijs een houw te zien die voor bloed en straf zal zorgen. Tot de walging hem overvalt, hem duizelig maakt, hij voelt angst in hem knijpen, durft niet meer te bewegen, een verkeerde beweging en hij zal uitglijden, of door de vloer heen stappen, hij leunt op het kanon om op adem te komen, het contact met het metaal doet hem huiveren, hij is drijfnat. Eigenlijk zou hij de loop moeten vullen en het kanon naar binnen moeten draaien. Alleen officieren krijgen meerdere schoten, niet een of andere snol die het lukt om in de kajuit te creperen. Hij ziet zichzelf in de baan van de ontploffing staan. Iemand gilt naar hem, noemt hem een hoerenzoon, de schipper wil z'n derde schot. Staan is onmogelijk, alles is een afgrond geworden, hij gaat met z'n rug tegen het kanon zitten, het duurt even voor hij beseft dat hij onophoudelijk op z'n lont blaast. Het dreigen gaat door, hij verstaat het amper. Hij reikt naar achteren, iemand worstelt met hem, trekt z'n greep open en hij verliest de lont, de dreun werpt hem daarna naar voren. Er is iets opengebroken in z'n rug, hete stroop bedekt hem, kon hij maar slapen, hier op deze klamme planken, in de geur van het schip, de vertrouwde geur van duizenden dode bomen.

De figuren zijn van de schoten geschrokken, ze gebaren naar elkaar en roeien weer van de branding af.

Nu lopen ze hun vreten mis, het is alsof ze gelach op de wind horen. Ze zullen zich op de vogels wreken, een storm van klein hout vult de lucht, het klatert op de zeilen. Ze verzamelen bruine vogels met gekleurde wangen, andere met rode snavels en zwarte veren, witte die nog het meest op meeuwen lijken. Wie z'n voet het eerst op een neergehaalde vogel zet, mag z'n mes als eerste in het dons steken voor de lever. Ze merken dat de soldaten in een haag rond hen zijn opgesteld, maar niets wat ze doen wekt een reactie op, dus blijven ze gooien en hun roder wordende monden met verse ingewanden vullen. Coen vindt een plek bij het galjoen waar hij veilig is voor de vreemde woede. Hij houdt z'n hand op z'n mes, hij zal knieën, heupen en voeten proberen te raken en dan wegvluchten, maar zolang ze hem niet opmerken of in hun ontketening overrompelen, maakt hij zich klein en onbelangrijk. Hij ziet andere jongens, sommige tot aan de marsen geklommen, die net als hij op ingrijpen of uitputting wachten.

Het overkomt hem, op zo'n manier dat hij er niemand ooit over heeft verteld, het gevoel dat hij is aangewezen om iets op te merken, op die momenten begrijpt hij niet waarom niemand anders dezelfde ontdekkingen doet, opvangt wat hem allang heeft bereikt, een besef dat hem bang maakt, ook z'n blijdschap moet hij dan verbijten. Hij hoeft nauwelijks overeind te komen om er zeker van te zijn, hij weet dat hij nu als enige het spuitgat ziet sproeien, daarna nog eens, het moeten er twee zijn. Zo dichtbij maar niemand nog die ze tevoorschijn heeft geroepen, weer het vermoeden dat hij dingen ziet omdat hij de blik van z'n tweelingbroer bij zich draagt, zoals hij ook altijd weet dat z'n tweelingbroer alle woorden hoort, die uit z'n mond en in z'n hoofd. Z'n ontdekking zal hem beter beschermen dan z'n mes, maar hij durft het niet langer uit te stellen, wat als hij in nood te laat reageert, en hij brult en juicht dat er walvissen aan de lij spuiten. Het lukt, hij heeft het eerder meegemaakt, alsof z'n woorden toestemming geven, een gordijn wegschuiven en een ander eindelijk laten meekijken.

Bevelen schieten het dek over, het tuig raast tot leven, allemaal omdat hij iets heeft aangewezen. Mannen klimmen over de reling om hun harpoenen vanaf de rusten te kunnen werpen. In het gedrang valt er iemand naar beneden, die ongelukkig op de romp kaatst, bloedend en met blauwe lippen weer aan boord wordt gehesen. Sommige maats gooien te vroeg, tijdens het optrekken van het touw veroorzaakt hun haast knopen in het water. De beesten lijken nieuwsgierig, zwemmen naar het schip en vluchten niet, lijken als hongerige honden bestraffing te verwelkomen.

Ze mogen de boot neerlaten om dichterbij te komen. Een harpoen boort zich in de kop van de voorste, de kleinste, maar niemand doet alsof hij iets hoort, ze blijven gooien, jagen nog twee punten in haar taaie huid. De grote mist de boot met haar staart, ze zwemt zo onbezonnen langszij dat het maats lukt haar vanaf het dek te raken. De harpoenen lijken miezerig in haar rug, maar ze spat steeds meer bloed op, de kleine wordt al aan de boot gebonden. Coen begrijpt die domme beesten niet, waarom ze nu nog niet weten dat ze niet in de buurt van mensen moeten zwemmen, hoe ze kunnen overleven zonder hun vijanden te herkennen, zo hebben ze het aan zichzelf te danken, er was niets aan de hand geweest wanneer ze bij het eerste gevaar waren gevlucht. Hij kijkt omlaag en ziet doorweekte maats met peddels op cirkelende rugvinnen slaan, een gevecht om het vlees.

De koopman heeft opdracht gegeven twee bokjes te bewaren voor de kajuitstafel, z'n zuster en hij willen na het ronden van de Kaap hun verjaardag op dezelfde dag vieren. Mocht het niet lukken om land te bereiken, dan kan in ieder geval het feest doorgaan. Zo hebben ze het van de kok vernomen, de viezerik probeerde hen met z'n gespeelde verontwaardiging nog tot een samenzwering te verleiden, maar ze staarden zwijgend langs hem, waardoor hij kromp en verdween.

Ze zitten in een kring op het stro, laten de bokjes aan de zomen van hun jurken knabbelen. Ze hebben net besloten dat Agaath nog een nacht achter de mast mag blijven. Het zal zwaarder worden, Lys neemt de vieze prop aan van Agaath, geeft haar een schone lap, wanneer Agaath niet meer zelf kan lopen, zullen ze hun routines moeten veranderen. Het is nog te vroeg hiervoor, Martha zet haar nagels in haar handpalm, ze zijn met te weinig, dat kan niet haar vergissing zijn, toen ze aan boord gingen klopte het. Een hoestbui vlamt aan, Martha gebaart dat ze hun zieke zuster niet mogen helpen, ze moet zich zo lang mogelijk zelf rechtop houden. Iedereen moet nog eens haar tanden laten zien, Martha vraagt naar pijnlijke botten, een weke huid, er mogen hier geen geheimen over zijn, maar ze zwaaien met hun armen als bewijs voor het leven in hun lichamen en schudden hun hoofd.

De bokjes ritselen, alle hout ademt krakend om hen heen, maar nu horen ze een ander geluid er zich tussen nestelen, een dof bonken, het lijkt van diep beneden te komen, iets stommelt onder water tegen het schip. Agaath veegt haar mond af, wil door hardnekkig te luisteren haar borst stiller krijgen. Martha begint te spreken, maar Lys onderbreekt haar, ze wil het nu niet horen, het zijn maar golven of iets in het ruim is gaan schuiven, het maakt niet uit wat het is, het is zeker god niet die als een geile oude man op de romp zit te kloppen, ze blijven er geen dag meer of minder door op zee. Even lucht, even ruimte.

Agaath zegt dat ze medelijden heeft met de arme zielen die nu hun hoofd stoten.

VII

De kapitein komt er niet, dus stuurt hij Nicolaas naar hun koedek, op een dag zullen ze z'n zwarte oren, dikke lippen en paarse tong afsnijden, zodat hij zich niet meer als mens kan voordoen en ze zeker niet meer naar hem hoeven te luisteren.

Het zwarte varken had klachten over de kots, dat het de planken gevaarlijk maakt, maar ze zijn niet zoals hij, een beest dat gewend is stront te eten zal nooit misselijk worden zoals zij, het is normaal om je pens leeg te schreeuwen wanneer het schip zo steigert.

Hij weet niks.

Gehuil, het hoge gillen, ontroostbaar gejammer, mannen met gezwollen ogen, kwijlend en schreiend als kinderen, als vrouwen, Samuel voelt zich ingesloten, hij wil aan de anderen ontsnappen, maar ze reiken naar hem, klampen zich aan hem vast, hij beseft dat ze niet weten wat ze grijpen, waardoor hij ze kan afhouden, zonder kans op vergelding van zich af kan slaan. Ze hadden moeten volhouden, aan land moeten gaan, op een dag zou zelfs de Kaap het opgeven en hun schip aan haar kust toestaan. Alle keren hebben ze gewoon pech gehad, niemand bepaalt de wind, soms rest niets anders dan proberen en proberen tot een gelukkige poging de koppige branding breekt en een anker zich eindelijk in steekgrond haakt. Dan hadden ze voedsel en water kunnen inslaan, donkere kutten tevoorschijn kunnen kopen. Misschien hadden ze er wel moeten blijven, het zag er groen en leeg uit.

Samuel heeft altijd vermoed dat je tijdens een storm zo diep mogelijk in het schip moet zitten, maar nu aarzelt hij, hij wil niet in de duisternis door een gat in de romp verrast worden, of door stijgend water omdat de pompen bezwijken. De overloop is een gladde helling, ook de stilgevallen mannen die, leeggehuild en dronken, vastbesloten liggen alsof ze hun vingers in het hout willen drukken, vinden geen grip, rollen even krachteloos heen en weer als losgebroken vracht. Op weg naar z'n kooi probeert hij niet op armen en benen te stappen, een klap op het schip en hij kan niet geloven dat een golf zoiets kan doen, hij graait en stuit op een balk, knijpt waardoor hij niet valt, wanneer hij omlaag kijkt, blijkt hij op iemands heup te staan, het kan hem niets schelen, niets kan hem meer schelen, hij gaat aan de balk hangen, op het been leunen, gespartel en geschreeuw onder hem maar het kan hem geen reet schelen, het is te veel moeite ook en hij klimt en glijdt verder, wat maakt 't hem uit of alles zinkt, iedereen moet z'n bek houden en hem doorlaten, hij ziet dat z'n kist niet meer bij z'n kooi ligt, wenst de zee er veel plezier mee, zakt door z'n knieën, grijpt om zich heen voor houvast, hij stelt zich voor hoe de vissen hem straks in deze houding zullen aantreffen, hij mag lijen dat ze zich in z'n zieke huid verslikken.

– Dit heeft geen zin, dat weet je toch?

– Ik pis je onder, ik schijt in je bek.

– De grote soldaat, daar zit ie dan.

– Ik steek zo een piek in je. Een piek, een pik. Ik steek een pik in je.

– Iemand die nog nooit een schot op de vijand heeft gelost. Niet liever op het dek geweest nu, bij de maats? Misschien zijn ze al allemaal in de boot gesprongen.

– Je hebt een geil mondje. Ze komen niet ver.

– Denk je niet dat ze de grote mast al hebben omgehakt?

– Kan me niets schelen. Dan zat ik op de boot, en dan, golven je kant op zien komen, wachten tot je in het water verdwijnt, bekijk 't maar, hier gebeurt wat er gebeurt en ik krijg er niets van mee. Ik zit hier goed.

– Wie komt te weten dat je niet meer terugkomt?

– Niemand.

– Gelul.

– Niemand.

– Misschien heb je gelijk. Niemand heeft afscheid van je genomen, er is niemand die op je wacht.

– Het was te ver.

– Je hebt tegen haar gelogen.

– Het moest. Ik ging weg.

– Iemand anders pakt haar nu, dat weet je, iemand anders scheurt haar open, gebruikt z'n tanden voor haar tepels, eindelijk een echte vent, ze blijft maar gillen dat hij harder moet.

– Ze was altijd al een hoer.

– Ze draagt z'n kind. Ze is gelukkig.

– Niet.

– Een huilebalk net als de anderen. Dit is wat je verdient.

Je verpest alles wat je aanraakt. Je had haar toch ook ziek gemaakt? Je brengt ongeluk. Zonder jou had dit schip een kans. Je bent een leugenaar en een dief. Je bent een vloek.

– Ja. Nee.

– Ik weet nog hoe bang je was die eerste keer, en hoe ze je troostte en je bij haar naar binnen bracht. Waarom dan nog al die anderen, het was niet eens je eigen geld.

– Ze krijgt een zoon van iemand anders. Ik ga hier dood, ik verdien 't.

– Lafaard. Zo makkelijk gaat het niet. Ik zweep hun gezichten in je. Je bent vergeefs, ik walg van je.

– Je hebt gelijk.

Je hebt gelijk. Hij kan het niet meer stoppen, alles wat hij nog weet wil hem uit z'n eigen lichaam jagen. Daarom moet hij dood. Eindelijk duisternis over het denken.

Iemand trekt aan z'n armen, probeert hem los te krijgen van z'n plek, maar hij laat zich niet zomaar wegsleuren. Dronken honden, ze zijn met meer, roepen dat ze de Reus naar boven moeten volgen. Hij spuugt naar ze, bijt in hun handen. Laat me alleen.

De storm heeft de stengen van alle masten geknakt. Het gerucht gaat dat de schipper op het punt stond om alleen met z'n jongen op de boot te springen. Eten voor onderweg, ze lachen, lachen zich bijna van de bungelende ra's.

Iedereen trekt z'n beloften, zo overhaast aan god gedaan, weer in. Niemand lijkt z'n bek te openen, toch ruist overal gekanker, over al het werk, het oneerlijke van alles, de straf voor het mislopen van de Kaap. Het dek voelt bol onder hun voeten, te doorweekt en nu alweer te heet, niemand wil op de planken staan die het eerst losbarsten. Even vertier, omdat de boekhouder de overloop op was gekomen om de doden te noteren, een van de maats had zich laten innaaien en kwam als een geest tot leven om de parasiet met z'n veer en papieren tot boven te achtervolgen. Dat zijn de goeie dagen, wanneer niemand voor een pisgootje wijn het spook verraadt.

De Reus hebben ze aan de grote mast gebonden, later vandaag zullen de anderen van z'n bak hem een voor een z'n laarzing geven, de soldaten die hij had meegekregen moeten zeven dagen met brood en regenwater in het hok. Na z'n laarzing werkt de Reus voor de Prins tot ze eindelijk ergens aankomen, hopelijk heeft hij nog gebeden over, ze moeten eerder hebben gewerkt, want ze wilden alles al klaarzetten om hem als een ongelooflijk log dieplood onder het schip door te trekken. De gek, laat zich weken niet zien om tijdens een storm opeens de verlosser uit te hangen, alles voor niets, die soldaten hadden hem vrolijk laten verzuipen, wat ze er niet voor overhebben om nog eens mee te maken hoe die sukkels op het dek recht in de armen van hun sergeant lopen. Alleen die domme Reus dacht dat ze echt zouden zinken.

Het heeft iets smakelijks, iets stouts om de kajuit zo te zien. Eben wacht zo lang hij kan met opruimen, vraagt ook aan Nel om nog heel even niets te doen. Samen bekijken ze de scherven, de omgevallen tafel en het bevuilde laken, de rondgesmeten lepels en messen, de boeken die in het water hebben gelegen staan bol, uit de gebarsten lampen drijft nog altijd olie, ze kunnen het ruiken, zien het vreemde vormen maken op de donkere natte vloer. Hij zou haar hand even vast willen houden nu, maar hij durft het niet te vragen, een gedachte die hem afleidt van z'n blik op de kamer, van z'n lef, het is mooi geweest. Eben bedankt Nel voor het moment, waarop de rommel in de ruimte weer hun werk wordt, hun probleem om ongezien op te lossen.

Zo vaak zijn ze niet met hetzelfde bezig, hij merkt dat ook Nel ongemakkelijk door de kamer schuifelt, nog maar weinig opraapt, moeite lijkt te hebben haar gebruikelijke vastberadenheid op te roepen, haar haastige ongeduld. Hij hoopt dat ze het voortouw neemt en is opgelucht en dankbaar wanneer ze gebaart dat ze samen de tafel rechtop gaan zetten. Ze zegt dat het tafellaken en het bestek voor haar zijn, maar dat hij iets voor de lampen mag verzinnen, zodat ze vanavond niet in het donker zitten.

– Hadden ze je meegenomen? Ik bedoel, mee op de boot?

Hij ziet haar om zich heen kijken en voelt alles in hem prikken en wegvluchten omdat hij daar niet aan had gedacht.

– In zo'n storm heeft de boot weinig zin. Dan blijf ik liever hier.

– Maar hebben ze iets gezegd? Mocht je mee?

De woede die hij voelt verrast hem, hij wil dat ze ophoudt met bukken en graaien en met hem praat, al moet hij die stomme scherven ervoor uit haar handen rukken.

– Ik hoor bij z'n zuster. Ik zorg al meer dan een jaar voor haar. Hij zei dat ik bij haar moest blijven.

Nu hij haar voor heeft laten gaan en hij hoort wat hij verwachtte, kan hij eindelijk z'n eigen verhaal kwijt, maar het lukt hem niet, ze heeft iets kwijtgemaakt, iets weggenomen waardoor hij niets meer kan zeggen, terwijl hij wil roepen dat hij net als zij is, dat hij ook niet mee mocht.

Jij blijft hier, de woorden zijn een hond die hem maar blijft bijten, zorg dat ze niets aanraken tot ik terugkom.

Iemand schudt aan hem en hij schrikt wakker, het is Nel, hij kan zich niet herinneren dat ze dit ooit eerder heeft gedaan. Hij schaamt zich, haar troostende gebaar heeft z'n afwezigheid betrapt, nu kan ze weten dat hij soms verdwijnt, tot hij haar gezicht ziet en meteen bang wordt omdat zij bang is.

– Kom, sta op, snel.

Nel trekt hem aan z'n mouw, hij blijkt op een van de stoelen te zijn gaan zitten.

De Reus heeft een teer velletje, al bij de eerste haal schoot er huid los. Toen het klaar was, leek het of iemand een aam koeienbloed over hem had gegoten. Ze hebben hem dan maar een beetje op z'n zij in de schaduw gelegd. Het is niet hun schuld dat hij is gaan hoesten.

VIII

Martha vraagt permissie aan de bootsman om de mast te passeren, ze moet de schipper spreken. Met kralen tussen vlezige lippen, iets menselijks hebben z'n ogen allang niet meer, kijkt hij haar aan, alsof een vogel of schaap zojuist z'n aandacht heeft getrokken, een wezen hoe dan ook meer geschikt voor de slacht dan een gesprek. Martha de koppige, de sluwe ook, ze zal hem z'n spel toestaan, z'n poses voor het publiek op het dek, hij is niet het obstakel. Hij laat haar dan ook door, hij mag zoveel als hij wil hardop verzinnen over de beloningen voor z'n toegeeflijkheid.

Ze heeft hun de opdracht gegeven buiten bij elkaar te wachten, maar zonder haar en Agaath voelen ze wankel, alsof kostbare schotten op doorbreken staan. Ze zijn opgelucht wanneer ze haar felle gestalte de trap af zien komen. Het is gelukt, ze mogen met de derde of vierde lichting aan land, de schipper verzekert dat maats daar een graf voor hun gestorven zuster zullen graven. Martha gebaart dat ze nu allemaal zichtbaar moeten bidden.

Iedereen denkt dat Agaath, geen van de maats heeft die naam ooit gehoord, ze zullen nog dagen nodig hebben om het juiste gezicht dood te verklaren, achter de mast ligt opgebaard, maar die slaapplaats wilde Martha niet opofferen. Ze klimmen de trap af, naderen de hoek met het hooi. Ze vormen een haag, terwijl Martha de dikke bundels verplaatst en de dichtgenaaide buidel met Agaath tevoorschijn komt. Ze hebben snel gewerkt, beseffen nu ze haar weer zien dat ze Agaath strak hebben bespannen, ze was zo mager geworden. Martha gaat met haar handen over de cocon, steeds jachtiger, ze vragen zich af wat ze zoekt, of ze haar moeten helpen.

– Martha?

– Ze is nog heel. Ze hebben niet aan haar gezeten.

Ze huilt, leunt voorover en legt haar hoofd op Agaath, op de bult op haar buik waar haar handen gevouwen liggen. Het gebeurt zomaar. Ze gaan schouder aan schouder staan om de onverwachte tranen buiten het gehoor van de maats te houden. Martha huilt en ze kunnen hun teleurstelling niet tegenhouden, noch de verademing of hun medelijden.

Er zijn te weinig soldaten voor de eerste lichting, ook de sergeant, belast met het tellen en keuren, moet bij het lopen op een stok leunen, z'n knieën zijn dik en paars. Zes kunnen nog staan en een musket torsen. De kapitein gaat het dek over en wijst naar maats die hem sterk genoeg lijken om een wapen te dragen. Lew biedt zich aan, maar tandeloos en zonder een nagel aan een enkele vinger ziet hij eruit alsof stro en niet bot onder z'n losse huid schuilgaat. Lucas, Jacob, Foppe, die ze de Rat noemen maar dat weet de kapitein niet, anders had hij hem nooit uitgekozen, en Siem. Zittend legt de sergeant hun uit hoe een musket werkt, hij schiet een keer in de lucht, geeft het wapen dan eerst aan Jacob, die opkijkt van het gewicht. Foppe is het snelst met laden, maar Jacob is de enige die een musket vasthoudt zoals ze de anderen hebben zien doen.

Met de laatste geesten die uit het koedek zijn geschraapt moeten ze in het gelid, doen alsof hun voeten naar bevelen kunnen luisteren. Zo ontdekt Siem de sloepen die van de kust komen, met een piek over z'n schouder en een hete helm op die alle zweet uit z'n hoofd lijkt te wringen. Het zijn er drie, met roeiers steeds voor en achter die de spanen naast hun schouders in het water lijken te steken, zo diep liggen de sloepen, met elke slag moeten ze wel water binnenscheppen.

De wilden van Madagaskar worden aan boord gelaten, ze wisten toen ze uit Zeeland vertrokken dat ze dit soort dingen zouden beleven. Hun leider draagt een vreemde muts en de meeste kleren. Ze zijn breedgebouwd, kort, niet zoals die Nicolaas, dragen speren bij zich met een korte metalen punt, die ze van de kapitein plat op het dek moeten leggen. De barbaar met de muts moet hier blijkbaar toestemming voor geven, maar hij heeft de kapitein al begrepen. Hij laat z'n mannen een kleed uitspreiden op het dek, waar hij met gestrekte benen op gaat zitten. De stuurman, de kok en bottelier, de bootsman, zelfs een paar kwartiermeesters, iedereen bemoeit zich ermee, maar niemand durft tegenover de gedrongen figuur plaats te nemen op het kleed. De predikant belooft de koopman te halen, maar hij komt terug met z'n zoon en de schipper. Die wil niet zitten, maar gebaart wel dat de onderhandeling is begonnen.

Ze zijn niet de eersten, ze merken het aan de manieren waarop de vette aap naar alles wijst, hun ruilmiddelen herkent, steeds om meer vraagt en knikt wanneer hij z'n zin krijgt voor z'n fruit en rijst en kippen. Hun schipper noemt de Hollandia en de Adriana, maar dat zorgt voor evenveel herkenning als hun woorden voor citroenen en schapen. Het draait om metaal, hun schipper rolt met de voet ijzeren staven het kleed op, van vijftien pond, van dertig. Het eten wordt aan boord gehesen. De lelijkerd laat een van z'n slaven een os nadoen, die wil de schipper ook wel hebben, maar het ruwe metaal is blijkbaar niet genoeg. De belofte van een os, het geluid van kippen aan boord, hun speeksel voelt vettig in hun monden. De slaaf moet iets anders uitbeelden, met walgelijk sierlijke vingers maakt hij scheppende bewegingen. De kok trekt een tinnen lepel tevoorschijn en het is alsof hij de schatkist heeft geopend. Gejoel nu, ze vuren de schipper aan, die twee vingers in de lucht houdt, twee ossen voor een lepel, ze zijn woedend wanneer die donkere hond aangeeft drie lepels voor twee ossen te vragen. Hun schipper draait zich naar de kok, die van hem een schaap moet nadoen, o wee als hij zich nou niet op z'n handen en knieën laat vallen om het dek leeg te grazen. Ze lachen zich gek en letten goed op dat die kafferkoppen hun kok niet belachelijk maken. Twee ossen en twee schapen voor drie lepeltjes, maar alleen wanneer ze vandaag nog voor het dalen van de zon worden gebracht, hun schipper gebaart dat de zwarte duivel z'n hand moet ophouden, maar die verroert zich niet. Hun schipper lacht en gooit een munt op het kleed. De aap raapt de munt niet op, maar wijst naar de kok, eist diens lepeltje op, anders zal hij niets meer brengen. Hun schipper zegt dat de kok het ding moet afgeven, maar die protesteert, hij wil eerst een vergoeding. Iedereen verwacht een knik naar de bootsman, maar hun schipper benadert de kok zelf, neemt hem het lepeltje af, gooit het achter zich, naast het kleed. Een van hen grijpt ernaar en geeft het lepeltje aan z'n meester, die meteen opstaat en van het kleed stapt. Z'n waakhonden vouwen het kleed op, de munt moet er nog in zitten. Ze pakken hun speren van het dek, grijnzen en herhalen steeds hetzelfde woord, het lijkt een vraag, handelswaar, ze houden een hand erbij op.

– Kut? Kyken? Kut?

Laat niemand een poot uitsteken om die beesten weer in hun lekke sloepen te helpen.

De bel, de zoveelste na het vallen van de nacht. Jacob is erbij wanneer de kapitein aan de koopman en de schipper antwoordt dat hij genoeg mannen voor een verkenning heeft, maar voor een vergelding nog zeker twaalf gezonde mist. Bovendien was het voorbarig om welslagen afhankelijk van lepels en ossen te maken, terwijl ze vers water nodig hebben, wellicht gaat het stamhoofd akkoord met een oude kroes voor een regendans. Jacob grinnikt, verwondert zich over alle woorden die de hoge heren nodig hebben om elkaar een varken te noemen. Siem hoort niets anders dan kijvende wijven die onnodig de bemanning uithongeren. Op de overloop trapt de bootsman al tegen de kooien en roept dat ze bij het eerste licht onder zeil gaan.

De boot is een dag onderweg geweest, maar ze zijn terug zonder een bron in de inham te hebben ontdekt. Vissersbootjes tikten regelmatig tegen de boeg, kralen kopen hier de halve zee leeg.

De kwartiermeesters hebben het vocht van de tamarinde uitgedeeld, het winnende verzinsel maakt van de predikant de alchemist die de kok voordoet hoe de opwekkende vrucht te bereiden. Op de overloop propt Aert een rafelige broek en een oud hemd in een emmer, giet er z'n laatste azijn op, het is zelfs nog minder dan hij dacht, hij pist erover, dik en donker en nog giftiger dan anders, en hij ziet z'n kleren net genoeg ondergedompeld raken, het is alsof hij de luizen kan horen gillen. Hij kneedt en wringt z'n kleren, merkt dat er toch nog genoeg azijn in zit om hem alle krassen in z'n handen te laten voelen.

Bij de kombuis wacht Lucas de kok op om naar het laatste gekookte tamarindesap te vragen. Hij verwacht koppigheid en de kok stelt hem niet teleur, hij gaat de kombuis dan maar binnen, vindt de pot, vult z'n beker, loopt weg en laat niemand hem van achteren grijpen. Het blijft bij schelden, hoerendit en hoerendat, hij hoort het al bijna niet meer.

Hij vindt de Reus in de schaduw bij het galjoen, zittend, de handen om de knieën, een grote kerel die zich klein maakt. Lucas merkt dat z'n ontmoeting met de kok hem koortsig heeft gekregen terwijl hij kalm moet zijn, dus stelt hij alles nog even uit, hoort hij even alle opdrachten aan die van tuig naar mast gaan en weer terugsuizen. Zoveel dagen die hetzelfde zijn.

Nu al naast hem plaats te nemen lijkt hem niet juist, dus bukt hij om de Reus de beker te geven.

– Er was nog wat.

– Ik zit niet bij je bak.

– Ik begrijp wat je bedoelt, maar m'n bak kan de tering krijgen.

De hand is fors maar zwak, gaf hij een kan in plaats van een beker, dan had de Reus die niet aan z'n lippen gekregen. Hij wacht met zitten tot de Reus klaar is met drinken.

– Waarom?

– Iemand als jij heeft meer nodig.

– Nu heeft iedereen het gezien.

– Dat is de bedoeling. Jij bent mijn nieuwe maat.

– Ik doe dat soort dingen niet.

– Rustig maar, je kent me niet.

Lucas merkt dat de Reus de beker vasthoudt als een kei die hij elk moment op z'n hoofd kan laten landen.

– Ik ben een van die lui die 's nachts in z'n eentje ligt te kreunen. M'n pik bewaar ik voor iets beters dan een huilende scheepsjongen. Vraag maar rond.

– Bedankt.

Die klootzak gooit de beker gewoon overboord.

– Daar had je een paar dagen van kunnen eten. Dat ding was van tin, daar word je hier koning mee.

– Koning van stenen en droge botten.

Dit is een goed moment, nu.

– Het spijt me, ik heb onbezonnen gesproken. Ik ben niet echt op zoek naar een nieuwe maat, ik benader je als een vriend.

– Kijk om je heen. Kies 'n ander.

– Je hebt gelijk, we zijn allemaal hetzelfde hier, god noch schipper houdt ons uit elkaar. Zo lang op zee vergeet een mens zelfs z'n eigen naam.

– Hoe heet ik?

– Rogier. Durf me nu nog eens van lichtzinnigheid te beschuldigen.

– Ik ken jou alleen als Oren.

– Toch is het Lucas, Lucas Geertsz. Zo wil ik dat we elkaar voortaan noemen, ik noem jou Rogier, jij noemt mij Lucas.

– Het maakt niet meer uit hoe we heten.

– Ik zal je geen leugenaar noemen en zeker geen domoor, maar je dreigt je nu te vergissen.

– Moet je je beker niet uit het water vissen? Vriend?

– Hoe oud was je toen je onze taal leerde? Je spreekt het heel goed.

– Het is niet jullie taal.

– Je hebt helemaal gelijk. Taal is van niemand. Dat is 't. Daarom benader ik je als een vriend, je bent de enige die m'n voorstel kan begrijpen. En om eerlijk te zijn, ben je de enige die er sterk genoeg voor is.

– Van een beetje uitgekookt kutvocht kom ik niet weer tot leven. En je begrijpt me verkeerd. Het is niet jouw taal. Voor de mast zijn woorden niet meer dan een voorschot, zoals alles hier.

– Je klinkt als een man die niet alleen een bijbel openslaat, maar ook nog een paar bladzijden echt heeft gelezen.

– M'n benen voelen dood, als de bel gaat, weet ik niet of ik op kan staan. Zwijg of wees schuldig aan wreedheid.

– Op een gegeven moment vinden we een plek waar we het water en de dieren wel kunnen stelen, dat weet ik zeker, al moeten we er meerdere rondes voor maken. En op een van die plekken stappen jij en ik niet meer op de boot terug, maar lopen we verder.

– Dan eindelijk onthul je de diepte van je minachting. Als een vriend benader je de enige aan boord die je niet zal verraden.

– Ga niet te ver, Reus uit Gent. Hoor je me niet? Ik ben niet op zoek naar een handlanger. Ik bied vriendschap omdat ik een vriend nodig heb om op een onbekende plek te overleven. Iemand die sterk is, zich redt, maar ook iemand die me niet achterlaat, me niet aan de beesten voert wanneer ik gewond raak, iemand ook die ik zelf niet zou lossen bij de eerste pech. Ik heb iemand nodig tegen de eenzaamheid, het zal lang duren voor we weer iemand zoals wij te spreken krijgen. Langer dan we willen zullen we een reizend dorp van twee zijn. Zo iemand zoek ik. Mijn beste Rogier, tot we de in de juiste baai aanleggen, zorg ik ervoor dat je elke dag meer zult eten dan de kameraden van je bak. Je moet aansterken voor onze tocht. Het eten zal je helpen denken, zodat je m'n woorden weer zuiver kunt wegen. Wanneer je bent hersteld, zal ik je voordragen bij de adelborst.

Lucas houdt een vuist op, knikt dat z'n vriend iets van hem moet overnemen. In een flits is een kleine citroen te zien, hij is blij om te merken dat Rogier deze snel verbergt.

– Wie bang is voor straf, zal alleen van dieven moeten stelen.

Hij vermoedt dat het goed gaat komen. Wanneer de bel luidt zal hij de Reus naar z'n plek helpen, zodat iedereen iets zal vermoeden, nuttige roddels zal veroorzaken waaronder ware genegenheid zich gemakkelijk kan verstoppen.

Z'n vader de schepen, hij komt niet ver wanneer hij wil achterhalen wat daar nog van rest. Hij herinnert zich de man die thuiskomt en z'n hoed op tafel legt, over het vilt strijkt, de randen alvast scherper vouwt voor de volgende dag, daarna op de kleine stoel gaat zitten zodat Sarah hem kan helpen met z'n laarzen. Z'n vader, die honden als mensen toespreekt, die zich met de keuken en de linnenkast bemoeit, z'n vader, die hij zelden heeft zien eten.

De man die dacht het goede te doen door z'n zoon binnen te houden. Vaak heeft hij z'n vader gelijk gegeven, als kind al, toch was het z'n vaders tekortkoming, zijn schuld dat ze buiten reuzen belachelijk maken.

Hoe zou het z'n zussen in Amsterdam vergaan, waar zouden ze z'n deel aan hebben verbrast, daar in het goedkope boerennoorden, Jeanne is zonder hem veertien geworden, hij voelt medelijden voor De Kraaien, beseft dat hij vrouwen vermengt, het maakt hem alleen maar machtelozer. Berthe, Isa, jullie ook, blijf hier weg.

Hij groeit nog altijd, het werd steeds moeilijker z'n armen door z'n mouwen te krijgen, z'n broek kromp tot een knellend worstvel, hij moest De Kraaien vragen hem met z'n kleren te helpen.

Wonderlijk, deze onbeheerste boot na het schip, wat een leven in de zee, alsof hij al die maanden niet echt heeft gevaren, hij vindt zelf ook dat z'n hand in het water net een peddel lijkt. De sergeant heeft hem geen musket gegeven, niet erg, hij moet straks niet vergeten z'n piek van de bodem te rapen, z'n plek in het gelid te vinden, z'n soldatengezicht te trekken. De helm hoeft hij niet te dragen, wat had het ook tegen kunnen houden. Niet de hele tijd naar Lucas kijken, hou op, staren zal z'n nieuwe kameraad niet minder laten rillen. Ze zijn lotgenoten nu, de mergpijpen en uitgekookte tamarinde die de kracht in hem deden terugkeren moeten ergens vandaan zijn gekomen, het lijkt onmogelijk dat hij niet eerder heeft beseft dat Lucas z'n eigen eten heeft opgeofferd voor z'n herstel, hun vlucht. De dwaas.

Hij zal wit zijn en dat is anders genoeg. Nu niet steeds naar mes, tabak en brood tasten, een geslepen man kan afscheidsgebaren herkennen. Buiten de blik van Nicolaas blijven, met z'n duizend ogen en valse gezag waarmee hij van de kapitein schuldigen mag aanwijzen. Hoe een dier dronken wordt van macht.

Laat het schip maar sterven nu hij er niet meer is, laat iedereen erin maar verrekken. De vuile boeren die zo zindelijk als koeien zijn, hun eigen kinderen nog zouden doodneuken, die Frehn die in z'n kist had gepist, die moet van de ra vallen zodat al z'n botten als scherven door z'n huid steken, al die klootzakken die in het donker wilden weten hoe groot hij werkelijk was, hij ziet hun buiken smelten, de rode loop al langs hun benen vloeien, die laffe nageboorten van z'n bak, laat ze kermen als zieke honden, elkaar aanvreten, hun messen gebruiken, laat de romp zich als een wurgende kist om hun stinkende lichamen vouwen, laat ze stikken nog voor ze als voer in het water liggen, niemand die deze bedelaars mist.

Lucas is niet zwaar of breed, maar een zieke man weegt meer dan een gezonde os. Hij weet zeker dat hij geen eed heeft gezworen, dat hij Lucas' verzoek zelfs niet met een belofte heeft beantwoord. Even zou hij hem kunnen dragen, bij gevaar, om hem gauw uit het zicht te slepen, of tijdens de laatste stappen naar een meer of stroom, maar niet een hele reis van hier naar het vasteland, helemaal naar het noorden en het leven dat het schip hem heeft afgenomen, naar Antwerpen en de drukpers die op hem wacht.

Misschien niet lang tot de barbaren hem koning noemen. Ze zullen vast op een plek stuiten waar de woestelingen als insecten zijn, bang voor de reus die hen komt vertrappen, waar hij zich makkelijk als een god kan voordoen. Hij zal boven hen uittorenen, hun zijn armen laten voelen, de zindering daarin, hij zal ophouden kleren te dragen, hun eten en vrouwen opeisen, hun vrees zal in liefde veranderen, elk jaar zullen ze weer een grotere troon voor hem moeten bouwen.

De kust is leeg, groener dan hij had verwacht, hij vindt dat hij als eerste de geit op de rots heeft gezien.

Ze konden de schoten horen, er verscheen rook op de kust. De boot was nog geen halve dag weg, de wilden konden niet ver van de zee wonen. Toen het verre gekraak stopte en ze de boot hun kant op zagen komen, riepen ze om de kanonnen. Maar de schipper luisterde niet, bleef alleen maar naar de trage boot staren. De kapitein kwam voor de mast, stelde mannen op, maar liet de sloep leeg. Ze konden eindelijk juichen toen de schipper ingreep en de kanonnen op de achtervolgende schuiten liet richten, het leken die vissersboten die hen al dagen storen, waaruit ze al vaak vreten hebben gehesen. De kapitein zwoer de handen van elke busschieter af te hakken wanneer een schot zou klinken. De koopman verdween weer in de kajuit, de schipper liet wijn brengen, ten overstaan van hen allen dronk hij alleen.

Hun kameraden vuurden vanaf de boot op hun belagers. De wilden gooiden speren, slappe worpen, sommige landden in het water maar niet allemaal, toen de rook oploste staken er minder riemen uit de boot, ze zagen hun makkers gebaren, maar de kapitein bleef weigeren, wanneer een mes z'n borst zou openen zou niets dan teer eruit stromen.

Bollen vuur, ze hebben het allemaal goed gezien, iedereen beschreef erna later hetzelfde, vlammende stenen schoten van hun boot naar die drijvende houtjes achter hen, de vijand viel stil, verdween in rook. Toen hun boot dichtbij genoeg was om de gezichten te herkennen van hun kameraden die het hadden gehaald, sleepten in de verte die beesten de resten van hun laatste sloepen de kust op.

Ze hadden water ontdekt en landvogels en kuddes geiten, maar ze werden verrast, ze hebben enkele tonnen moeten achterlaten. Zes man zijn niet met de boot teruggekeerd.

Aert helpt Siem met z'n been, Siem heeft zelf de punt uit z'n kuit gekregen, maar mist de kracht om de wond te verbinden, hij ligt languit op het dek met z'n bloedende been steunend op Aerts schouder, hij heeft z'n ogen open maar antwoordt even niet op de vragen naar wat er op het eiland is gebeurd.

Jacob is dood, het kan niet anders, Siem heeft gezien hoe ze hem omsingelden, allemaal tegelijk in iets staken. Hij had nog naar Jacob geroepen, die toen nog op woorden reageerde, nog kon rennen en voelen en vechten, die nog met hem had kunnen vluchten, nu naast hem had kunnen liggen. Hij wil niet steeds de speren zien vallen.

De Reus deed al de hele tijd raar op de boot, toen hij wegrende keek niemand op, daar ging hij dan eindelijk, misschien kon hij er zelfs voor zorgen dat een paar van die wilden hem zouden achtervolgen. Van Lucas hadden ze het niet verwacht, hij had zich zieker voorgedaan dan hij was.

Siem lult wanneer hij zegt dat Jacob achterbleef om Lucas te redden. Lucas, die ze al snel nergens meer ontdekten, terwijl de Reus recht in een kudde van die beesten terechtkwam, de Rat brabbelt dat hij een wit hoofd van hand tot hand zag rondgaan, dat ze het overgooiden, ermee in de rondte dansten.

Nicolaas kwam geblakerd weer aan boord, z'n harnas leek verduisterd, z'n vingers waren zo verbrand dat hij niets meer kon vasthouden. Hij had de vuurballen gemaakt, van niets leek het wel, ontstoken en naar die wilden gegooid, daarmee iedereen in de boot gered. Toen ze hoorden wie de klootzak was die aan boord de kanonnen had tegengehouden, riepen ze Nicolaas tot held uit om de kapitein te vernederen, blijkbaar was die bereid z'n lieveling op te offeren, dan moest hij maar toezien hoe ze z'n huisdier zouden vereren. Ze juichen Nicolaas toe, roemen hem opnieuw en opnieuw voor de overwinning, roepen hem uit tot erekaffer, verbinden z'n verschroeide handen, alsof die nog niet zwart genoeg zijn, een grap waar Dirck het eerst mee komt maar die de Neus het luidst herhaalt en hem daarom gelach en drank oplevert.

De hele dag blijven ze bij haar, in een kring op het hooi, maar ze vallen steeds net lang genoeg in slaap voor de ratten om Agaath weer te vinden, haar met hun honger te schenden. Ze merken dat het schip van koers verandert, nog een kust die hen niet duldt, nu zijn er doden gevallen, niet lang voordat dronkenschap het feestelijke gebons boven hen tempert met gedachten aan de achtergebleven maats en de eerste verwensingen en wilde slagen op de staf van de provoost stuiten, hoeveel dagen nog tot ze Agaath kunnen begraven, elke moment verwachten ze het bevel van de schipper om haar in zee achter te laten.

IX

Walvissen en haaien, zo groot en onverwacht met hun schutkleuren van de zee, Janus wist dat hij dingen zou meemaken die hij zou doorvertellen, over hoe dolfijnen een schip als trouwe honden volgen, hoe smalle vliegende vissen in de war raken tijdens hun vlucht en op het dek kletteren, onder de voet gelopen worden, de vreemde kevers in het stro van hun kooien, de vogels met bloedrode snavels in zwermen als een pijlenregen, Waes die een helm had gemaakt van de botten van meeuwen, tijdens de hondenwacht Halfoog z'n wangen blauw sloeg omdat die erop was gaan zitten.

De eerste keer dat Janus de beweeglijke maar bedwongen, rasperige staart van een haai voelde, leek het alsof hij z'n hand op het hart van de zee liet rusten, het grijpen werd strijken werd aaien, zo wonderlijk z'n vingers, die eerder alleen de verweerde bast van padden en de harde ruggen van hagedissen en de geplukte huiden van kippen hadden ervaren, zo voelt de wereld, dat dacht hij echt, hij was gegroeid, nu hij dit zeemonster had aangeraakt leek de weg naar huis afgesloten, wie weet wat hij allemaal nog meer als eerste moest beleven.

Toen Janus de grote vogels zag, hun poten alleen al maakten hoge hutten van hun rompen, rende hij op ze af. De sergeant hield hem tegen, duwde de piek weer in z'n handen. Janus zag de mannen voorop hun haakbussen op standaarden leggen, hij verraste zichzelf door hardop te roepen dat ze daarmee moesten ophouden.

Eindelijk een rustige kust van dit eindeloze eiland, maar dat wist nog niemand toen ze hun schip steeds kleiner zagen worden. De bootsman geloofde Janus niet toen hij zich voor het verstopte loggat had aangemeld. Hij werd een geschenk aan de sergeant, die hem zelf naar een wapen en helm liet speuren. De vorige keren waren boten zonder vaten en manden teruggekomen, deze keer stuurden ze de sloep met alleen een paar soldaten, Janus naderde het eiland als een verkenner, onderweg kotste hij zich kermend leeg, net als de anderen kon hij z'n huilen niet inhouden.

De Neus heeft ook een helm en een piek gekregen, op het dek hield hij het ding al vast alsof hij er eten aan ging rijgen, kijk die gek steken in van alles wat er niet is, alsof er een hoog vuur klaarstaat om een vangst boven te braden. Iedereen bukken en schelden, de kapitein liet zich niet zien, die heeft zich achter de mast verstopt, samen met die aap en z'n verbrande handjes, die moet nu toch de meid betalen om aan z'n roeten pik te zitten, de bijtende hoer. De adelborst en vaandrig moesten iedereen de boot en sloep in krijgen.

De neus van de Neus leek Janus nauwelijks forser of lelijker, hij keek nog eens goed maar onopvallend naar de anderen op de sloep, misschien had het iets met z'n reuk te maken, rook hij meer of juist minder, misschien had de Neus ooit iets vreemds geroken, daarna iets doms geroepen en daarmee voor altijd z'n naam bepaald, Janus wist dat hij er niet naar zou vragen, de momenten hiervoor lagen te ver in het verleden, iedereen was wie hij was, hij kende niemand aan boord die ook maar iets van die eerste dagen had afgeschud. De adelborst en vaandrig voorin draaiden zich om, schreeuwden dat ze harder moesten roeien, Janus zag nu ook hun neuzen, hun namen klonken in z'n hoofd, gewone namen, door ouders gegeven en niet op het koedek ontstaan, hij voelde de behoefte om z'n eigen naam hardop te zeggen, maar schaamte hield hem onder schot, zelf werd hij Witte genoemd, al vroeg had hij besloten nergens anders meer op te reageren. Hij zag soldaten steeds op hun lonten blazen, hij wilde ook een musket, wanneer ze te dicht zouden komen zou hij z'n mes in z'n eigen hart jagen, op z'n kooi had hij afgelopen nacht geoefend, hij was blij dat hij niets hards op z'n borst hoefde te dragen. Om het gejank op de sloep te stoppen had de vaandrig met z'n schede links en rechts op schouders en ruggen geslagen, tot hij z'n evenwicht verloor, de bruine streep tussen z'n benen opeens zichtbaar werd, daarna je lach inhouden hielp meer dan al die klappen.

Het strand bleek leeg. Even dreigde Goossen nog te verdrinken nadat de plecht door een flauwe golf op z'n achterhoofd was gegleden, maar hij werd snel gevonden en boven water gehaald, zelfs z'n botte zwaard had iemand opgevist. Janus stond vlak naast de sergeant, hij herkende de vloeken die de kapitein gewoon was over het dek te vuren, toch had hij moeite vooruit te komen, steeds probeerde hij een stap achter de anderen te blijven, hij had eerder gehoopt om een gewond been te kunnen veinzen, maar zo bang was hij geweest net als Goossen tussen sloep en strand onder water te verdwijnen dat hij eenmaal op het droge z'n behoud te uitbundig had gevierd, niemand zou een mankepoot nog geloven.

Aan de boomrand vonden ze wat vogelbotten in een vage cirkel as, Janus zei dat het hoe dan ook dierlijke delen waren, zie hoe klein de ruggengraat en ribben, hij had de geknakte en afgekloven resten hooggehouden en doorgegeven, ook om zichzelf ervan te overtuigen dat ze niet op sporen van kannibalen waren gestuit. Ze verdeelden de musketten en haakbussen, vier man bleven achter bij de sloep op het strand. De aarde werd algauw drassig, de sergeant gaf de vaandrig en adelborst het bevel elke man die ook maar aan rennen dacht neer te schieten, Janus voorzag dat die twee eerst elkaar zouden aanvallen voordat ze zich over een deserteur zouden bekommeren.

Weer al die namen, de gedachte eraan liet hem niet los. Hoe vaak had hij de afgelopen maanden iemand direct aangesproken, hoelang geleden al had hij z'n werkelijke naam voor het laatst hardop gehoord, gewoon z'n naam, de naam die hij deelde met de oudste broer van z'n moeder, het maakte hem niet uit dat zoveel andere jongens uit z'n dorp dezelfde naam droegen, hij was niet bang met een ander te worden verward, wanneer z'n moeder z'n naam riep reageerde niemand anders, alleen hij had z'n naam dan gehoord en hij kwam tevoorschijn en rende naar haar toe, misschien had ze hem daarom zo genoemd, zodat ze haar broer nog tevoorschijn kon roepen. Soms dacht hij eraan om De Kraaien te benaderen, hun te vragen om Janus tegen hem te zeggen, Janus hoe gaat 't met je, heb je honger

Janus, Janus we willen dat je nog even blijft. Hij dreigde z'n gedachten weer door tranen te verraden, maar hij was de enige niet, zolang hij geen geluid maakte en doorliep kon het niemand schelen dat z'n wangen nat waren omdat hij zich even ver weg en in vroeger had gewaand.

Ze zetten diepe stappen, de deining van het schip nog in hun benen, trokken hun voeten uit de verse afdrukken die zich gauw met water vulden, knielden dan en staken hun mond in de voetstappen en zogen warme slokken. Het landschap bleef vlak en de vreemde dikke en hoge bomen zonder takken die aan de horizon sidderden omschreven ze als kerktorens. Toen de aarde niet meer meegaf, konden ze eindelijk een vuur maken en de bungelende watervogels die ze eerder hadden gedood weer van hun riemen losmaken om ze te plukken en aan staken te rijgen. Ze waren uitgelaten omdat ze vers water hadden gedronken en nu vlees aten, een echt maal voordat ze gevonden werden, voordat de wilden kwamen. Wijven, riep de adelborst, laffe wijven. Geen landing was nog gelukt, waarom zou deze anders zijn, ze sneden en wroetten donkerrood vlees los van de smalle karkassen, probeerden hun angst tot steeds kleinere happen te kauwen, maar Janus hoorde de eerste man al kotsen.

De sergeant had twee kringen opgesteld, de binnenste mocht eten, de buitenste hield de wacht. Na de laatste landing was hij sergeant gemaakt, wie weet vond hij dat echt een beloning, je voelde dat hij veel vertrouwen in wapens had, hij bleef maar hameren op lonten, op de juiste stand van een piek, een boerenjongen met een blind oog en lachwekkend wortelkleurig haar, maar dat was afgelopen nu hij je zonder straf in je rug mocht schieten.

De kerktorens bleken immens en droog en hard, erin klimmen was onmogelijk, toen ze de omvang van de kolos bijna hadden gemeten, moesten ze elkaar loslaten, hun cirkel breken. Ze zagen vele boten en huizen in die ene boom, de barbaren hier moesten wel erg dom zijn om ze te laten staan, misschien hadden ze toch geluk en waren ze eindelijk aangemeerd waar ze de stam konden verslaan.

Janus wil dichterbij komen voordat de vogels van iets schrikken en wegvluchten, hij wil weten of hun veren anders groeien, van een afstand lijkt de wind wel grijze wol op te waaien, werkelijk alsof ze een vacht dragen. De vaandrig gebaart de schutters dat ze hun hand voor hun lont moeten houden, Janus vindt dat een duister en teder gebaar. Na z'n onbezonnen rennen eerder beseft hij dat de sergeant hem nu niet zomaar de vogels zal laten naderen. Er klinkt gelach, maar het galmt niet en stokt, verwondering vervangt vermaak, de lange nekken van de beesten knikken en wiegen, hun koppen lijken uit een veel kleiner dier te komen, hun ogen staan zo bol als eieren. Traag maar met veel kracht en in het volle zicht van de sergeant draait hij z'n piek in de aarde tot die stevig rechtop staat, daarna houdt hij z'n armen hoog en zet hij een voorzichtige stap, hij maakt er nog net geen sussende geluiden bij, als de mens niet meer dan een dier is, denkt hij, zal ik dan ooit een dier horen zoals ik een mens versta, z'n gedrag raden zoals ik het mijne kan voorspellen? De sergeant lijkt nog niet overtuigd van Janus' goede trouw en behoedzaamheid, iets mist nog, het moet met een wapen te maken hebben, de blik van de sergeant komt moeilijk los van de piek die Janus in de aarde heeft gestoken.

Het zijn geen vogels maar vijanden, en met dat besef legt Janus een hand op z'n mes, een gebaar dat iets ontgrendelt in de sergeant, die hem nu toeknikt en laat gaan, Janus past z'n sluipen aan, van mens naar dier, nu moet hij naar vrees en schrik van de vogels gissen, deze vreemde wezens paaien zodat ze hem bij zich dulden. Door steeds kort omlaag te kijken weet hij z'n stappen ongehaast en zo stil mogelijk te houden, hij passeert de voorste man, Wieger, die meer op z'n musket leunt dan ermee richt, hoewel hij deel uitmaakte van een eerdere lichting en makkers onder de hakkende woede van de barbaren heeft meegemaakt, de lange nekken knikken iets meer, het knipperen van hun ogen begint hem op te vallen, hij vindt het jammer dat het brood op de sloep is achtergebleven.

Even was hij bang dat ze hem vanuit de flanken zouden belagen, dat hij zich door de middelste had laten hypnotiseren waardoor ze hem konden verrassen, maar nu hij op een paar voet de vogels is genaderd beseft hij dat hun grootte en gewicht dat soort listen onnodig maken. Dan de gedachte dat hij liever hier doodgaat tussen deze beesten dan tijdens een storm op volle zee, liever voer voor deze reuzen dan de onheilige cocon die hij zoveel anderen heeft zien worden, zodra ze het water raken lijken ze altijd nog even te spartelen, alsof het koude water nog eenmaal een worsteling opwekt. De pezige en naakte poten rusten op voeten die hij in gedachten steeds hoeven noemt, hoeven met stenen nagels, z'n eigen huid voelt dun, onaf. Als ze kunnen ruiken, moeten ze hem allang hebben geroken, toch mag hij nog altijd dichterbij komen. Ze zullen als paarden worden gebruikt, dat kan niet anders.

Misschien had hij z'n armen lager moeten houden, nog stiller, misschien zagen ze hem aan voor een van die zwarte woestelingen die hen wil temmen, of was het toch z'n geur die te vreemd en bedreigend op de lucht dreef, maar de kudde valt uiteen, hij hoort steeds meer gestamp, gekrijs, het verenleger breekt overal open en Janus blijft staan en spant z'n spieren en hoopt dat de mannen achter hem niet roekeloos vuren, het is zijn schuld dat er nu meer vogels zullen sterven dan ze nodig hebben, dan ziet hij een enorm ei voor zich, dat hij daar nu pas aan denkt, hun eieren moeten reusachtig zijn, hoeveel zouden ze er kunnen dragen, een ruim vol zou eten voor vele weken betekenen, zou hij er ooit een in z'n handen houden, een schot en hij wil aarde tegen z'n buik voelen, hij kan er niets aan doen, nog meer schoten en hij ziet vogels in de flank en rug geraakt worden en vallen. Mannen rennen langs hem, pieken naar voren, ze steken in op de gewonde dieren, iemand bewerkt er een met een mes, het is die busschieter, Janus komt los van z'n plek en rent erop af, hij wil het moment niet missen, de nek blijkt taai, misschien is het mes bot, die kerel blijft maar zagen, die beesten bloeden in ieder geval als koeien, dan schiet de kop eindelijk los, geef geef, maar die kontneuker geeft de kop niet af en Janus rent naar een andere vogel, hij ziet iemand op een van die grote snavels slaan om een echo op te wekken, maar hij wil z'n eigen vogel, daar ligt een kleinere, een met geknakte poten, waarschijnlijk door z'n makkers onder de voet gelopen, met getrokken mes knielt hij neer bij de vleugels, weet niet wat hij als eerste wil aanraken, de kop draait z'n kant op maar hij is sneller en vindt genoeg zachte plekken onder de veren die z'n mes doorlaten, de vogel is dood en op de een of andere manier is z'n been onder het dier geraakt, hij ontdekt dat hij zich in z'n hand vlak bij de duim heeft gesneden, het doet nog geen pijn, hij heeft hiervan gehoord, soms kan het even duren voordat de pijn van een wond het hart bereikt.

Ze hebben de oppertimmerman om hout gevraagd, maar die zei dat de schipper het als stelen zou opvatten, dus kreeg Agaath een extra zeildoek omgenaaid en houden ze om en om in duo's de wacht. Lys noemde het waanzin om niet voor deze ene keer in te zetten waar god hen toch mee had opgezadeld, maar Martha wilde het niet hebben. De sloep is al twee dagen weg, misschien is dit de rustige kust waar ze op hebben gewacht.

De eieren mogen maar even op het dek blijven, de maats lijken met hun gebaren vooral begaan met het raden van de omtrek van die dingen, het gewicht, de slimste hebben zich al gemeld om ze naar de kajuit te dragen. Ze zien de kapitein er een achterhouden, die mag voor de mast blijven en iedereen kent de naam al van de duivel die hem zal laten vallen, ze moeten dus snel zijn en verdringen zich, negeren de roep hier en daar om een kring, daar gaan we al, die lul van een Barent doet alsof het ei hem toekomt, omdat z'n pa ooit de paardenman voor de graaf is geweest, gelukkig tikt Aert hem op de schouder, laat die grote het nou even vasthouden, ik ben na Siem, ze tellen af, proberen hun plek te raden, het kan niet lang meer duren, waarom hebben ze niet een van die beesten meegenomen, ze zouden hem als een kip houden, de eieren over de bakken verdelen, het is al zo lang geleden, heb je ooit zoiets vastgehouden, moeten we het niet met stro bedekken, benedendeks uitbroeden, zo zwaar, de schaal voelt toch vertrouwd, het is niet de steen die je verwacht, niet–

X

De landing is een overwinning. Volle vaten water, manden met citroenen en limoenen, bananen, voorraden rijst van meerdere dorpen. Vijf ossen en wat kippen, honing, een meerkat voor de schipper. Ook enkele buitgemaakte schilden en speren zijn aan boord gekomen, vooral die schilden zijn goed gemaakt, ze proberen er gaten in te maken maar zonder een haakbus kom je er niet doorheen. De Neus kermt over z'n been dat hij niet wil verliezen, Timmerwillem heeft last van zweren op z'n armen en borst omdat hij te dicht bij de brandende hutten bleef staan terwijl de sergeant iedereen al had teruggeroepen.

De Kraaien hebben die aangevreten zak eindelijk kunnen dumpen, ze hebben zelf gegraven, niemand durft in hun buurt meer iets aan te raken, wacht maar tot ze iets tegenkomen wat ze toch niet zelf kunnen tillen, dan veranderen ze weer in vrouwen.

Het was niemands plan om die overgebleven wilden van het eiland op het schip te krijgen, als de sergeant tijdens de gevechten tegen een knuppel was aangelopen, was er niets gebeurd. Geen ervan zouden ze zelf mogen houden, het is vracht waar ze niets aan hebben, ballast, waar ze ook nog eens eten en water aan kwijt zijn, om zich op de hoge heren te wreken hebben ze elke kut, ook de kleinste, volgespoten, elke pik na die van hen zal in hun vuil moeten roeren. Op de sloep ging nog gefluister rond om ze allemaal overboord te gooien, de sergeant kon hen onmogelijk allemaal straffen, maar iemand, vast Witte, die ook al gek bij die vogels deed, kon z'n bek niet houden in de buurt van de adelborst, die daarop om zich heen begon te meppen, uiteindelijk is alleen die oude met die rode doek in het water gevallen, ze gaven de schuld aan de golven, die de barbaren niet kennen, gingen te snel om hem terug te halen, wie verdrinkt er ook zonder te schreeuwen, dieren zijn het.

Het beangstigt Eben om iedereen zo te zien, zelfs z'n plek achter de mast voelt nu niet ver genoeg. Het gelach moet het gehuil van de omsingelde schepsels smoren, die hij alleen als schaduw ziet. De maats zijn waanzinnig geworden, het tuig is onbemand, de mars is leeg, waarom staat de bootsman dit toe, de kapitein, verborgen onder de hoed met de veer, staat op rare afstand van de heksenkring, z'n hand op Davids schouder, wacht maar tot de schipper naar buiten komt, Eben trof hem vanochtend al geheel gekleed aan, de oude kracht leek terug. Hij denkt aan de letter N, hij weet niet waarom, hij durft z'n handen niet op z'n oren te leggen, daarna aan de W, de B, hij stelt zich Nels hand voor die de zijne de juiste bewegingen laat maken om die letters tevoorschijn te krassen op de muur van de kajuit, z'n vingers zwart van de houtskool die steeds breekt, te gauw krimpt. Eenmaal tevreden wast ze de letters weer weg. Elk moment nu, dan zal de schipper hem passeren, hier afdalen en hun geschreeuw zal weer als blaten klinken. Hij vraagt zich af hoelang hij daar al staat, of hij de bel heeft gemist of dat die helemaal niet heeft geluid. Z'n meester heeft hem nodig, dat weet hij zeker. Hij denkt aan Nicolaas en laat z'n gedachten roepen dat die zwarte hond de grootste verrader is die een mens ooit heeft gekend, een man die zo afstand doet van z'n soortgenoten is geen mens maar een dier. De kapitein kan Nicolaas net zo goed bij de anderen zetten. Eben wacht nog even, gaat dan naar binnen, alsof hij eindelijk alle antwoorden gegeven heeft die hem uit de greep van een gerecht bevrijden.

Iemand heeft gehoord dat ze hun kinderen doden wanneer ze met te veel zijn, maar iemand anders roept dat ze helemaal niet kunnen tellen. Te veel voor wat, roept iemand, meteen schreeuwen meerdere maats dat ze hun kinderen opvreten. Iemand zegt dat ze kinderen bij hun dochters maken, dat ze die regelmatig tussen de benen graaien om te kijken of ze al rijp zijn. Iemand duwt wangen diep in om een mond te openen, hij zal de tanden van deze beesten blootleggen al moet hij iets breken, kijk dan, ze moeten stenen eten, kom niet te dichtbij, je raakt zo een vinger kwijt. Het is nog te vroeg voor de messen, maar iemand stompt er twee op hun knieën en begint plukken van hun vreemde haar te snijden, ze moeten aan touw denken, aan ruwe wol, ze ruiken eraan, vragen zich af of het brandt, of het netelt of giftig is, niemand durft het in z'n mond te steken, ze laten het dwarrelen, op die pezige schouders landen, op die donkere uiers, ze kunnen niet ophouden in de ongelooflijk donkere knoppen te knijpen, een geeft er melk op, haar kind zal ze al wel hebben weggegooid. Iemand, altijd dezelfde, kan zich niet meer inhouden en trekt zich af, ze kunnen niet geloven dat hij gewoon kan klaarkomen, met kreet en al, zonder de staf van de provoost in z'n nek te voelen. Iemand verlaat de kring, iemand anders is even stil, misschien houden ze niet van plezier maken, willen ze liever weer aan het werk, hun klauwen openhalen aan de halstouwen, stik en verdwijn. Ze porren en schreeuwen om die wilden iets te laten zeggen, te kijken of ze meer doen dan grommen, maar ze houden allemaal hun bek, wat ze al dachten, misschien komt er uit die grote nog iets, die ene die zo boos blijft, iemand houdt een mes onder z'n keel, maar roekeloos en ze grinniken, bloed verschijnt bij de hals, een ander roept iets over schapen, maar hij is niet luid genoeg en niemand beantwoordt z'n gelach, z'n beledigde kop is dan wel weer grappig, zoals alles nu is om je gek te lachen, laat ze rondjes lopen, laat ze nog eens vallen en zitten, bukken en grijnzen, laat ze springen, met hun apenpoten op het dek stampen, als iemand die verdomde fluit kon spelen zouden ze kunnen meemaken hoe je echt moet dansen. Als de boots nu niet ingrijpt gaat het mis, dat merk je aan iedereen die z'n handen niet meer kan thuishouden, er zijn al plekken waar je niet meer kunt zien wie daaronder ligt, Tiemen heeft z'n mes getrokken, maar die moest toekijken hoe ze z'n kameraden aan stukken hakten, de eerste is al ontsnapt en in het water gesprongen, de kring mag niet meer breken, nog even en gewoon slaan werkt niet meer, laat Tiemen maar even begaan, het scheelt boeien, dan is hij onze herdershond.

Nadat Siem hun over Agaath heeft verteld, bedwingt Martha met een geselend gebed het verdriet dat onder hen dreigt uit te breken, Dagon brak in het zicht van de Ark, ze zijn te vreemd voor god geworden, wat baat hem deze onbekende grond, een ezelsbegrafenis hebben ze hun zuster geschonken, ze hebben haar gekust als Joab Amasa, gedoopt bestaat geen ander doel dan dode te zijn en met hun dood zullen ze hem dienen, daarna stuurt ze Katarien en Lys naar de kombuis om eten voor hem los te krijgen.

Martha twijfelt over de nachten op het achterdek, of drie voor de mast nog voldoende is, wanneer ze voortaan bij elkaar zouden blijven lijkt het haar ook redelijk om de schipper om het restant van de uitreis te verzoeken, geld dat ze voor de bouw van hun huis goed kunnen gebruiken. Vanavond zou de beurt aan Katarien zijn, die sterk is gebleken, ze merkt dat ze op Katariens instemming is gaan rekenen, Agaath was haar onvoorwaardelijke, haar verdekte lood op de balans, Marie en Lys zijn te krachtig, samen zullen ze haar opvolging kunnen afdwingen, Katarien krijgt haar nacht achter de mast. Ze denkt aan de stille kamer, aan het eten, de honing, aan de afwezigheid van vragen, de vrije woorden die haar daar altijd te binnen schieten.

Ze komen terug met twee bananen en wat gekookte rijst, manen Siem rustig te eten. Hij pelt de bananen, prakt het vruchtvlees door de rijst, wanneer hij opkijkt blijkt hij alleen. Z'n houtje heeft moeite met de massieve kost, dan eet hij maar met z'n handen. Hij vindt dat hij voor het juiste verhaal heeft gekozen. Landmensen, getij is hun een mysterie, niemand betwijfelde z'n verslag van de golven die het graf overspoelden, Agaaths lichaam waarschijnlijk al naar zee hebben gesleept.

Hij hoorde bij de laatsten, de zwaarbeladen boot schoven ze het water in. Ze hadden hun zuster de vorige dag dicht bij de kust begraven, misschien durfden ze niet verder, misschien wilden ze nog eenmaal naar haar om kunnen kijken vanaf het water, hij wist het niet, was er niet bij geweest. Het gewicht maakte de boot traag, af en toe klotste een golf naar binnen, in nood zou hij een paar vaten lozen, vreemd hoe hij toch weer naar het schip verlangde. Op het strand verschenen mensen, de overgeblevenen, de gelukkigen, en hij zette zich schrap, hun wraak zou onder elke god gerechtvaardigd zijn. Maar hij zag geen wapens die ver konden reiken, geen snelle sloepen die hen konden inhalen. De boot leek stil te vallen, de hand van de zee, daar was ze weer. Siem vroeg zich af hoeveel mensen er nodig waren om van een familie te spreken, en welke dan, of je een ouder kon delen, je een vreemde je zuster kon noemen, hij zag voor zich hoe vloed gaten in het zand, hoe diep ook, vult, de aarde weer egaal krijgt.

De mensen kwamen in beweging en hij wist meteen dat ze naar het gemarkeerde graf gingen, hij was de enige op de boot die het schouwspel tot het einde volgde. Ze groeven het graf open, tilden het ingenaaide lichaam van Agaath tevoorschijn, hieven haar boven hun hoofden en droegen haar uit het zicht.

XI

Drie per keer, een besluit van de scheepsraad. Drie steeds van ongeveer dezelfde lengte, zodat ze zich niet voortijdig of te makkelijk na de val los kunnen worstelen. Een venijnige stroming kolkt rond het schip, ze lijken even te rennen, verdwijnen dan snel. De schipper is niet gebleven, na het gegil van de eerste drie hinkte hij terug naar de kajuit. De koopman kijkt toe vanaf het galjoen, iedereen vermoedt vanuit spijt en woede.

De nieuwe vracht bleek een verstoring, de maats gedroegen zich als natuurlijke eigenaren en vergaten hun taken, het want bleef leeg, het schip was stuurloos geworden en niemand durfde die eerste dag de schipper te wekken. Uiteindelijk maakte de koopman een eind aan de ongeoorloofde voorschotten die de maats op de lading namen, zo verloren ze te veel kostbare wijfjes, ook de sterksten van de barbaren dreigden ze kwijt te spelen, omdat elke ongehoorzaamheid dodelijke weerstand opriep.

Toen het oordeel van de scheepsraad de maats bereikte, reageerden ze bijna afgunstig, Siem verschool zich voor al het gekanker, alsof ze dorstten naar eenzelfde erkenning. Ze krijgen elkaar gek met het gerucht dat de koopman het verschil na Straat Soenda goed gaat maken, daar putten ze hoop uit. Wanneer de hoge heren het zich kunnen veroorloven deze lading overboord te gooien, dan staat hun nog veel te wachten, ze zien weer voor zich hoe ze als rijke mannen terugkeren, zegetochten die er niet in slagen om het logement te passeren dat hen ooit heeft vernederd, ze beelden zich zelfs dezelfde gedeelde kamers in, maar nu is er eten en drinken zonder aflossing, zonder spijt of schuld, nu zijn de vrouwen jong, vers van het veld, meer lukt hun niet om tegenover de tandeloze wezens te stellen die nauwelijks ruimte onder hun rokken lieten, om hun stoten lachten.

Degenen die te hardnekkig geloofden dat de wilden de rest van de reis slaafs hun handen van teer en ankertros zouden vrijwaren, hun nachten zouden verlichten, leggen nu elk half gehoord bijbelverhaal aan de voeten van die domme honden, alles wat naar gerechtigheid ruikt, hadden ze maar moeten luisteren, dit gebeurt er met ongelovigen die eerlijk werk weigeren. De provoost kon niemand vinden die de veroordeelden tot trossen wilde vastbinden, tot Coen zich voor de klus aanbood, de jongen is stil geworden, kijk hoe hij het touw aanzet, hij wil het bloed uit hun polsen lokken, kalm aan, ze moeten ademend de zee raken, laat kleine Coen je niet bijten, wolvenjong.

De bootsman klaagt over z'n gehoor, na de eerste zijn ze niet meer stil te krijgen. Ze gaan liggen, persen hun nagels in het dek, de bootsman wijst maats aan, al moet hij ze van het allemansend trekken, om hem bij te staan, bij het rollen, het uitputtende zeulen en slepen, de provoost slaat handen los, prikt ruggen in beweging, breekt bot wanneer hij moet, zolang er twee kunnen staan zijn ze gereed voor hun vonnis.

Alsof je een os overboord gooit, het omhoogslaande water bereikt bijna de rusten. Om ze sneller stil te krijgen en haaien te lokken is de bootsman opgehouden hen te duwen, hij laat elke krioelende kluwen nu neer zodat de schelpen aan de romp onmiddellijk huid kunnen breken. Het lijkt te werken, er verschijnen ook meer maats bij het galjoen, het want wordt weer een gewilde plek, vanaf daar zijn de afdwalers nog lang te volgen, de haaien grijpen soms de buitenste, soms de middelste, altijd de laatste.

Ze blijven vallen, hoelang nog, laat ze hun hondenmuilen houden, niet meer treuzelen nu, loos ze allemaal tegelijk, de zee is blind, god zit er niet in, god is de lucht, de wind en de hand achter het getij, maar de zee is zielloos en leeg, ze proeft niets van het bittere bloed dat op haar drijft, ze is oneindig en zonder honger, ze kauwt zonder lust, de schipper heeft zich vergist, dit duurt te lang, de bijl zou met meer haast dan de logge stroming recht hebben gesproken, hou op met schreeuwen, met vallen, met klanken die nooit van een mens kunnen worden. Het gegil en gejuich, de haaienzee en het spartelen en zinken, de verstoorde droom een eigen ander te bezitten, afgunst is lichter dan water, de wil is weigerachtig, de herinnering pijnigt en splijt wanneer ze met oordelen geen genoegen neemt, daarom deze enige herinnering, de schipper heeft hun iets misgund.

David, die te weinig tijd heeft gekregen om zich gezichten te herinneren, een naam lijkt hem maar niet te verlaten, Laurens, dat zal een vader of oom zijn geweest, die in slaap altijd omringd is geweest door woelige anderen, die bang is niet eens boven de schouders van de stuurman te zullen groeien, misschien is hij al veertien, die in z'n dromen keer op keer bebloede eieren te eten krijgt, die bij elk lied tevoorschijn komt, de woorden met stille lippen herhaalt, niemand zal kunnen zeggen dat ze hem ooit hebben horen zingen, die elke onbewaakte kist uitprobeert, dan de buit, lepels, messen, allerlei soorten schellingen, in lege vaten in het ruim verstopt, tabak ook, hoewel hij weigert te roken, die jaloezie voelt wanneer de kapitein steeds naar een andere jongen grijpt, zozeer dat hij ooit ontkleed voor de man is verschenen en voor hem knielde, een geschenk dat met vuist en laars werd afgewezen, hij was klaar toen om in zee te verdwijnen, daarop besloot op z'n beurt te wachten, op tekenen, een onverwachte storm of eindeloze windstilte, een opgehaalde vis met ogen op z'n buik of met te veel vinnen, de fokkemast fel als een kruis opeens in het licht van de dageraad, die voor geld naar dit schip is gebracht, die nog een andere naam bij zich draagt, Adriaan, wiens borst z'n hoofd zonder aarzeling verwelkomde, het lichte gezicht dat zo onder gedachten leed, kou zo rood kon krijgen, bosgroen en haardgeuren in z'n kleren en haren, laat hem dan eeuwig blijven, nog niet weg maar als de bel of het gebed aanwezig op dit schip, heimelijke David had een geliefde, gekke David, snelle David, de Muis, de kleine hoer van de kapitein, de gevreesde, die de maats en hun viering nu ontloopt, naar het koedek afdaalt voor hun verlaten kisten, duisternis en kierlicht, de hitte gulzig naar je adem, het is er nog te druk, hij moet dieper gaan, besluit oudere buit te keuren, stemmen vlakbij trekken hem aan omdat ze dreiging in zich dragen, hij wurmt zich de duisternis in voor beter zicht en ontdekt dat het geluk van De Kraaien dan eindelijk op is, twee in een troep van zes, in de schemer kan hij moeilijk gezichten vangen, het begint, de kring wordt een wilde mist die rommelt en struikelt, mannengekrijs schettert, de eerste gewonde komt los uit het donkere gevecht, De Kraaien zullen hun messen gebruiken, maar hij hoort slagen landen en gekerm volgen en een woedende triomf, hoort hulpgeroep onder een hand stranden, hij vraagt zich af hoelang alles vanaf dit moment nog zal duren, peilt de route die hij ongezien kan nemen, wie dit overleeft wordt een prooi voor de scheepsraad, elke getuige zal in een verklikker veranderen en hij stapt terug, z'n blote voeten op de vettige planken gaan hem niet verraden, hij is bijna bij de trap, heeft niets geweten, niets gezien, niets van een schim meegekregen die langs hem raast met moord en straf.

XII

Je hebt het nu weer zelf kunnen zien. Bijna veertig hoofden, een fortuin op het dek, overboord gegooid als bedorven waar. Het gaat de duivels niet om geld. Zorg goed voor je handen, knijp de vingers elke dag tot een vuist zolang als het lukt, je bent de volgende, je moet klaarstaan. Ze gaan je niet laten ontsnappen, zeker niet hierna, ze zien je en denken aan de anderen. Ze willen zeker weten dat je net zo zult gillen, dat er geen verschil is. Ze houden je aan om je te ontkennen. Je moet hen helpen vergeten waar hun vreten vandaan komt, het goud van hun kettingen en kronen, aan hun oren, ze moeten naar hun doden kijken en denken dat ze hun vijanden zelf hebben verslagen. Je bent hun instrument gods, een akker die ze eindeloos kunnen oogsten. Je bent er niet, je bestaat te veel.

Balthazar roept je, hij is naar je dromen teruggekeerd. Een ander gezicht, maar je herkent de woorden, de ogen toch, de manier waarop hij z'n handen op z'n riem laat rusten. Je moet hem in huizen volgen waar hij appels uit tonnen steelt, hangende worsten van balken trekt, je moet alles vasthouden maar weet niet hoe, de tonnen zijn te zwaar en te glad, je bent bereid iedereen die binnenkomt neer te halen, je merkt dat Balthazar geen wapens meer draagt, een rapier tikt tegen je heup, je duim wrijft de botte kling voor een snee en bloed, nutteloos, je droomt, dit is een droom. Wind wekt je, je zwaait je sabel over je slaapplaats hoog op het kampanjedek, boos op Balthazar, die je met elke droom weer verlaat.

Hoe ver zou je komen, met een mes van hut naar hut op het donkere achterdek, keel na keel, het borrelende gegorgel van verstikking terwijl je aan hun voeteneind staat, je lach hun laatste beeld. Een storm zou dit schip moeten opeisen, je hoopt op golven die hun tanden in de romp zetten, kom stekende regen, kom dodelijke wind, kom bliksem om de masten te verpulveren. Je zult op de plecht springen om het schip sneller te laten zinken, je in de kruitkamer verschansen, met brandende fakkel de thuiskomst voor deze duivels voorbereiden.

Je hebt de kapitein geld geboden om een van de vrouwen voor haar val te behoeden. De realen voelden vederlicht opeens, je bleef het bedrag verhogen, onthulde zelfs het goud dat je in de tent van de dode generaal had gevonden. De vrouw, ze is prachtig, draagt een kind in haar buik, je hebt al besloten dat het van jou is, jouw zoon. Je zult hem Gomes noemen.

Is het waanzin? Je wilt het Balthazar vragen. Toen je nog twee was zou je deze slordigheid hebben bestraft, je hart vrij van betovering gehouden, je had de boot beladen, die 's nachts met de vrouw in zee gelaten. Je aarzeling is je nu vreemd, je geeft Balthazar de schuld, de bedrieglijke dromen.

Je weet wat gaat gebeuren, toch blijf je realen roepen, je

stapt voor de kapitein, blokkeert z'n pad, een doodvonnis, maar hij passeert je, laat dit dan de droom zijn.

Ze is zo mooi. Ze maakt je vest en kousen belachelijk, de glans van je laarzen. Je claimt haar maar durft haar niet te naderen, je vreest je eigen mes op haar huid, iemand zal je moeten bedwingen zodat ze je kan aanraken. Je wilt dat ze met haar buik langs je wangen strijkt, haar tepels moeten je lippen plagen, haar tast zal je schoonwrijven, je wilt niet meer zijn, zij moet je weer mens maken, het kind, de man. Je zult met haar baden en daarna zullen jullie als man en vrouw verder leven. Jullie zoon beweegt in haar, ze zal hem zogen en hem sterk krijgen. Gomes, draag me, draag je vader op je schouders. Vrees me niet.

De kapitein is bijna bij haar, het lijkt alsof je hem volgt, alsof je hem het wapen zult aanreiken. Hij gebaart dat ze haar los van de anderen moeten maken, vier man beveelt hij dichterbij, hij wil haar liggend op haar rug, haar armen en benen bemand. Je grijpt naar z'n arm terwijl je weet dat een schaduw zich niet laat steken of vangen, hij keurt je weke gebaar, het maakt je eenzaam en je wilt terug, weer de duivel worden die hij in je zag.

Hij trekt z'n sabel, duwt de punt net onder de navel in haar buik. Je roekeloosheid kwelt je, de onthulling van de gestolen buit, het bedrag dat verraadt dat je voor iets hebt gespaard. Alsof die geheimen met haar kunnen sterven hoop je op haar snelle dood. Ze stopt met gillen, de kapitein kerft een cirkel, wil haar helemaal open, bevelen zijn niet meer nodig, je hebt hier eerder gestaan. Hij grijpt in haar, snijdt de navelstreng door, wat hij in z'n handen houdt gooit hij overboord.

Je moet dit wegmaken, opruimen, wie anders dan jij kan dit hebben uitgelokt. Welk dier doet dit, welk dier staat zo onbewogen bij een geschonden soortgenoot, zonder haar te omcirkelen, haar te beroeren om haar dood te beproeven, zonder haar verder aan te tasten om honger te stillen, zonder domme rouw zelfs, het besef dat ze bewoog en nu niet meer. Je laat je bekijken, gunt hun hun woede en haat om de vreemde die de dood van een van hen heeft bespoedigd. Je wilt hun besparen wat komt, de kapitein heeft gelijk.

De soldaten slaan om zich heen, het is jouw schuld, je moet ingrijpen, de kapitein heeft hen als daders onthuld, zolang ze daar ligt moeten ze haar aanklacht aanhoren, maak het weg, dat is je opdracht, verander de slachtplaats weer in hun huis, help hen aan hun onschuld, niemand dan jij, wees weer twee.

Je raapt haar aan haar armen op, de huid is zacht en glad, je sleept haar uit hun zicht, maakt haar van zee.

XIII

– De duivel krijgt een derde hoorn van al je leugens. Of een tweede pik. Je hebt gewoon spijt dat je niet zelf met Esaias bent meegegaan.

– Dan was ik even dood geweest.

– Maar je had van een Kraai geproefd.

– Dat kan ik nu ook, en makkelijker nu ze geen bescherming meer hebben.

– Waarom zou hij hebben ingegrepen, is een ervan z'n wijf? Zouden ze allemaal van hem zijn? Z'n stal voor de nieuwe wereld?

– Een van ons kon al die tijd gewoon neuken.

– Weet jij waar hij vandaan komt?

– Haarlem. Maar ik kom uit Hoorn en dat klopt ook niet.

– Pakken ze Aert nu ook?

– Waarom? Aert heeft niks gedaan.

– Ze geven 'm de hondenwacht, ik heb een kameraad bij z'n bak. Aert is een stille, zegt hij, niemand krijgt er iets uit.

– Siem, Aert, wat is het verschil. Neukt er een, dan neukt de ander ook.

– Hij moest bij de schipper komen.

– Aert is het kleintje, Siem de grote. Zat jij niet vlak bij hem?

– Drie man. Die Esaias dacht even een kutje te kunnen bijten, nu voelt hij zelf de vlammende pook in z'n aars. Hoe heette die laatste nou?

– Gillis. Of Geert. Met die krullen.

– Die blonde of dat schapenhoofd?

– Vannacht riep hij nog om z'n wijf.

– Of om z'n schaap.

– Drie man. Hij heeft geluk gehad. De Kraaien hadden iedereen al opengehaald.

– Jij speelt altijd met je mes alsof het je staak is, kan jij dat ook zomaar, drie man als rondhout bewerken en je dan bij de boots melden. Met bloed van je kin tot je kloten.

– Jullie zijn allemaal kontneukers.

– Ze gaan hem onthoofden.

– Ze zoeken vier paarden onder de maats om hem uit elkaar te trekken.

– Zou jij springen? Zelf?

– Van de mast?

– Ze doen 'm aan het touw, let maar op. Ze kunnen niet wachten, zij willen het ook zien.

– Drie keer rond.

– Met deze scheepshuid? Een keer is genoeg, dan haal je alleen nog maar rafels boven.

– Ligt z'n kist er nog?

– Is al weg. Waar dacht je aan, vuile dief.

– Die jongen stond erbij.

– Nog drie keer die kutbel en dan kan ik eindelijk eten.

– Te laat. Ik heb alles al hier zitten.

– Nee, toen Siem ze aan repen sneed, dat duivelsjong.

– Wat maakt dat nou uit?

– Al die eieren en we krijgen er geen hap van. Vanavond snij ik de ballen van een van die bokjes.

– Die David laat ik, hij stinkt naar de kapitein. Je moet bij Coen wezen.

– Wie heeft er nog olie? Ik wil ruilen, azijn voor olie.

– Ik wil niet neuken, ik wil weten wat dat jong heeft gezien.

– Flikker op met je azijn. Heb je boter?

– Die kerel van m'n bak heeft de helft al op voordat hij de trog voor onze voeten gooit.

– Wij hebben ook zo'n eikel, met een volle bek steeds volhouden dat hij nog niets heeft gehad.

– Je moet niet zeiken.

– Waarom wil je niet neuken?

– Hou je bek over de schipper.

– Zou David hem gewaarschuwd hebben?

– Je bedoelt als een soort uitkijk?

– Een verklikker.

– Paard, de dijen. Hij deed er altijd geheimzinnig over, maar ik weet dat hij er knolraap en ui doorheen deed, en heel donker, heel zwaar bier en dan gewoon vergeten tot de zon ondergaat. En die gek roerde er dan helemaal aan het einde wat honing doorheen. Het vlees kon je drinken. De botten kloof je zo kaal dat er geen soep meer van te trekken was. Hij kon geen dier passeren zonder het een trap te geven, maar hij maakte dingen die ze aan tafel daar niet eens krijgen.

– Wat is er mis met Coen? Heeft iemand hier iets over Coen te klagen?

– Heb je daar die olie voor nodig?

– Krijgt iemand nog geld van Siem?

– Het begint bij de voeten, als je al je tenen nog voelt is er niets aan de hand.

– We hadden er een paar moeten verstoppen. Ergens ver en diep, de boots zie je niet meer voorbij het koedek, ze kunnen toch beter tegen de hitte.

– Weet ik veel welke, hou jij De Kraaien uit elkaar? Ze hebben er zeker een te pakken gekregen, het zijn nu steeds dezelfde drie voor de mast.

– Ik moet je bot niet. Al heb je er een bloot wijf in gekrast, ga ermee naar Stoker, die roept altijd dat z'n moeder nog bij de baron op schoot heeft gezeten, ga hem maar lastigvallen.

– Kutbel.

– Kutbel.

– Laat 's zien.

– Nu Siem niet meer met z'n mes kan zwaaien, kunnen we allemaal van De Kraaien proeven.

– Twee keer van m'n potspijs, twee keer de helft. Maar niet voor geld.

– Had jij nou al gehoord wanneer?

– Maak hem alvast wakker, hij heeft de volgende wacht.

– Als we daar zijn, gooit niemand niemand meer in het water. Ik laat ze een hek om zichzelf bouwen.

– De bomen schijnen er harder te zijn dan steen. Een kasteel van hout.

– De duivel hale ze, nu moet ik dit vod zelf naaien.

– Dat kan helemaal niet. Het is hetzelfde als een paard met een koe, daar komen ook geen kalveren van.

– Straks hebben we allemaal ons eigen eiland.

– Wat doet die soldaat hier? Hé! Hé!

– Dat is Bouwen, blinde gek.

– Nee, zo werkt het niet. Als er een man uitvalt, moet de kok je evenveel meegeven. Er is eten voor iedereen die aan boord is gegaan.

– Ik ken een bak met nog maar drie man, mogen die dan voor zeven eten?

– Drie mag niet, dat hadden ze moeten herverdelen.

– Wij zijn met z'n vijven en krijgen maar voor vier.

– Jullie kregen Wik en Rein. Wekenlang waren jullie maar met vijf en haalden jullie voor zeven. Jullie wilden ze niet hebben, dat hebben ze me zelf verteld. Dan moet je hier niet gaan liegen.

– Waar zijn Wik en Rein dan, wie kan het ze vragen, wie ga je nog meer verzinnen?

– Wekenlang hebben jullie te veel gekregen.

– Iedereen weet dat jij je hand bij alles ophoudt.

– Als die Kraai achter de mast crepeert, wil ik haar vreten.

– Die eerste was ermee behangen, de grond moet daar vol zitten. We gaan veel te ver.

– Ik laat ze m'n bruine armen zien en dan gooi ik die volle zakken aan hun voeten.

– Wie zegt dat ze je terug willen?

– Ze herkennen je niet meer met die bruine wangen, ze slaan je het huis uit.

– Zou jij het doen?

– Natuurlijk.

– Ik ook.

– Je zag hoe snel hij Jacob vergat.

– Drie keer.

– Een keer maar.

– Maar wat als het toch drie keer moet?

– Na drie keer hoef je alleen nog maar z'n oren op te halen, de makkelijkste klus op dit kloteschip.

– Die van ons kwam altijd te laat. Elke dag liet hij ons wachten en moesten we toekijken hoe jullie alles al kaal knaagden terwijl wij nog moesten beginnen. Het duurde lang voor ik het begreep, waarom hij om het laatste uit de pot vroeg voor onze bak. Ik was nog zoals jullie varkens, het moest allemaal snel weg, dan kon het je bek ook niet meer bevuilen dan het al deed. We klaagden zelfs over alle harde aangebrande stukken. We waren zo druk met boos zijn dat ik niet op hem lette. Een rare, ik wilde hem voor gek zetten en deed hem na, nam dezelfde trage happen. Hij lachte alleen maar, stak z'n lepel naar me uit alsof hij me ging voeren. Nog zoiets, ieder ander zou zo'n lepel in z'n kist houden, maar hij at ermee. Om een lepel ging ik geen sluitgeld betalen, hij heeft me verjaagd, zo was het, m'n bak deed het voortaan zonder mij. Dat aangekoekte spul is zoet, dat proefde ik pas toen ik alleen at. Zoet. Je krijgt er ook meer dorst van, maar ik kan het niet meer missen. Na z'n dood heb ik de idioot die ze als nieuwe baksmeester aanwezen zover gekregen dat hij uit de kombuis blijft. Ik vraag om het laatste in de pot, die vetzak moet van mij elke dag z'n spaan op de bodem breken.

XIV

Volgens Martha moest hij zichzelf als Judit zien. Liefde is bescherming. Holofernes stond onder de hoede van god, toch zou hij sterven, omdat de god van aanspraak en oorlog niet dezelfde is als die van de liefde. De andere schepen waren nog niet teruggekeerd, niemand wist hoe deze reis zou verlopen. Hun stank, messen en zwarte kleden, zelfs met hem als heimelijk schild was het niet te voorspellen of ze veilig zouden zijn. Lompen zouden hem vanbuiten veranderen, z'n hoedanigheid van beschermer verhullen, niemand mocht weten wie hij was. Hij was hun keuze, omdat z'n rouw hem had bevrijd, hem voor een grillige reis voorbereidde, hij was geen domme dienaar meer van de dood. Onthoud, Judit hing het hoofd van Holofernes aan de hoge muren van Bethulië. Liefde is eerbetoon.

Martha, wier handen zich al de hele dag te ongerept dreigen te uiten, was alles maar taal, een droge maat geluid, een bedwongen kudde aan betekenissen, zegt dat ze nog te zwak is, ze wil het bloeden niet weer opwekken door te veel te bewegen. Ze geeft de olie aan Lys en wacht buiten met Marie, wier fel oordelende houding goddank nog altijd niet is hersteld.

Siems gezicht is zo bezweet dat Lys vreest dat de olie niet zal hechten. Met een mouw probeert ze z'n wangen en voorhoofd droog te krijgen, z'n haren blijven druipen, een hardnekkige bron, ze zal snel moeten smeren. Siem zit stil, kijkt langs haar. Ze wil niet huilen, ze mag het niet, toch huilt ze. Ze giet olie op haar vingers, Siem deinst niet achteruit, ze voelt z'n huid eerder dan verwacht. Alsof ze daarom heeft gevraagd sluit hij z'n ogen, z'n mond. Ze wrijft de olie over z'n slapen, z'n voorhoofd, veegt z'n wenkbrauwen glad, daarna laat ze beide handen over z'n wangen glijden, ze bevoelt z'n oren, ze nadert z'n hals, dat is te ver, ze stopt bij z'n kaken, houdt zich in hem te kneden, te strelen.

Ssssst, het is meer uitademen dan fluisteren, ssssst, of zuchten, met gesloten ogen blaast hij haar toe. Kritiek op haar tranen, zo ontvangt ze het sussende geluid, schaamte kerft haar en krijgt haar stil. Siem lijkt te ontwaken, knippert met z'n ogen, neemt haar op. Ze mag niet spreken, toch spreekt ze.

– Bedankt.

Z'n donker doorweekte hemd mist een veter, de nagels aan z'n tenen zijn gebarsten, lijken hol te staan. Hij gaat verzitten, de ketting schraapt over de vloer, ze grijpt ernaar om hem met het gewicht te helpen, maar hij houdt haar af, vouwt z'n benen zo ver hij kan.

– Dank je de moordenaar namens z'n doden?

– Ons lot was ook niet aan hen.

– Ik ga ergens anders heen. Lys. Neem afscheid van me, ik zal je niet weerzien.

– Z'n oordeel staat niet vast.

– Wat zit er in die olie, ik ruik het niet. M'n neus...

– Martha's recept.

– Haar brouwsel van mysterie en betovering.

– Niet zeggen.

– Het verandert allemaal niets meer.

– Hij is getuige geweest en hij zal begrijpen wat hij heeft gezien.

– Ik ben Abel noch Kaïn. Neem afscheid van me.

– Je zult haar weerzien. Ze wacht op je, er zal geen moment voorbij zijn gegaan.

– Ik had je aan die beesten moeten overlaten.

– Nee. Niet doen.

– Jullie hoeren. Ik had ze moeten helpen duivelskinderen in jullie dorre kutten te spuiten.

– Ik heb je lief, zo lief, hou op, laat me afscheid nemen.

– Zeg me dat ik naar huis ga.

– Hij vindt je en draagt je naar zijn huis.

– Heks, ze moeten je ophangen.

– Ik kan niet, lieve, ik kan niet.

– Vaarwel dan.

Ze reikt naar hem, maar hij ontwijkt haar, bonst met z'n boeien op de vloer, ze beseft dat hij daarmee Martha roept, haar tijd hier is op.

– God behoede je.

– Zonder mij zijn jullie z'n grotere zorg.

De stank valt haar op, ze heeft spijt dat ze op het stro is gaan zitten, op alle schijt, pis en zaad van alle mannen alle maanden. Het is een stal, een besmettelijke plek, ze komt overeind, probeert met de vaart van haar verplaatsing de pijn in haar zij te doorbreken, grijpt naar het beschot, dat een stap naar achteren lijkt te zetten, ze strekt zich uit en hout duikt op onder haar hand als een verlossende schouder. Ze staat, kijkt op hem neer, hij heeft niet bewogen. Wees nog Siem en niet al een dier, daag me niet uit je te verraden.

Siem weet niet wat ze hier nog doet, waarom ze in dit hok blijft om hijgend naar hem te staren. Katarien lag onderop toen hij ze vond, Martha vocht als een leeuw om haar daarvandaan te krijgen, maar Lys ziet hij nergens staan, ze verschijnt pas na die laatste, die maar bleef zwaaien alsof vingers een mes konden verjagen, ze is de enige die nergens bloedt. Waar was je, mooie Lys, was je banger dan de anderen? Wees weer weg, je hoort hier niet, bezoedel je bleke huid niet met deze plek, wie hier draalt zal nooit meer kunnen vluchten. Hij moet pissen en als ze niet oprot, zal hij pissen waar ze staat.

De deur gaat open en hij ziet een glimp van een wegduikende Marie, ze gebruikt de brede, donkere gestalte van Martha als sluier om haar gehavende gezicht te verhullen, Martha die zelf te roerig en woedend is om haar verwondingen niet als een aanvalswapen in te zetten, Lys bij de armen vat en naar buiten trekt. De deur waait dicht en hij geniet van het geluid van de klap, verwelkomt de luchtbeweging die z'n neus en lippen streelt, de uitputtende hitte even verlicht.

Hij duwt z'n broek over z'n heupen, hurkt en perst, maar hij is leeg, pist niets dan schuim. Het water heeft hij niet gedronken, de nap met potspijs die Lys heeft meegebracht zal hij wel op de balk leggen voor de volgende, hij is klaar met eten.

Toen ze stierf joegen haar ouders hem weg. Dat zal god niet zijn vergeten. Hij had geen aanspraak op haar, waarom zou ze op hem wachten, waarom zou god toelaten wat hij niet weet te bestaan. Ze was zo lief en goed, ze zei, de pijniging van woorden die teugelloos het hoofd binnendringen, dat ze god moesten helpen een naam voor hun tweeën te verzinnen.

Alsof vasten hem op z'n beproeving voorbereidt. Dan liever dood om van alle herinneringen verlost te zijn.

Het dek is een plein, en hoewel muziek en luide, lokkende stemmen ontbreken, verzamelen de maats zich als een ongeduldig publiek rond de provoost en z'n gevangene. Iemand heeft de Neus naar boven gedragen, hij knikkebolt tussen de andere zieken bij het galjoen, ze grappen dat wie nu crepeert Siem onmiddellijk achternavliegt.

De boot en de sloep dobberen aan de juiste kant, de beste plek, een gebaar van de schipper, ze moesten ervoor loten, maar niemand twijfelt eraan dat al die klootzakken daarbeneden vals hebben gespeeld.

Ze verwachtten een schavot of een tuig of iets, een opstandige, schreiende Siem, grote boze woorden vlak voor de voltrekking van het vonnis, voor de meesten is dit hun eerste, ze weten niet wat ze moeten verwachten. De provoost zwaait en een touw wordt vanaf de ra neergelaten. Een roffel bromt over het dek, het zijn hun blote voeten die niet meer kunnen wachten, een viering aankondigen. Hondengeluiden, vogelgekrijs, maar Siem staat erbij alsof de Spaanse ziekte hem suf heeft gekregen, hij is helemaal wit en wiegt, de wind jaagt hem straks te vroeg overboord. Hij verschiet zelfs niet van het rotte eten dat nu van z'n schouders en rug stuitert. De provoost wil het niet hebben en hij wijst naar

Tiemen en roept dat hij de boekhouder hierna op hem af zal sturen. Gekanker en gemor, voor de duizendste keer de opgewonden vraag waarom de schipper hem niet gewoon ophangt, hem niet geeft wat hem toekomt, de vuile moordenaar, is dit recht, wie wreekt Roemer, Groot en die gek Esaias, alles vanwege een beetje stoeien, wie laat die hoeren ook al die maanden op de overloop.

Aert de lafaard heeft zich verstopt, te beroerd om z'n kameraad op z'n drie rondes mee te maken. Hij moet ervan hebben geweten, als je je maat met getrokken mes ziet wegrennen weet je waar hij heen gaat. Moet hij niet mee het water in, schelpen keuren, de kiel op rattensporen naspeuren, de vissen vragen waar Straat Soenda blijft.

De ouwe rotten die het over een harnas hebben gehad zijn ezels en verdienen alle hoon, want de provoost zit alleen met touw te klooien, ze gaan Siem als aas in het water flikkeren, de onderstuurman moet erbij komen om te helpen met de knopen. Stuur hem nog maar niet weg, want slome Siem heeft iemand nodig om hem weer rechtop te krijgen. De hoge heren komen naar buiten, nu zul je het hebben.

Het vonnis is saai, iemand roept dat als het zo doorgaat ze door slaap alles zullen missen. Weer de roffel, als de hoge heren moeite met de herrie hebben hadden ze het ruim maar met meer vreten moeten vullen.

In de verste hoek van de kajuit perst Nel haar handen op haar oren. De duivel hale hen, hij heeft genoeg plaats om hen allemaal te straffen. Waar ze ook maar belanden met dit verdwaalde schip, niemand zal deze goddelozen in kwelzucht overtreffen. Het gestamp en gejuich, haar bedekte oren, toch klinkt bekend getik, zelfs nu kan ze haar mevrouw nog horen, de stok op de bedrand die door alles heen schalt, zo moe, laat me met rust, ze slikt zuur weg, probeert het terug te ademen, niet meer naar die kamer, naar de stank en de wurgende stem, haar armen trillen, ze wil zich aan hun dreigende weigering overgeven. Ze moet opstaan, het geklop beantwoorden, gehoorzamen. De verkeerden sterven vandaag.

Kleine, Dries en Meijnert trekken aan het touw alsof ze er een aam wijn voor vangen, ze hijsen Siem helemaal naar de punt van de ra, z'n kin hobbelt op z'n borst, dat krijg je ervan als je zo lang wacht, nu is z'n licht al uit. Ze moeten aan een engel denken, sjorren aan het touw, willen hem weer wakker, z'n ogen openschudden. De provoost zwaait en het gaat zo snel dat sommigen pas doorhebben dat hij al in het water ligt wanneer ze de anderen naar de rusten zien dringen.

De overloop is niet verlaten, maar het is er stil. Af en toe buldert gehoest, maar dat is de tabak, de rook schroeit de keel in deze hitte. Boven of beneden, wat maakt het uit, wat kan het iemand schelen, er gaan zoveel maats dood, deze ene is niet anders, wie wil kijken moet maar kijken, er staat geen straf op om hier te blijven.

Ze kunnen hem al niet meer ontdekken, moeten die idioten wel zo hard aan dat touw rukken, het is toch de bedoeling dat hij een tijdje onderblijft, je moet de haaien de tijd geven, laat me erbij, ik kan niets zien. De bootsman begint te zeiken en te meppen, ze moeten niet allemaal aan dezelfde kant staan, ze gaan zelf al, hier valt niets meer te beleven, ze zijn sneller dan de sloep en de boot nu, moet je die klootzakken zien roeien, ze gaan het toch niet halen, eigen schuld. Waar blijft hij, waar blijft hij?

Genade.

Hou je muil, je ligt zo naast hem.

Genade.

Altijd dezelfde, met god en genade in de bek, niemand die daarnaar luistert, leer dat dan, leeuwen verjaag je niet met mooie woorden, je hart redt je niet van dit touw, zo spreken is jezelf boven god stellen en valse beloftes doen, de lafheid ervan, arme Siem is moediger dan dat, de wreedheid om hem z'n straf te ontnemen, hem te misgunnen weer schoon voor god te verschijnen, verdwijn en zwijg voortaan, hier zijn alleen mannen.

Z'n kruin is zichtbaar, maar iets aan de buitenhuid heeft hem vastgegrepen, hij komt niet los. Er springen maats bij, Kleine schreeuwt dat ze moeten oprotten, maar het werkt, ze slepen hem vrij. Bloed sproeit op het water, de zeepokken hebben hem te pakken gekregen. Hier en daar vallen maats voorover om te kotsen, ze morsen en spatten op sukkels dichtbij, het veroorzaakt ruzie.

Kleine en die andere gekken tillen Siem te hoog en bloed regent op de maats, het dek begint rood en zuur aan hun blote voeten te kleven. Toch kijken de meesten omhoog, er is iets vreemds met de dode die boven hen bungelt. De zeepokken hebben z'n kleren opengereten, de broek hangt als een afgestroopte huid onder de knieën, het hemd hangt in rode rafels om het bleke lijf. Daar, hoog, zijn duidelijk borsten te zien, en waar een pik en ballen horen te zitten is niets dan donker haar. Het lichaam valt, de maats dulden de vracht en het touw niet meer, Jochum roept dat ze hem hadden kunnen raken, Meus en Sjaecq houden hem tegen, waardoor Kleine kan vluchten.

Ze laten een kring tot het hun niet meer lukt ervan weg te blijven, de laatste stof trekken ze van de armen, ze spreiden de dijen, graaien door het donkere, borstelige haar, duwen hun vingers naar binnen, ze voelen aan de wangen, knijpen in de bebloede borsten. De provoost wil erbij maar dan kan hij lang wachten, Coen ook, met z'n rattenvingers, hou hem af, zet je voet ervoor, iedereen z'n beurt.

Na het schot kijken ze op en ze zijn niet verrast die aap te zien, hij houdt die haakbus vast alsof hij er poep mee gaat scheppen. Ze wilden gewoon even kijken, niets aan de hand, alsof hij er zelf niet aan zou willen zitten, die soldaatjes zijn nergens voor nodig.

Aert kon niet zeggen dat hij er iets van begreep, maar familie help je, dus hadden ze samen de naam Siem bedacht, net anders genoeg om niet in de war te raken, om niet in de drukte per ongeluk de verkeerde naam te roepen, vreemd zo snel als ze eraan wenden. Het gezicht was geen probleem, of wel, maar dat maakte nu weinig meer uit. Hij had geholpen met de kleren, het haar, de houding, vooral het lopen, en zo min mogelijk spreken was slimmer dan de hele tijd een stem gebruiken die niet de jouwe is. De Kraaien betaalden verder alles, ze konden messen kopen die langer scherp bleven, die niet roestig werden als ze ook maar even regen roken. Ze vonden een oude soldaat, een mankepoot die zei dat hij een buidel met de botten van Spaanse vingers bij zich droeg, die hun voor een paar kruiken wat dingen wilde leren. Ze konden zich niet herinneren ooit zo goed te hebben gegeten, het was Siems geld, maar familie help je. Het was allemaal beter zo, na de reis, in het nieuwe land, zouden ze wel weer iets anders verzinnen.

Siem, wat lig je daar, heb je het niet koud, ik moest met die buik beneden blijven, daardoor kon ik niet eerder komen, ik heb wat van ons geld aan de barbier gegeven, zonder die verrotte buik had je hier misschien helemaal niet gelegen.

Ze houden Aert niet tegen, hij moet het zelf weten. Ze kijken toe hij dat ding van het dek tilt, wat ervan over is. Bruin bloed kleurt z'n kuiten, door het sjouwen laat hij het gewoon maar lopen, nog een slappeling die ze straks in z'n jas moeten naaien. Kom op Aert, laat zien dat je nog de benen van een paard hebt. Ongelooflijk, hij is al bijna bij de luizenplecht, hij gaat het halen, maak de weg eens vrij. Moordenaars en dieven horen in zee, Aert mag de duivel spelen, zie hem z'n gebroken speeltuig overboord gooien zonder het met stenen te verzwaren, zonder tot drie te tellen.

XV

Dag na dag een doodse lucht, een windstilte die overal zandbanken opwerpt, het schip zelfs in het diepste water doet vastlopen. O er is genoeg wind, meer dan genoeg om je te jennen, je als een duivel toe te fluisteren, om je in beloftes van koelte te laten geloven, je als een kind naar boven te doen staren wachtend op het verlossende gekerm van de brassen, net genoeg wind om het marszeil even te zien huiveren, de woede te voelen wanneer het weer recht valt.

Een vreemde vlag zouden ze nu wel lusten. Of een dag regen en verder niets, volle wolken zonder storm die een dag lang in hun tonnen leeglopen, zodat ze niet meer na elke groene slok water de wormen hoeven uit te spugen. Een stoop wijn voor de eerste die een vette Spanjaard ontdekt, een van die gammele galjoenen, log en dom als een dronken oom, de buik vol zilver en zijde, zelfs zonder wind zouden ze die nog kunnen binnenhalen. De kanonnen wekken, iets in de verte veroorzaken, langszij komen om niets van de angst te missen, hun woorden voor hoerenzoon en moeder te horen, hun eten te proeven. Misschien is de Adriana naar de Marianen vertrokken, vegen Spekjannen de stront van hun voeten al uit op haar dek, hun pinas een bezoedelde bruid, ze mogen haar houden. De Spaanse pokken licht als sneeuwvlokken, de Spaanse pokken loos en boos, de Spaanse pokken onder de roomse rokken, de Spaanse pokken groeien eindeloos.

De bootsman gaapt en dommelt omdat hij de hele nacht vissers moest betrappen. Achter de mast is het dan eindelijk opgevallen dat ze meer dan alleen de tiende achterhouden. Het is belangrijk om ver uit elkaar te staan, de dikzak houdt niet van rennen, zodra iemand iets vangt moeten de anderen gaan krijsen, voor de grap verstoppen ze hun opgerolde mutsen onder hun kleren, wanneer die dikke vraagt wat ze daar hebben, laten ze hem voelen en staan ze met hun neus op z'n tegenvaller. Lachen is een laarzing, maar ze kunnen het goed verbergen, uitstellen. Voor die paar vissen hebben ze de kok niet nodig, het gaat altijd goed, na alle zoute troep van de afgelopen maanden hebben die beesten toch bijna geen smaak.

In Aerts kist lag een bijbel, er leken bladzijden uit gescheurd, maar Meus had er wel oren naar en ging voor drie gulden het boek in, nu zie je hem in de schaduw zitten met dat ding op schoot, hij gaat elke regel af met z'n vinger, ook al heeft niemand hem ooit hardop horen lezen, om gek van te worden, het zijn maar letters, er is niks te zien. Het zwarte lood uit de kist ging voor zes gulden naar Bouwen, een bedrag dat de maats op hun smoel sloeg, toen ze hem vroegen waar z'n wieg dan wel niet stond, zwaaide hij meteen met z'n mes, laat hem maar, dat spul dringt in je vingers, het is vergif, je darmen en je hart worden er zwart van, hij mag voor dat geld verrekken.

Bouwen, wat is dat voor een naam, waarom hebben ze

nog niets beters verzonnen, heeft iemand al kunnen zien wat hij op dat stuk hout kladt, met z'n mond erbij open, het ziet er belachelijk uit, zo laat hij de vliegen nog binnen. Wanneer hij klaar is, wast hij alles weer weg, alsof hij bang is dat ze erachter zullen komen dat hij alleen lelijke tieten en kutten tevoorschijn krast. Iemand moet toch weten waar hij dat hout verstopt, iemand moet daar toch een hondenwacht voor overhebben, na dat vervloekte Madagaskar lijken hun ballen wel kwijt.

Ze zijn nu met Bouwen bezig, ze blijven net zolang in hem prikken tot hij vlucht of gaat vechten, hij weet dat hij moet aansluiten, maar hij is bang net het verkeerde te schreeuwen waardoor ze Bouwen weer vergeten en bij hem terugkeren. Zestien dagen al heeft niemand hem meer Made genoemd, hij heeft kunnen slapen, zonder achterdocht kunnen eten. Op de Wielingen wist hij nog niets, hij leerde alle namen voor tuig en zeil en dek, dacht dat het daaraan lag, hij oefende 's nachts tijdens de wacht, stelde zich keer op keer het schip voor van ezelshoofd tot kolsem, maar het hielp niet, ze lieten hem niet met rust. Hij sloot zich aan bij de Poolse broers, een vergissing, een ochtend werd hij wakker zonder muts, iemand riep dat hij overboord was gesprongen en wees naar z'n muts op het water, later ontdekte hij dat ze die op houtjes hadden gespannen om hem langer te laten drijven. De dagen erna was hij een schim op de overloop, z'n bak vrat z'n portie waar hij bij zat omdat hij toch in de golven was verdwenen.

Hij probeerde behulpzaam, daarna boos, in het donker prikte hij hennep los na het breeuwen om de volgende dag op de hand van de boots te zijn bij de valse beschuldigingen. Hij werd ziek, kon z'n lichaam niet meer stilhouden, ze lachten erom, riepen dat hij zich als een made bewoog. Toen het bibberen stopte, hij z'n borst betastte en een pijnlijk bespannen vogelkooi voelde, ging hij na z'n taken naar de verste geschutspoort om daar te liggen, soms hing hij half uit het schip, een kleine duw met z'n hakken, meer was er niet voor nodig, z'n rauwe voeten hadden goed grip op de vloer, wanneer hij kracht zette zou hij naar buiten glijden, hij spande keer op keer z'n kuiten als om te oefenen, tot god hem tegenhield, hij was vlakbij, ergens dicht achter hem, zich omdraaien was onnodig wanneer de stem hem zo vanzelfsprekend bereikte. God kende z'n naam en wist alles over z'n dode broers, hij beschreef z'n ouders alsof hij ze op dat moment waarnam, twee gebogen mensen met hun gejaagde handen in de aarde, ze zijn de oudsten op het veld. Toen god sprak over het donkere mos op het dak van een smalle hoeve, over de takkenbossen die het veld omringden, schrok hij, zijn ouders waren dus toch verder getrokken. Hij voelde een hand op z'n schouder, god zei dat het niet lang meer zou duren voordat zijn ouders de akker konden verlaten, de hoeve mochten betrekken alsof die al die tijd op hen had gewacht, ze waren wijs hun zoon naar dit schip te sturen, het was niet ver meer naar de tuinen van Indië, dorstte hij niet naar een hof waar oogsten het hele jaar door als goud uit de grond steken, waar hij in bont en zachte wol zal worden gekleed, mensen voor hem zullen buigen, niemand aarzelt z'n woorden op te volgen, verlangde hij niet altijd naar een verlokkend huis voor een vrouw, wilde hij niet thuiskomen in gods droom voor hem, zie hen in lange rijen van de trappen afdalen, z'n dienaren, z'n kinderen, samen zullen ze zich het nieuwe land eigen maken, geluiden van hamer en zaag vullen het oneindig gulle bos, alle kleuren zullen fruit zijn, heeft hij al eens hert gegeten, hij zou dagen kunnen lopen zonder z'n stee te verlaten, zou z'n voorraden voor eeuwig kunnen delen en nooit verhongeren, paarden zullen hem overal over z'n eigen velden dragen, betwijfel deze beloften niet, god is waar, god is hier.

Die Made, taaier dan ze dachten, de koorts heeft hem dus niet helemaal leeg kunnen schrapen, zie hem het dek op kruipen, wacht maar tot de hoogbootsman hem naar de touwen stuurt, wat plakt als een insect zal nooit vallen, maar ga je te hoog, dan wordt het want een spinnenweb. Wie gelooft dat Made de volgende kust gaat meemaken werpe z'n pijp aan diggelen op het dek, wee de verrader die hem van het struikelen houdt, als z'n slappe handjes hem niet laten neerstorten, dan eindigt hij als Waes, die jankend van het galjoen sprong en alle neergelaten touwen weigerde, in het kalme water oploste.

Geen wind en de gedachten komen, zo gaat het nu al dagen. Maats staan onderaan de weeflijnen en voelen zich verstenen, zo vreemd opeens om in dat gladde tuig te moeten klauteren, om voor niets je nek te riskeren. Het ene moment ben je thuis en dan, niet veel later maar toch na lange tijd, alsof je had besloten niet meer aan etmalen te doen, niet meer aan maanden, seizoenen, alsof iets de dagen heeft verkort door je steeds te vroeg te wekken, schrik je op van de hitte die je verslindt waar je bij staat, van je eigen vingers die onverwacht deuken in het slappe deeg van je huid kunnen knijpen. Ver voor de Barbarijse kust hadden ze hout uit het ruim moeten slepen om naar het halfdek te sjouwen voor een zonnetent. Om de naakte kousen van de schipper te zien, de zolen nog hagelwit, de ziekte aan iedere man die met gestrekte benen in de schaduw zit terwijl een reusachtig schip om z'n handen, armen, rug en zweet vraagt. Niet meer naar boven gaan, niet meer luisteren, met een bijl de bottelierskamer openbreken en wegdrinken wat er ligt, dit drijvende fort zelf bevaren of anders tot zinken hakken.

Duizendmaal eten, klagen, duizendmaal wie geen scheten kan laten moet de bak schoonmaken.

Niet krabben, denkt Webbe alleen maar, niet krabben. Hij houdt z'n wond al dagen verborgen, niemand mag zien dat z'n vlees lijkt weg te broeien, dat er nu bijna een vuist in past.

De boot is weg. Het doet pijn naar de open plek te kijken. Onmiddellijk is iedereen geteld, maar er lijkt niemand te ontbreken. De boot kan niet met een storm mee zijn gevlucht, wat haar heeft ontvoerd moet haast hebben gehad, ze turen overal naar een silhouet, maar de zee is leeg in elke windrichting. De scheepsraad besluit dat het 's nachts moet zijn gebeurd en straft de zondaars van de hondenwacht, Meus en Halfoog, met drie sprongen van de ra. Een verrassend licht vonnis, de hoge heren moeten zijn geschrokken van het karige aantal maats dat het schip onder zeil houdt.

Een bedaarde zee, snelle wisselingen en sprongen om de haaien niet te veel te lokken, meer dan schaafwonden, een koude borst en een doof oor hebben die twee er niet aan overgehouden, de volgende trekken ze er niet zo makkelijk steeds uit, dan maar minder maats en meer werk, de evenaar ligt al ver achter hen en ze hebben meer dan de zondagen nodig om dit schip te overleven.

Koert lult als hij zegt dat zeegeesten de boot hebben opgeëist om zielen mee te vervoeren. Dat ding is te klein en te lek, Sjaecq roept dat die zielen vast niet nog een keer willen verzuipen. Sommigen geloven in een windhoos zo smal als een man die de boot zonder problemen van de snurkende Meus en Halfoog heeft kunnen stelen. Maup zegt dat de touwen verrot zijn, dat het niet lang meer duurt voordat al het tuig wegwaait, de wind een droog skelet van het schip maakt. Het is heel simpel zegt Molen Jan, Meus en Halfoog hebben met te veel drank in hun donder wachtgelopen en hoe vaak heeft dat niet de waarheid naar boven geholpen, ze wilden ervandoor of gewoon een kort rondje om het schip, hoe dan ook moet het toen wijs hebben geleken om de boot te water te laten, waarschijnlijk zijn ze het ding daarna tijdens een worsteling om de volgende slok vergeten, ze sukkelden in slaap en dat was het dan, let maar op, die boot komt als eerste aan, ze hadden er met hun dronken koppen in moeten kruipen. Molen Jan moet z'n bek houden, liever horen ze van Bram nog eens over dat groene licht, van Joost de Laafkut over al z'n wijven thuis.

Een troep als deze in de kuil, met iedereen de bek vol onzin en valse praat, meer heeft Coen niet nodig om op de verstikkende overloop klein metaal uit kisten te lichten. Het valt hem op dat de maats miezeriger voorraden tabak aanhouden, na de Kaap lijkt de koopman z'n tabak van goud te spinnen, de maats gaan voor steeds grotere happen loon in het boek, alles om te kunnen blijven roken, al weken heeft hij geen dikke vlechten meer aangetroffen, het zou gaan opvallen wanneer hij daar te veel van steelt. Slimmer om wijn hier en daar in z'n kruik over te gieten, hij zoekt de kisten van de nathalzen op, alleen wie niet drinkt houdt bij hoeveel hij nog heeft.

Ze hebben helemaal voorin bij de hel afgesproken, Coen hoort hen meer dan dat hij hen ziet, hij vraagt zich af of hij ook zo ruikt. Hij was hier laatst voor een van z'n vallen, maar hij trof niets aan, hij zal straks alles wel weer nalopen. Ze grijpen de wijn uit z'n handen, ook al is de buit voor hen, het geklok van haastige slokken gevolgd door geboer kalmeert hem. Ze graaien naar hem, vragen wat hij nog meer heeft weggemaakt, maar hij houdt hun handen af, antwoordt dat hij verder alleen een paar messen bij zich heeft, die hij voor zich op de vloer zal leggen. Hij bukt en laat elk mes met een duidelijke tik op het hout neerkomen, daarna zet hij een stap achteruit. Even klinkt gestommel voor hem, een kreet ook, hij verwachtte al dat z'n omzichtigheid niet genoeg zou zijn.

– Vergeet niet om een ander heft op die dingen te zetten.

– We vergeten wat we willen. We zeggen dat jij ze aan ons hebt verkocht.

– M'n vingers! Dat deed dat hoerenjong met opzet!

– Hou je bek.

– Denk je dat ze dan alleen maar achter mij aan komen? Jullie hebben hun messen. Gekocht van een dief. Ik heb me aan de opdracht gehouden.

– We zullen zien of dit genoeg is.

– Het is meer dan jullie ooit durven.

– Genoeg, hij hoort hier niet.

– Dat–

Shhhhh. Iemand anders komt naar beneden. Hoestend

en scheldend, het is iemand die deze plek leeg verwacht. Ze houden zich stil. Coen voelt zweet de huid van z'n gezicht tarten. Het zou de constapel kunnen zijn. Of zelfs de boots.

Gestommel, moeite met de laatste tree, het klinkt als iemand ouder of ziek. Een dronkaard in dit donker zou te makkelijk zijn. Coen merkt dat hij benieuwd raakt naar hoe de jongens gaan reageren, maar met het besef komt de vrees dat ze hem zullen teleurstellen. Dit is een beproeving, hij moet opletten, zich inhouden en geen geluid maken.

De figuur laat zich zakken, hij heeft een pijp in z'n mond, de geur, het oplichten van het kooltje, misschien is hij hier om rustig te roken.

Oehoeoeoeoeoeoe. Coen schrikt op van de uilenroep vlak bij hem. Er volgt geen vermaning, ze hebben dit vaker gedaan. Hij lacht breeduit, niemand kan het toch zien. Het kooltje komt omhoog, zweeft bibberend door de lucht.

– Wie daar? Zeg op!

Hroef-hroefhroef-hroef! De hond verwachtte hij ergens, maar dan schalt van schijnbaar ver het briesen en hinniken van een paard.

– Lafaards! Wie zijn jullie?

Hroef-hroef-hroef-hroef!

Mwhihihimwhihihibrfbrfbrf!

Oehoeoehoeoeoeoeoeoeoeoeoe!

Hij wil een krijsende vogel oproepen of een burlend hert, hij wil meedoen. Iemand komt bij hem staan, grijpt hem bij de schouder, dan schiet uit de jongen die hem vasthoudt de galmende kreet van een haan. Keer op keer en steeds luider, hij vraagt zich af tegen wie de jongens zich richten, hij wordt bang, hij is er nog niet.

De man vlucht, valt na een paar treden naar beneden. Hij kruipt overeind, waarschijnlijk gaat hij nu op handen en voeten de trap op.

– Kutkinderen!

De dierengeluiden klinken nog altijd. De man heeft z'n pijp laten vallen, het kooltje schijnt hun kant op, een tocht lijkt het steeds te doen oplichten. Ademend vuur op een houten vloer.

– Weet je hoe we je noemen?

– Is het een dier?

– Een kleine snelle. Een overlever.

– De das. Wolven zijn groter maar niet feller. Ik verdien het de Das te worden genoemd. Wat doen we aan die smeulende plek daar?

Het blijft stil. Nu pas voelt hij dat hij de juiste beslissing heeft genomen. Was iemand meteen naar voren gerend om de beginnende vlam uit te trappen, dan zou hij verdrietig zijn geweest, omdat hij hoopt dat de anderen net als hij bereid zijn de dood uit te nodigen om het leven te dwingen heel dichtbij te blijven.

– Klaar. Rinus, pis erop, dit schip mag pas naar de bodem als we rijk thuiszitten.

– Nog even.

– Laat ons niet geloven dat je gek bent.

– Niet gek. Gewoon een mens. Wil jij niet zien wat er gebeurt? Jij bent Moen toch?

– Klaar. Rinus.

Het vuur vonkt en dooft, Rinus heeft er niet op gepist, maar hij kan ook niet z'n voeten hebben gebruikt.

– Voortaan deel je de buit, alle buit, als we je betrappen

met te volle zakken weten we dat je niet aan ons hebt gedacht, dat je je weer gaat afzonderen.

– Hebben jullie een soort eed, moet ik iets zweren?

– Het andere.

– Hou je bek nou even. Dat komt straks.

– Jij bent toch Moen?

– We doen niet aan beloven of zweren.

– Het andere!

– Wat bedoelt hij?

– Je bent een van ons nu. We vergeven je. Je neemt afscheid van al je broodheren. We delen ons eten, niemand ligt alleen met koorts, we verdelen de kutklussen en laten niemand achter. Samen zijn we veilig voor de kapitein. Als je je daar te goed voor voelt, dan blijf je maar alleen en geluk daarmee. We noemen elkaar bij de naam die we zelf kiezen. Raaf hier is misschien al twintig, maar dat is niet belangrijk, hij hoort bij ons zolang hij wil, we zijn alleen nog maar kinderen omdat ze ons minder willen betalen. We zagen het aan de manier waarop je eet, je bent hetzelfde als wij gewend. Dit is goed.

– En dat andere waar hij het over heeft?

Hij wijst naar een onbekende in de duisternis, een loze handeling na een overbodige vraag, alsof hij iets wil uitstellen, Moen sprak zo snel, hij moet ruimte maken voor alles wat hij heeft gehoord.

– Dat andere. Otge hier is ongeduldig naar de bezegeling. De viering.

Ze komen om hem heen staan, met hun zuur, hun oliehaar en pisbroeken, maar hij is niet bang meer. Zouden ze iedereen zo hebben begroet, of kiest Moen voor iets wat bij ieder van hen past, misschien beslissen ze alles samen, Moen had het woord maar klinkt niet als de leider, een leider zou een bewijs van trouw eisen, voortaan hardop een rang uit z'n mond willen horen, die messen waren beloning noch belofte, zo traag voordat hij begrijpt dat ze gewoon benieuwd waren naar wat hij zou meebrengen, met hun opdracht hoopten ze z'n vriendschap te peilen, niet z'n durf of nut.

Hij voelt handen op z'n handen, hij wordt geleid, hun pikken zijn een opluchting, dit is wat hij werkelijk voor hen wil doen. Hoeveel, vijf of zes, ook zij zijn ooit met meer aan boord gekomen, of heeft deze kring zich op het schip gevormd, hoe had hij kunnen weten dat zo'n groep mogelijk is, hij heeft tijd verspild, op gedachten vertrouwd die hem nu vijandig voorkomen. Dat ligt achter hem. Z'n aanraking is nieuw voor hen, ze spuiten snel, volgen elkaar op, niemand scheldt, droge vingers strelen even z'n wang, wie is geweest gaat naar boven, de ruimte raakt leeg, na de laatste is hij alleen.

Voortaan zal hij bij de anderen op bultzakken slapen, hij verheugt zich op het nest, hun warmte en ademhaling. Hij blijft nog even hier, veegt z'n handen af, hij geeft ze nog even tijd om weer aan het licht te wennen, aan hem. Hij zal z'n vallen vandaag niet meer nagaan, na de laatste grote jacht zijn er toch minder ratten, maar morgen wel, hij hoopt hen gauw met iets te eten te verrassen.

Even denkt hij dat hij het schip kan laten bewegen door kracht te zetten op de planken, zoveel is er niet nodig, z'n benen kunnen de bodem laten wiegen, het schip opwekken.

XVI

Thuis is het nu winter. Kale bomen, dode vingertoppen, de ochtendemmer die een deksel van ijs moet breken om bij het water te kunnen. Kinderen als poppen, tot de ogen dichtgeknoopt, behalve aan de overkant, waar ze tegen de kou nog voor de kerst hun doden opgraven, de kleren van hun botten plukken. Haar vader die bleef vrezen dat z'n gezin daar zou eindigen, nog net op tijd een koper vond, haar broer die moest beloven dat hij het eerste jaar de smederij niet zou verlaten, zonder betaling zwaardere taken duldde van een man die niet meer z'n vader was. In de winter lijkt ze altijd meer wakker, de droge kou opent haar borst, ze krijgt meer adem binnen, het was in de winter dat ze besefte dat haar zussen meer dan zij bij hun moeder hoorden. Haar moeder die stro in de kieren van het huis perst, de winter probeert weg te stoven in steeds dunnere soep, haar moeder die het niet verdient bij haar oom achter te blijven.

Lys smeert zich in, haar dag als zwart varken is weer begonnen. Op een dag is ze aan de hitte gewend, het gaat gebeuren, ze moet geduld hebben. Ze zal zich aanpassen, in het nieuwe land zal ze in bomen slapen, slangen eten, de winter niet meer missen, ze zal zich er niet anders voelen dan de mensen die er zijn geboren, eenmaal aan wal mag ze haar huid eindelijk aan de kleurende zon laten, ze zal niet anders zijn, ver geboren zal ze er als een natuurlijk kind leven. Ze wil naar buiten, heeft al zo lang binnen gezeten. Aan de zijkant van haar wijsvinger is een streep zichtbaar die haar vinger verdeelt tussen wit en lichtbruin, kijk, het is al bezig.

Ze doet de deur open en daar staat Nel, het lijkt alsof ze op haar heeft gewacht. Voordat ze iets kan vragen, houdt Nel haar iets voor, het lijkt op een zakdoek. Nels houding, haar gestrekte arm en open hand, het gebaar is dat van de overhandiging van een geschenk. Ze moet zeggen dat het nutteloos is, dat giften verboden zijn, maar ze is benieuwd, heeft Nel zich iets herinnerd wat zij wellicht alweer lang is vergeten, lost de kalkkleurige zakdoek een oude toezegging in aan een van de anderen, heeft Nel zonder het te weten op de verkeerde gewacht, ze wil het weten.

– Nel, ben je hier juist?

– Dit is voor jullie. Het is een hoek van een Leids laken. Het stiksel en de... bloem zijn van mij. Ik vind het zo erg wat er is gebeurd. Ik moet steeds aan jullie denken. Alsjeblieft.

Lys neemt de zakdoek over, vouwt hem open en daar verschijnt de bloem, twee kleuren garen lukt het een waterlelie te verbeelden. Ze merkt dat Nel zich wil omdraaien, maar dat is te gauw, ga nog niet weg, er mist uitleg, verweer, alsof ze van Nel moet horen waarom ze de zakdoek nog niet heeft teruggegeven.

– Dank je wel. Het is erg mooi. Ik zag meteen wat het is. Maar ik kan het niet houden.

– De anderen hebben het nog niet gezien. Het is niet alleen voor jou. Het is voor jullie allemaal, om te delen.

– Er valt niets te delen.

– Het is voor jullie. Jij vindt het niet mooi, maar dan kan iemand anders het nog in haar mouw bewaren.

– Ik zeg toch dat het mooi is. Maar we kunnen het niet gebruiken.

– Gebruiken? Het is een geschenk, iets kleins. Dit is het laatste. Het was eerst groter, lang en breed genoeg om elke kajuitstafel helemaal mee wit te krijgen. Ik weet nog wanneer ik de eerste hoek eraf sneed. Het ergste vond ik het toen ik reep na reep moest verspillen aan iemand die ik geen genezing gunde. De vader vergeve me. Het laatste zou ik niet meer weggeven. Maar toen ik er toch weer een naald in stak, wist ik dat ik bereid was om er afscheid van te nemen. Het is best stevig en de kleur is nog zo helder, omdat ik het altijd zo veel mogelijk uit het licht heb gehouden, het is voor je ogen of voor geur, niet om mee te kuisen.

– We hebben er niets aan. Neem het terug.

– Dan zal ik het aan een van je zusters aanbieden.

– We zijn geen zusters. En ze zullen hetzelfde zeggen.

– Ik hoef het niet terug. Hou het dan hier. Achter die deur. Niemand zal het zien.

– Het is al gezien.

Ze knijpt haar vingers om de stof, waarom zo boos, het is niet haar schuld, ze steekt haar gesloten hand naar voren, maar Nel reageert daar niet op. Ze kijkt steeds omlaag naar haar vuist om Nels blik in dezelfde richting te dwingen, maar de blik zakt niet mee, het koppige wijf is nergens toe te bewegen.

– Ik laat het hier vallen.

– Dan weet ik al wie het zal vinden, wie het onder haar neus zal houden komende zondag.

– Neem het terug.

– Laat het dan maar vallen.

– Wie bewaart er dan ook vodden. Al die tijd en dan het laatste zomaar weggeven, had het dan verkocht, aan die ongelukkige dochter, aan haar moeder, had ze de hoek Leids laken aan haar dochters zeildoek kunnen naaien, met lelie en al, niemand heeft iets aan je moeite nu.

– Dit is nergens voor nodig, laat het maar vallen.

– Het is niets, je hebt niets gemaakt.

– Zo vaak heb ik jullie van dit schip gewenst. Al dat zwart, al dat lijden. Wat moet er wel niet klaarstaan straks, welke kust gaat dit goedmaken. Zo lang heb ik medelijden gehad, eerst stierf jullie zuster, daarna jullie vriend, geen mens heeft ooit zoiets verdiend, ik zie hoe jullie elkaar niet aanraken, hoe jullie troost vrezen, ik heb het willen overnemen, ik heb voor jullie gehuild.

De kajuit knelt, elke muur, deur of vloer is een oor, ze staan hier te lang, praten te luid. Even denkt ze eraan de zakdoek tussen haar benen te nemen, deze vuist stof met haar bloed te kleuren, maar ze weet dat ze dat niet zal doorzetten, dat die handeling haar zou onthullen, de zakdoek mag ook niet als een trofee in een mannenhand terechtkomen, en ze beseft ouder te zijn geworden. Ze spuugt in de zakdoek, haar mond is droog en ze spuugt nog eens, propt het ding dan in Nels schort.

Buiten heeft ze moeite te geloven dat ze zich naar de stank en de mannen en hun verwondende woorden haast. Kijk, daar komt een Kraai, vast weer door de schipper volgespoten. Kijk haar eens kromlopen, kreupel na de steken van alle harde stokken in de kajuit. Nee maat, dat is geen varkensschijt, geen duivelsnijd, maar de geur van jaren zaad. Kraaien naai-je, Kraaien naai-je. Die zwarte beesten laten hun eieren breken, daar komen toch geen kinderen van.

Nel, gebogen over de ton, voelt het troebele water haar handen prikken. Ze heeft nog niet besloten wanneer ze de zakdoek tevoorschijn zal trekken, ze weet niet of het wel een besluit kan zijn. Wat zou er gebeuren als je dit spul zou drinken, ze probeert zich een brandend binnenste voor te stellen, Eben die haar vindt, maar het is vooral Samuel die ze hiermee steeds oproept, z'n ogen die bloed tranen, haar vingers die z'n laatste tanden lostrekken omdat ze bang is dat hij die anders inslikt. Ze zoekt naar z'n stem, maar die is verdwenen, ze laat hem haar naam noemen, maar hij klinkt te oud, ze twijfelt nu zelfs over z'n ogen, lach nog eens, kom nog eens thuis. Ze gooit de zakdoek in de ton, het is het witste tussen de hemden en onderrokken, maar niet lang meer, ze roert het naar de bodem. Die jonge had er duidelijk geen zin in, maar ze had gelijk, welke teef bewaart zoiets ook zo lang. Ze zal het zelf wel houden, sterk het verlangen opeens om het rond te dragen, zo gevouwen dat de lelie iedereen opvalt, dat ze bij de lelie aan haar denken en bij haar aan de lelie, het is belangrijk de stof niet grauw te laten worden, ze moeten het zonde gaan vinden de lelie te verliezen, een wandaad die met haar drager in te naaien en aan de zee te offeren, ze zal het ding wassen en bleken tot het blinkt als goud, ze moeten het van haar willen stelen.

Iets is gebeurd en daar blijft iets van over en dat is dan een herinnering. Een herinnering is niet hetzelfde als een droom, dat weet Eben ook wel, in een droom kunnen weer nieuwe dingen gebeuren, mensen van vroeger verschijnen en van alles zeggen wat niet klopt, ze zien er zelfs helemaal anders uit, alsof ze in dromen gewoon zijn doorgegaan met leven, daarom maken ook dromen herinneringen, elke droom is dus echt gebeurd.

Het is een herrie beneden, maar hij wil niet kijken.

Laatst vroeg de schipper hem wat hij zou doen wanneer ze in Eden arriveren. Hetzelfde, antwoordde hij, maar dat was de oude man niet voldoende, zou hij dan werkelijk niets kunnen verzinnen, ze zullen een nieuwe wereld betreden, is hij niet benieuwd naar de bomen die ze nog namen moeten geven, naar dieren met vreemdkleurige vachten die soms op paarden lijken, soms op honden, die weer heel anders smaken, misschien sterk zijn als ossen of teer als vlinders. Hij antwoordde dan maar dat hij z'n best zou doen er zo veel mogelijk te vangen, hopelijk zou hij gauw ontdekken welke melk geven, of eieren leggen, welke taai uit de pot komen en welke na het leegbloeden al mals genoeg zijn. Over de bomen zei hij dat hij op grote bladeren hoopte, ze kunnen elk schild tegen deze zon gebruiken. Daar had de oude man om gelachen, daarna de verhalen over kou die hij zich niet kan voorstellen, die de lust naar water in de buik van een man bevriest, deze hitte was niets, wacht maar tot je door ijs omringd bent en toch dreigt te verdorsten. Hij wachtte tot hij weer moest inschenken, tot het dommelen begon, maar de oude man bleef langer wakker die avond, opeens hoorde hij over een zoon die de wijn nog niet eerder had opgeroepen. Een ongeduldige knaap blijkbaar, al jong soldaat, maar slordig op het slagveld, onachtzaam met de kandidaten van z'n ouders, verdwenen voordat hij zou trouwen, het mompelen ving dan eindelijk aan en het verhaal van de oude man verviel in beschrijvingen van ganzenbuiken en draagbaren, in snikken zelfs, had hij niet toch al van deze zoon gehoord, had hij dit al niet vele malen eerder gedacht, blijkt hij niet keer op keer wakker te schrikken zonder het geluid te onthouden dat hem telkens wekt.

Nu het weer stiller is op het verdek gaat hij toch maar kijken, het is meestal een vreemd beest of een ton of een kist, soms drijft er iets meer, scheepsdelen die niemand hardop benoemt. Een keer werden ze omcirkeld door kokosnoten, die nog vocht droegen en vlezig waren.

Een gezin, daar moest hij aan denken toen de oude man hem vroeg naar de nieuwe wereld. Een stuk grond en een gezin. Niet meer een oude man achtervolgen, hem niet meer aanreiken wat hij zelf kan pakken, hem van bed naar gemak te slepen, z'n stront en gal te keuren, het eeuwige geruststellen, niet meer hoeven luisteren naar bevelen die een mens steeds kleiner maken, niet meer naar doodse verhalen, eindelijk alles van waak tot slaap zelf bepalen. Een man en een vrouw, misschien al met kinderen maar dat hoeft nog niet, hij zal proberen om ze jong te kopen, of zal hij ze krijgen, een vorm van loon na de lange reis, de oude man zal niet aarzelen hem in te ruilen, van schipper naar vorst, wie wil dat niet, hij zal zelf hoe dan ook bescheiden beginnen, dan hebben z'n eersten nog jaren om genoeg kinderen te krijgen. Hij weet dat anderen gaan proberen om hun akkers en perken met jonge mannen te vullen, en te veel vrouwen voor in huis, om zo gauw mogelijk zelf een oude man te worden, ze zijn te geil, missen het geduld om aan het heil van een gezin te denken, ze zullen niet zoals hij van de toewijding profiteren die familie opbrengt, een zoon luistert naar z'n vader, een dochter naar haar moeder, elke akker zal deze orde belonen. Met z'n nieuwe letters en cijfers zal hij kunnen bijhouden wat groeit, wat binnenkomt, alles zal kloppen.

Hij is een trofee, niemand kan meer van de jongen van de schipper afblijven, voor de mast is verloren terrein voor hem. Hij zoekt een hoog punt, probeert langs de gebogen ruggen te kijken. Touwen worden neergelaten, ze gaan iets uit het water takelen.

De boot, de boot, gilt iedereen alleen maar, alsof dit de boot is die ze zijn kwijtgeraakt, alsof die als een berouwvol schaap naar de oude weide is teruggekeerd. Hij kan niet wachten om van al het gelul verlost te zijn, de roddels en fabels, de vuile praat, laatst hadden ze elkaar allemaal bijna doodgeslagen omdat de ene bak een ander ervan beschuldigde zaad in hun eten te hebben geschoten. Dan nog liever het kwijlende gereutel van de oude man, die in halfslaap tot heiligen bidt, op een dag zal hij zich aan een volle tafel de verkeerde kerk in mompelen. Hij moet beter op Nel letten, de predikant doet al te lang zonder z'n dochter.

XVII

Het is de boot, dat kan niet anders, de hoge heren zijn te koppig om dat toe te geven, willen verhinderen dat ze in plaats van een lekke bak een wonder aan boord takelen. Ga al het hout na, had Jacob niet nog ergens iets in het spant gekrast, voordat die beesten hem te grazen namen, een tekening van iets, hij zat toch altijd met z'n mes te spelen, en iemand moet toch een van deze diepe groeven bij de mik herkennen, deze in de vorm van een bliksem, de zee is mateloos en begerig maar de boot is aan haar ontsnapt, dit is een oprecht teken.

Alsof het ding zou gaan spreken, zich kenbaar zou maken. Het enige wat ze in de boot kunnen vinden zijn de karkassen van vogels, sommige met dorre pezen zwart rottend vlees, de veren er nog aan. Misschien hebben ze verkeerd geteld, een vergissing met de zieken, het kan. Misschien heeft een van hen land bereikt, de lege boot terug in zee geduwd om de compagnie van z'n spoor te houden.

Alles aan het schip is van het schip, ze krijgen spijt hem te hebben aangehaald, beter was hij kwijt gebleven dan zich zo brutaal na een nederlaag te vertonen. Ze moeten hem gereedmaken, terugzetten, zijn ongehoorzaamheid verzwijgen.

Wie van hen was het, niemand zou het alleen wagen. Iemand die van gedaante kan veranderen, die de blikken van achterblijvers kan betoveren, kan laten geloven dat hij nog op het schip is terwijl hij op vele mijlen al met de boot door een branding breekt. Spionnen, het kunnen spionnen zijn geweest, verraders die water over het kruit hebben geloosd, daarna naar een Spanjaard zijn gevaren. Ze zitten in de val. Slijkbekken, wees niet blind, de boot is een heilige wenk, zij is heel teruggekeerd, god heeft haar op de golven losgelaten om de route te beproeven, ze heeft Straat Soenda als eerste gevonden en de terugtocht overleefd, alleen een dwaas weigert deze aanwijzingen te volgen.

Maup en Isaak wachten het laatste woord niet af, het kan niet lang meer duren tot een verzinsel hen te nauw nadert, of tot de soldaten zich erbij voegen en hun verveling op de maats afreageren, hen aftroeven met een verhaal dat de bootdieven zonen van Abraham zijn en zich in spinnen kunnen veranderen. Voortaan dragen ze weer de hele dag hun messen, ze zullen zich voor de marsen melden, voor elke klus in het licht, 's nachts slapen ze wel rug-aan-rug op het dek.

De kapitein houdt z'n mannen beneden, ze horen van de boot, maar mogen niet kijken. Ze nemen geen genoegen met de geschetste vogelresten, maken daar afgekloven armen en benen van, ze willen hun eigen verhalen over honger die in lange en korte houtjes eindigt, in vals spel en de opoffering van de oudste of de dikste.

Ze doen hun best, maar niets ontvlamt, de grip op de boot zwakt gauw af, het zullen de gaten in hun buik zijn, de slaap die hen slechts plaagt, hun weigert een hele nacht te wiegen, was dit nog voor de Kaap gebeurd, dan hadden ze zich naar zuiveringen gebakkeleid, schuldigen op de overloop gevonden, alle Kraaien aan de ra gehesen, zeker met De Looiers nog aan boord.

Om die ene nacht degene te zijn die haar durft los te breken, met haar te water gaat, zo lang niet zonder anderen geweest, vreemd om zelf een plek op de boot te kiezen, om de afmetingen te voelen, dit is alles nu, om plat te liggen en op te kijken, nog niet te gaan roeien, de zwijgzame zee medeplichtig te maken, om ongeduldig te drijven, het schip te zien krimpen, bang voor de maan te worden, volgend, allesziend, om te ontwaken, dus te hebben geslapen, de zon te voelen, meteen de dorst en spijt, maar wie had tijd voor het verslepen van tonnen, broden bollen het hemd, een zak water aan de schouders voor te weinig dagen, maar verlost, het gemis scherp en pijnlijk, huilen en varen, lawaai maken, de roep om een echo op de platte aarde, om het brood in zee te dopen, de zoute pap tot een vogel landt, hoeveel dagen al, naar haar grijpen en bijna in het water belanden, om een storm stil te bidden, zo weinig heeft zin, god is de dorst, om land, om de branding die zich als een wilde wijn in de boot giet, bijna thuis, daar ligt ze, om steeds de eerste stap te zetten, al het groen voor dak en bed lijkt geweven, om de enige heuvel met handen en voeten te voelen, onderweg water en geritsel, ze zal ijzer in zich dragen, voor vuur zorgen, om de enige boven de bomen te zijn, je nog hoger wanen, de gulden treden op te merken, het schip mist een zoon, laat de bel luiden tot hij terugkeert, om haar in alles te zien, haar in de blauwe vallei op te wachten.

De maats knopen de veren aan hun polsen, vouwen kleine vleugels voor aan hun mutsen, het rotte vlees gaat in de rattenvallen, de ribben zijn handig om een pijp mee schoon te prikken. De zwarte karkassen in de boot hebben de schipper toegesproken, hij aast op een vreemde wind die hen naar hun nesten moet leiden. Het mag niet ver meer zijn, kan iemand beweren dat hij nog niet 's nachts door Ghent en z'n bezem is bezocht, wie wil nog horen dat Peeter Lang z'n haaientand is kwijtgeraakt, die de onderbarbier heeft fijngemalen en als duur poeder aan de soldaten verpatst. Voor de elfde maal heeft Noort z'n erfdeel verloren, de kaarten zijn oud geworden, verweerd als een gezicht, niemand kan z'n azen en tweeën meer verborgen houden. Hoe langer de staarten van sterren, hoe langer de reis zal duren, dat weet iedereen. De walvis lustte Jona niet. Valt een vrouw in zee, dan moet ze dolfijnen vrezen.

XVIII

Zandgrond en de juiste diepte zijn eindelijk omgeroepen, Coen volgt de maats naar voren. Hij had te laat door hoe dichtbij hij stond, hoezeer in het licht, hij is nog niet gewend aan alle nieuwe taken, nu gaat hij bijna vooraan, de maats achter hem lijken hem met opzet vooruit te drijven, maar hij zal niet alleen zijn, Rinus en zeker Theunis zullen met hetzelfde geschreeuw naar de ankers worden gejaagd. Hij wil de boeg bereiken zonder te struikelen, zal niet aarzelen om op de kuiten van een ander te stappen die wel de pech heeft z'n evenwicht te verliezen. Een beuk in z'n rug, maar z'n voeten voelen sterk, hij beweegt mee, buigt af, kiest de rust aan z'n linkerkant. Het daags anker lijkt te boos om los te krijgen, hij wacht de maats af die gewend zijn deze Gilias in het water te krijgen, de kabel kunnen ontwarren zonder hun handen te breken. Het gaat zo snel, hij mist alles, probeert zich tussen heupen en armen te wurmen, maar het anker hangt al vrij. Hij draait zich om, Theunis staat bij het andere anker. De boots nadert met een vloek voor iedere ziel, de ankers zakken te snel, hij heeft gelijk, dat kunnen ze in de hemel nog horen, Coen wil een kraanbalk zien breken, maar er gebeurt niets, de ankers spatten de halve zee op met alle kabel nog heel en al het hout ongehavend.

Eenzelfde gedrang om de spil te bereiken, de duisternis in, de handen en knieën, schouders en buiken die hem kneden en prangen, tarten en leiden doen hem broeien, tillen hem van de treden die hij toch niet kan zien, maar als hij valt vallen ze met z'n allen. Tot ze er zijn en hij slijmerig hout in handen krijgt en zo hard als hij kan moet duwen. De krachtsinspanning perst eerst de woede van gerst en erwten uit hun buiken en de kring borrelt en kraakt, hij probeert niet achter te blijven en spant z'n spieren zo diep als hij ze voelt, maar meer dan een korte plop lukt hem niet, gelukkig laat het donker hem andermans geuren en galm lenen. Hij glijdt bijna uit, alles vonkt rond hem zodra hij weer rechtstaat, hij heeft spijt dat hij eerder niet meer heeft gedronken, hij vuurt z'n armen aan, z'n kuiten, dit is het echte werk, hij hoort mannen grommen en tieren en hij probeert hetzelfde te klinken. De gil van iemands val, onmiddellijk voelt hij het hout harder terugduwen, hij roept dat ze een man missen, dat iemand moet bijspringen, hij wil dat ze horen dat hij nog staat en standhoudt. Het duurt te lang, nog even en hij moet wel weg voordat een wilde spil hem in tweeën slaat. Gerommel, geschuif, nu goddomme nu! Het hout geeft iets mee, de spaak die net nog van steen leek verandert weer in zachter hout, de nieuwe man is sterker dan die sukkel op de grond. Dan davert de kreet van een haan door de duisternis en komt de spil weer in beweging. De maats vloeken hun schrik weg, Theunis mag dan door duizend rode duivels genomen worden, iedereen weet nu dat hij dit kutding weer aan de gang heeft gekregen. Theunis hoort bij hem, hij bij Theunis, de scheepsjongens hebben de ouwe maats te kakken gezet.

Het eiland lijkt te klein om er lang te blijven, water zoeken en vogels uit de lucht halen, misschien huppelen er geiten, hangt er nog wat aan die kromme bomen, maar meer niet, daarna alles weer ophalen, doen alsof ze de hand van de schipper op een kaart volgen, verder verdwalen. Ze kijken toe hoe de soldaten zich in hun ijzer hijsen, wapens verdelen, pas maar op domme rukkers, die groene heuvel gaat jullie nog bijten.

Coens lichaam is nat en slap, de pijp lijkt onvoorstelbaar licht in z'n vingers. Iets puntigs plaagt z'n rug en het voelt alsof hij op z'n botten zit, maar al zou hij willen, hij geeft de plek in de schaduw nog even niet op. Theunis staat, hij is de langste van hen, wonderlijk hoe iemand tijdens deze reis nog heeft kunnen groeien, hij en Rinus stapten zonder verschil op het schip en kijk hem nu eens, rossig haar is tussen z'n tepels verschenen, terwijl de borst van Rinus eruitziet alsof een elleboog er een deuk in heeft geleund. Coen neemt een trek en de rook ijlt en jaagt, het trillen betekent dat hij zich al te lang doof voor z'n dorst heeft gehouden. Moen zegt dat hij water gaat halen, niemand heeft zich erover geroerd, hij moet weer in hun hoofden hebben gekeken.

De zon heeft hen allen te pakken genomen, maar Theunis met z'n rode kop is er het ergst aan toe. Coen begrijpt niet waarom hij z'n hemd te drogen heeft gelegd, waarom hij buiten de schaduw blijft met al die korsten op z'n schouders, op z'n wangen en lippen. Hij reikt Theunis de pijp aan in een poging hem uit de zon te lokken, maar die neemt de pijp aan om meteen weer terug in het volle licht te stappen. Hij niest en is bang dat de oprisping z'n gedachten verraadt, maar niemand kan weten dat hij dromend z'n vingers over Theunis' korsten liet gaan, dat hij ernaar verlangde de harde randen los te peuteren, de huid eronder schoon te likken. Moen gooit water over Theunis heen, zegt dat hij nu naar het ruim moet, ze komen een paar man tekort, iemand als hij moet nu niet in het zicht van de sergeant staan. Theunis luistert, zoals ze allemaal zouden luisteren, hij raapt z'n hemd op en vlucht naar beneden. Moen begint over windrichtingen en diepten, over de nagel die ze laatst in het eten vonden. Ja die nagel, zeggen ze, als die dikzak dat nog een keer flikt roeren ze z'n ogen door de soep, maken ze worst van z'n darmen.

Moen mompelt dat hij de sergeant kwijt is, ze blijven praten, zien de vaandrig de nieuwelingen uitkafferen die naar z'n smaak te veel op hun piek leunen, sommige proberen hun bruine voeten in dodemanslaarzen te persen. Waar ben je, lul. Wanneer ze de sergeant boven zien komen met Theunis achter zich, springen ze allemaal op, ze moeten zich inhouden om niet te schreeuwen en met hun armen te zwaaien, als om een roofdier van z'n prooi te verjagen. Theunis kijkt kort om en knikt, lijkt kalm, Coen let op de anderen, op Moen, om in te schatten wat er nu van hem wordt verwacht. Otge biedt aan zich bij de sergeant te melden, twee is beter dan een, anders is Theunis te veel een doelwit voor een schot van eigen kant, maar Moen houdt hem tegen. Ze wisten dat dit zou gebeuren en dat Theunis het eerst aan de beurt zou komen. Moen zegt dat de soldaten vooral op het koedek sterven, niet tijdens een gevecht, hier op het schip kunnen ze voor elkaar zorgen, op land moet Theunis niet vooraan lopen en niet stil blijven staan, luister nou maar.

De sloep met Theunis zal voor de boot de kust bereiken, het is ongelooflijk helder, ze zeggen dat ze hem nog altijd kunnen zien. Het eiland is vast leeg, terwijl zij nog wormenwater moeten drinken zal hij z'n kop onder een waterval houden, o wee als er straks al rookwolken hun kant op drijven, die grote gek en z'n honger altijd, hij gaat hun geen bok gunnen, als ze er iets van willen zullen ze z'n pens moeten opensnijden. Zo helder, ze kunnen tot voorbij de boomrand kijken, misschien is dit toch al het eiland, ligt er genoeg goud in de grond verborgen om het holle ruim eindelijk mee te vullen. Dan, omdat ze nu de weg wel weten, gauw naar huis.

Ze kloppen elkaar op de schouders, juichen zacht, in de verte, ze weten het zeker, heeft een haan over zee gekraaid.

God is niet voor troost, niet voor het wiegen dat een mens als kind is misgelopen. Niemand huilt zich de hemel binnen, god heeft geen gehoor voor tranen. Gedenk de nagels die Jezus' bloed en pezen in het hout dreven, gedenk de speer, de steen die ze voor de zwarte grot schoven. Gods hand geselt zonder wrok of voorkeur, geen wet of ritueel kan deze afweren, lijden is het enige goddelijke aan de tere tijd van adem en verlangen, van werk en bedrieglijke dromen. Elke storm is een wonder, elke brand een zuivering, hoop is de leugen van iedere vrees.

Ze had niet verwacht dat het zo lang zou duren. Elke nieuwe maand belast hun tegoeden, de nachtelijke hut is een last geworden, na Agaath had ze die onmiddellijk moeten opgeven. Zonder bestemming in zicht krijgt ziekte alle kans de overloop te vergiftigen, minder maats betekent minder hemden en broeken om te verstellen. Vee levert niets meer op, het laatste dier is weken geleden geslacht. Ze heeft het zilver nog niet aangesproken, maar dat wil ze bewaren voor een stuk land daar, niet opofferen aan deze tocht die toch al zo naar verspilling stinkt. De constapel is gaan hoesten, na z'n dood krijgt ze misschien de koopman zover dat hij naar haar voorstel luistert, hun toe zal staan mannentaken uit te voeren, ze zal hem voorhouden dat vrouwenhanden taaier zijn en hem minder kosten. Om te sparen zouden ze dan in de kamer kunnen slapen. Na aankomst zal de grond hun vreemd zijn, wijs geld zal hun de tijd opleveren alles te leren, ze mogen niets meer verkwisten. Laatst was ze Lys kwijt, niet lang maar er kwam geen reden voor de kortstondige vermissing. Wat dat wijf ook uitspookt, van elke donkere hoek in het schip is een steeg te maken, een tijdelijk bed, geheime zomen met eigen geld zijn verboden, alles behoort toe aan de groep.

De volgende keer dat het schip voor anker gaat, moeten ze niet meer dralen. Het heeft geen zin te wachten tot de waan van de koopman eindelijk is bevredigd, het volgende eiland met water en goede aarde wordt hun bestemming. Ze zullen met een mondvoorraad voor een maand van boord gaan, dat moet genoeg zijn. Ze heeft het woord van de kapitein bedongen voor een haakbus en kruit. Olie om hun brood week en eetbaar te krijgen heeft de Zeeuwse hamers, lepelboren en bijlen die ze in hun kisten bewaren tegen de gulzige zoute lucht beschermd. Ze zijn er bijna.

Agaath. Siem. Offers bestaan niet, het leven is te betekenisloos om als ruilmateriaal voor de eeuwigheid te dienen. U die alles hoort en niets erkent, maak ons eeuwig deel van uw toorn, laat ons niet alleen.

XIX

Ze noemen hem Beer maar verder is hij niet opgevallen, het was niet zozeer z'n omvang, hoewel z'n brede voeten uit z'n kooi steken en de ankertros hem minder lijkt te breken, het kwam door z'n stem, wat lager dan de meeste andere, een kerel die Friso heette had het aan het eind van die eerste week verzonnen. Er was al een Wolf en ook al een Stier, het werd Beer, niemand weet dat hij kan zwemmen. Het voelt als iets wat hij geheim moet houden. Wanneer iemand in zee spartelde balde hij z'n vuisten om niet met de drenkeling mee te bewegen, hij wil geen tovenaar lijken.

Honden hebben het hem voorgedaan. Z'n vader wierp de honden die hij vond zo ver mogelijk in de beek, zo richtte hij ze af voor de eendenjacht, hoe mager of moe, ze zwommen altijd terug. Hij volgde hun poten, het leek wanhopig geraas, maar hij bleef kijken en de herhaling en rust begonnen hem op te vallen, hun snuiten hielden ze hoog, ze letten niet op het water, zoals ze de aarde tijdens het rennen geen aandacht gaven, richtten hun blik onafgebroken op de kant. Op een dag zette hij zich af van de drassige oever en landde in het ondiepe gedeelte, waar vissers soms stonden, die liepen tot hun heupen het water in om de lijn net in het donkere midden te krijgen, maar dieper dan dat had hij nog nooit een mens gezien. Hij zakte door z'n knieën en bewoog z'n handen zoals de honden, eerst waar hij nog kon staan, maar toen hij merkte dat het hem lukte boven te blijven en hij verder durfde te zwemmen, verliet hij het lichte water, met elke slag verdween de bedding onder hem. Hij kreeg het gauw koud en werd moe en daardoor bang, hij draaide om en haastte zich, was opgelucht toen hij het slijk weer onder z'n voeten voelde.

Hij gaf niet op, na een paar dagen wist hij dat hij moedig genoeg was geworden voor de overkant. Halverwege, z'n armen licht en toch sterk in het water, riep z'n vader z'n naam, hij klonk kwaad en nog iets anders. Terug op de kant sloeg z'n vader hem met de vuist en raakte hem half op z'n kaak, half op de keel. Z'n moeder, die later met een kille lepel het zwellen probeerde te stoppen, fluisterde dat hij voortaan uit de beek moest blijven.

Tijdens de tocht naar Middelburg begaf hij zich in elk water dat hij passeerde.

Hij steekt een hand in de warme zee, zelfs dat is sommige maats al te heldhaftig, terwijl elke vis en rots op de bodem nu hetzelfde zonlicht vangen als de sloep, voor een monster je kan grijpen heb je hem in deze heldere baai allang zien naderen. Hij houdt z'n hand in het water tegen het trillen, de zee voelt groot en zwaar en dat troost hem, hij weet het, hij heeft ernaar uitgekeken, de zee zou er zijn en groot en zwaar tegen z'n hand voelen, liever stak hij z'n hele arm erin, z'n hoofd, z'n lijf, liever liet hij zich er helemaal in zinken, het trillen moet op de eeuwige zee botsen, erin opgaan, hoeveel heeft hij al overleefd, god wil niet onthullen wanneer hij voor het laatst aan land gaat, wat let hem in het water te verdwijnen, met de zon in z'n rug te reiken naar het diepe zand. Hij kijkt om zich heen om bij de anderen een blik over de rand te betrappen, een gelijkenis, iemand anders met hetzelfde verlangen, hij doorstaat hun gehavende gezichten, deze mannen die hij al op zoveel heeft betrapt, de dood als een groeiend web op hun huid, hij wil er zeker van zijn dat niemand z'n troost deelt, dat hij de uitverkorene is, als enige onder de sloep kan vluchten en deze landing overleeft. Na de tranen het woedende bidden, de ongehoorzaamheid die hem omringt is onverwacht, achter zich hoort hij schelden, god die het lot van een geit verdient, de sergeant dreigt met laarzingen, maar te veel stemmen sluiten zich aan bij de afvallige, god moet kruipen, hun speeksel dulden, hun hoon aanhoren. De viering van veroordeelden, hij doet niet mee, hoewel horigheid hem nooit enige beloning heeft opgeleverd, een onopgemerkt vergrijp nooit een bijzondere straf heeft voortgebracht, misschien hebben soldaten een plek ver van de hemel gekregen, zodat ze hun werk in vrede kunnen verrichten, alle wraak blijft zo in zwijgen gehuld, zelfs god durft de gedachten van strijdende mannen niet te ketenen. Waarom hem dan het water laten, dat hem steeds als stil domein gunnen om hem nu weer naar vijandig land te varen, terug naar z'n vader, waarom hem met een uitweg tergen, waarom niet meteen z'n hoofd in de verstikkende duisternis geduwd, die eerste keer los van de bedding, van de greep die hij spartelend ontglipte.

Z'n baard druppelt zweet op z'n schoot, hij doet z'n helm af, schept zeewater over z'n gezicht en haren, hij merkt dat hij naar de geur verlangde, van schelpengruis en gezouten planten, het dikke, vette water, niemand heeft ooit de diepste bodem gezien, is de zee, zo onpeilbaar en inhalig, niet de werkelijke hemel. Hij neemt een slok, de pest aan de gekken die zeggen dat je het niet mag drinken, dezelfde dieren die wel hun pis doorslikken, hij heeft z'n besluit genomen. Alles wat straks uit de begroeiing komt rennen zal hij neerslaan, hij knijpt in het ruwe heft van z'n hartsvanger, dit eiland krijgt hem niet, niemand zal z'n terugtocht hinderen. De sergeant schreeuwt en hij bedekt z'n hoofd weer met de helm, die alleen maar heter lijkt. Alles is een wapen, denkt hij, dit ijzer, dit lange hout, deze vuisten en nagels, mens of haai of leeuw, ze hebben allemaal tanden en delen honger en woede. Vlees is machteloos, alles is prooi. Ik ben het wapen.

Ze tellen vijf vrouwen bij de man, die bij geen van die vijf ver boven de schouders komt. Hij heeft water, bewaart het in fusten waar de brandmerken van de duigen zijn geschuurd. Ze mogen ervan drinken, de vrouwen delen zwijgend fruit rond.

Hij heeft donker haar dat in krullen aan z'n nek kleeft, donkere ogen, toen hij met de vrouwen tevoorschijn kwam wisten ze zeker dat ze een Portugees of Spanjaard zagen naderen, z'n hemd is slordig versteld, de officier van wie hij het lijkt te hebben gestolen moet fors zijn geweest. Ze daagden hem uit met Portugese scheldwoorden, maar hij deed alsof hij hen niet verstond, hij wil alleen Frans spreken, bijna smekend wierp hij woorden op in de hoop dat iemand hem zou begrijpen. Ze riepen Fredrick naar voren. Die bestookte de man met zinnen die hem verwarden, antwoorden werden gebaren, tot Fredrick op iets leek te stuiten waar de man van opveerde, waardoor hij nu in de juiste voorraad woorden tastte en de twee veranderden van honden die elkaar argwanend omcirkelden in mannen die geschiedenissen en geheimen konden delen. De man liet een van de vrouwen een papier openvouwen dat hem in het Frans eigendom over het eiland gaf, Fredrick ging met een vinger over de hellende letters, alsof hij zo de betekenis tevoorschijn kon vegen, hij had al gezegd dat hij niet las. De man moedigde hen allemaal aan het zegel te beroeren, het voelde zacht en korrelig aan, ze lieten het papier op hun open handen rusten, gaven het zwijgend door. Nicolaas verstoorde hun kring, zei dat het document de woorden vertoonde die de man beloofde, maar dat was niet de reden waarom de sergeant uiteindelijk z'n hoed afnam en voor de man boog, hem toestemming vroeg het eiland te betreden. Fredrick vertaalde voor de man en noemde eer en welkom, water en rust.

Alle rommelige fopperij kon hun al niets meer schelen, een kerel met een onverstaanbaar verhaal, misschien houdt hij nog ergens een sloep verborgen, een banneling waarschijnlijk, of een dief, kan hij eindelijk z'n gejatte realen uitgeven aan een plek op hun schip. Maar welke koning zou z'n eiland inruilen voor een lijkkist op de overloop.

De vrouwen dragen krassen op hun wangen, het lijken sporen van langer geleden. Hun haren hebben ze met iets ingesmeerd, een onbekende geur, ze denken aan teer, hoe het moet voelen om je haar daarmee te verzwaren. De kleren die om de vrouwen rafelen lijken gehaast over hun hoofden getrokken, verhullen weinig, wat is dat toch met wijven aan deze kant van de wereld. Ze sissen naar hem, fluisteren bedragen, beloven brandewijn, ze hoeven niet eens te kiezen, Fredrick, zelfs die heel lelijke, Fredrick, vertel het hem. De man glimlacht alsof hij hen kan verstaan. Fredrick, de lafaard, hakkelt zich alleen door de woorden van de sergeant. De man roept iets en alle vrouwen trekken daarop hun rok op tot hun navel. Het zijn dieren, ze doen precies wat de lelijkerd zegt. Hij gebaart dat ze hun kleren weer moeten laten zakken. De sergeant geeft hun de schuld. Fredrick wil hun maar niet vertellen of de man een prijs heeft genoemd.

Hoe zou die vent het doen, neukt hij ze een voor een of allemaal tegelijk. Twee van hen, niet de jongste, hebben een dikke buik. Van Fredrick willen ze weten waar de man woont, alsof een blik op de slaapplek hun belangrijkste vraag zal bevredigen. De man lijkt de vraag eerst niet te begrijpen, Fredrick herhaalt de lelijke klanken, waarop de man z'n hoofd schudt, dan naar een plek onder de bomen wijst. Ze zien stokken in de aarde gestoken, vreemd dat die hun eerder niet zijn opgevallen. De man mompelt iets en ze kijken naar Fredrick. Die zegt dat daar de kinderen liggen.

Alsof hun dromen onmerkbaar hebben geklonken, de sergeant slaat hen hard op de schouders, de straf voor dommelaars op wacht. Fredrick zegt dat ze tot de schemer mogen jagen, maar dat ze een tiende aan de man moeten afstaan. Ook vraagt hij om kruit en olie, om een stuk zeildoek. De sergeant gaat akkoord en na aanwijzing van de man gaan ze naar de heuvel voor de vogels en de snelle, kleine zwijnen die zich volgens de man met een bepaald geluid laten lokken, maar het lukt niemand z'n keel zo te forceren, ze zullen hun musketten moeten gebruiken.

Genoeg vogels, dom en traag ook, maar die varkens zijn verzonnen. Ze vonden vooral stilstaand water, zes mensen die op regen en vogels overleven, het huis was een kist van modder en takken, die heel lelijke moet het vuur gaande houden, wie kan er zo hurken, het zijn vergroeiingen van al het bomen beklimmen.

Hoeveel eilanden als deze zullen er nog meer zijn, groot genoeg om niet na een maand al te creperen, maar te onbeduidend om de honger van de koopman op te wekken. De vrouwen hebben iets giftigs om zich heen maar smeriger dan De Kraaien zullen ze niet zijn, ze begrijpen waarom de man zoveel werk van z'n vervalste zegel maakt, om olie en kruit vraagt, hun hoofden steken al uit hetzelfde gestolen hemd, ze oefenen al dezelfde verzonnen taal. Iemand onder hen weigert valse kleren te dragen, in een onbeduidende man te veranderen, waarom je in iemands huid dromen, wanneer een snel mes zoveel eenvoudiger eigendom van dit eiland kan overhevelen. Hij stelt zich z'n eigen huis voor, meer landinwaarts, dichter bij die zwakke stroom, en aan die vrouwen zal hij ook iets doen, met vijf zijn ze een samenspannende meerderheid, hij zal ze testen, tergen, ze zullen hun eten moeten verdienen.

Ze vinden een rottend vlot, half werk, iemand die zonder ervaring iets in elkaar probeert te draaien, een vorm, een droom, meer is het niet, de slordige stompen van het hout verraden een te kleine bijl, een botte snede. Het is de aanblik van het doodgeboren vlot die hun verbeelding tempert, die hen wakker schudt, hun walging voor de man en z'n ziekelijke echtgenotes aanwakkert.

De vrouwen nemen de vogels aan, opeens zijn ze verdwenen. De sergeant geeft opdracht te noteren wie z'n kruit of olie moest inleveren, op het schip zal de constapel zich over deze toezegging buigen, ze onthouden de regel die ze straks moeten aanwijzen in het boek. De man laat alles aan z'n voeten leggen. De sergeant buigt, Fredrick moet gods kracht en wijsheid overdragen, moet de juiste vreemde woorden vinden voor dank en beschaving en hoop op voortdurende heerschappij. De wachten bij de boot maken ze gek met verhalen over naakte wijven, het modderhuis van de man is tot een paleis gegroeid, gebouwd door strelende vrouwenhanden. Wanneer de adelborst om zich heen begint te meppen stoppen ze eindelijk met het hardop claimen van het volgende eiland, ze beloven elkaar om terug op het schip erom te dobbelen, en wat een worp niet wint zal een wapen anders wel verkrijgen, Thys knikt als eerste naar z'n mes, fluistert dat de kroon z'n kop al zwaar maakt, maar Maes, die nooit z'n bek kan houden, gaat erover door en door tot de sergeant hem z'n musket afneemt en hem straft met een nacht aan de mast, ze lachen alsof ze een manke zien struikelen.

Ze zijn te laat vertrokken, gelukkig verlichten lantaarns het schip. Wat een verschil, deze zelfde afstand die vanochtend nog hun einde betekende, ze schamen zich voor hun tranen, zo onverholen, ze willen de gedachte eraan uit andermans herinnering branden, ze trekken hun overhaaste smeekbedes in, god moet hun vergissing begrijpen, luister naar Broeder Cors, elke terugreis heeft hij duizend woorden voor dank, allemaal voor u, luider Cors, hij moet weten dat je stem geeft aan de hele sloep, luider, zodat ze de zee vergeten, die zwart is geworden.

Rumoer van de boot, ze steken daar de spanen ver in het water, dat doen ze alleen wanneer iemand overboord is gevallen. Ze zwaaien en lijken te juichen, Joes staat rechtop, dat is hem toch, hij kan alleen maar gillen dat Beer net nog voor hem zat, hij schreeuwt door de anderen heen die iemand hun kant op proberen te roepen. Ze zien niets bovenkomen, als het Beer is heeft hij pech gehad, die zinkt als een steen, ze willen weten of het een struikeling was of een sprong, maar daar hoeven ze niet voor te blijven dobberen, waarom moet ook de sloep halt houden wanneer er iemand van de boot is gedonderd. Gesis en gescheld, iemand daar wil dat iedereen z'n muil sluit, ze draaien hun hoofden om de eeuwige wind uit hun oren te krijgen, tot Joes naar iets wijst, het duurt even voordat ze de richting van z'n vinger achterhalen, beseffen wat ze nu eigenlijk meemaken.

Eerst voelde de zee als een val, als een inhalige kuil die hem de diepte in zoog, als om hem te bespotten, er leven hier toch wezens die indringers opeisen, tot hij besefte dat hij amper bewoog, daarna leek het water dik als modder en even raasde hij, z'n armen dun en stram, toen keek hij om naar de boot, naar de mannen en hun driehoek aan roeispanen, de punt op hem gericht, en hij kalmeerde, hoelang was het geleden dat hij voor het laatst had gezwommen, en dat was nog in slaperig zoet water geweest, de angst verdween en het werd als die eerste keer, z'n voeten los van de bedding, overal waar je niet kunt staan is het even diep, en hij vond z'n slag.

Hij zwemt z'n lichaam rechter, denkt aan hout, boomstammen die in de lengte drijven, de wind blaast z'n rug tevoorschijn, z'n waterzware hemd, niemand zag hem z'n laarzen uittrekken, zonder plons is hij de zee in gegleden. Het eiland ligt verduisterd verderop, de enige opening tussen de sterren, hij moet zich niet haasten, dat is nergens voor nodig, hij heeft gegeten, het is niet het langste stuk dat hij ooit heeft gezwommen, de stroming maakt heuvels en dalen, hij moet de gang van het water volgen. Hij weet nog niet wat hij met de man zal doen, met de vrouwen, het eiland zal van hem zijn zodra hij het zand op stapt, z'n natuurlijke bezit.

Ze zien Beer van hen af zwemmen, de bedrieger. Maar het kan niet lang duren, als de golven hem niet grijpen zal een haai z'n domme gespartel verstoren of jaagt uitputting hem naar de bodem, alleen een dwaas denkt dat hij de zee kan verslaan. Daarom laat de sergeant hem ook met rust, hij is al zo goed als verdronken, of zullen ze toch een schot wagen, zo ver is hij nog niet, een enkel schot, meer niet, het lawaai zal hoe dan ook de monsters lokken. Broeder Cors is helemaal in de war, hij dankt de wilg, het paard, het houten nest van de wesp, februari, de bullestal, de hand onder het wiel, het vloeien van de vrouw, sprinkhanen en wilde honing, de kei die door je hoofd zwerft, je laat verdwalen, je doof en blind krijgt.

Hij ontkomt, ze moeten terug, het eiland is al van iemand, hij mag zo ver niet gaan, hij leeft nog, wat als hij het haalt, het is gevaarlijk om de regels te negeren. Het lukt hun dan eindelijk de sergeant tot een bevel op te wekken, die hun de roeispanen verbiedt, ze laden en leggen aan, een halve mengel wijn voor bloed op zee, een krenkend karige som voor de staart van een deserteur, Barent vuurt als eerste, hij moet in de grijze golven nog beweging hebben gezien, hoe kan de felle maan het water zo donker laten, ze gokken, ontsteken wolken.

Ze schieten, dus ze zullen hem niet varend terughalen, hij heeft de tijd. Maanden niet gezwommen, alleen maar krom gestaan, zwak geworden, de vloek van het koedek, en ook deze kou heeft z'n lijf al lang niet meer belaagd. Z'n bewegingen moet hij vergeten, z'n benen zijn z'n benen, z'n armen z'n armen, hij moet naar voren blijven kijken, zwemmen is als lopen, hebben misstappen hem ooit van iets in de verte weerhouden, heeft hij onderweg naar een bocht, naar een ongezien land achter een heuvel ooit geloofd dat de aarde zich onder hem zou openen, hij weet waar hij heen gaat, alles ligt daar, hij is er bijna. Ze zijn gek dat ze hem zo z'n vlucht gunnen, hij had nooit geschoten, hij zou zichzelf in zee hebben achtervolgd, dit is een jacht voor een enkele goede hond. Niemand dan hij die dit zou durven. Dus is hij vrij.

XX

Het voelt goed om bomen te zien breken, een storm te ontketenen, voor Webbe, voor Crins, trage domme klootzakken, maar dit verdienden ze niet, als ze niet zijn opgegeten zullen ze daar nog ergens liggen, laat de kanonnen hun graven delven in het vervloekte zand, de inslagen lijken vanuit de aarde omhoog te schieten, de kust breekt open, alsof ze getuigen zijn van de oude tijd toen woede en vuur nog een hele wereld moesten volbrengen.

Zelfs nu niemand meer tabak of olie voor z'n figuren overheeft, waar ze ook arriveren, alle achteloze bedragen die ze achter hun namen verzameld hebben zullen ze moeten wegwerken voordat ze met volle zakken kunnen terugkeren, een beetje goud gaat dat al oplossen, niet dat doffe spul dat uit de oren van die beesten stak op dat voorlaatste eiland, maar de brandend gele stenen die ze zullen vinden overal waar ze straks de spade in de aarde wringen, zelfs nu hij z'n beste werk weer heeft moeten terugnemen, het onderbeen van de Chinees, te waardevol om met de rest in te naaien, waarin hij klimop had gegraveerd, kastanje en varen, het ding leunt naast hem als een aanprijzing, blijft hij de schaduw bij het galjoen bezetten met z'n mes en hout. David kijkt toe en vraagt zich af of Jakus 's nachts over de vreemde koppen droomt die hij overdag tevoorschijn snijdt, misschien probeert Jakus zo te vertellen over z'n reizen, de fabeldieren die hij tegenkwam en niet herkende, misschien zijn dit toch gezichten, de blikken die hem steeds feller kwellen, die hij niet kan bedwingen.

Van alles nu aan de schildpadden denken, die te groot uit de zee werden gehesen maar geen haaien waren. Z'n onverwachte aarzeling, afschuw toen ze de poten afsneden, het beest omdraaiden en in het zachte deel staken, daarna te veel pogingen nodig hadden om de kop af te hakken.

God en het schip, ze lijken samen te zweren. Wie god laat varen beproeft hij, er is geen ontsnapping. Jakus houdt een houten bal zo dik als een goede appel hoog, gebaart dat David die van hem moet overnemen. David schudt nee, ik kan je er niets voor geven, maar Jakus tikt ermee op het dek, maakt van weigering een belediging, er zit niets anders op dan het geschenk aan te nemen. Dan ligt het in z'n hand, David draait het rond en rond, maar hij kan weinig ontdekken wat hij kent, een paar ogen boven een rivier, een open mond maar dan met haar waar de tanden horen, een kwartslag verder en hij ziet bos, niets dan bomen en bladeren. Een speeltuig voor een kind, het komt te laat. Hij vraagt zich af wat er zou gebeuren als hij het nu overboord smijt, of Jakus hem dan met het losse onderbeen in de hand zou achtervolgen. Dit is het verkeerde moment, hij wilde net zo licht mogelijk blijven. Het is iets moois, ook al weet hij niet wat het moet voorstellen, nu ontdekt hij vleugels, wolken, of toch golven, hij is de verkeerde persoon. Dan stelt hij zich voor hoe deze bal in een kist zou verdwijnen, dag na dag verborgen blijft, alleen voor slechte wijn tevoorschijn mag komen of voor een rauwe gunst. De bal zal gaan zwerven, het vuil van elke volgende eigenaar zal hem langzaam onherkenbaar maken, ongewenst, te lelijk om nog een verlangen ernaar op te wekken. Of vergist hij zich, is het de bal die z'n drager doet bederven. Jakus heeft er goed aan gedaan hem dit te schenken, hij zal het niet verbergen maar in het zicht houden, het is z'n opdracht nu. De vormen leven, de contouren ontstaan onder z'n blik, het is alsof z'n ogen ademhalen, ze met elke hap lucht alles weer anders ervaren. Het is werkelijk prachtig en hij merkt dat hij huilt. Jakus kerft en schaaft, kijkt niet op. David fluistert z'n dank.

Het want, dat ooit zo veel maats droeg dat het dek ervan verduisterde, lijkt zo leeg nu, hij zou hen moeten helpen, de plek van de doden moeten overnemen en hun meters klimmen, maar de hoogte heeft tanden, hij durft niet, het is beter zo. Hij heeft z'n verwondering geen recht gedaan, het ongeloof dat hem die eerste dagen beving, alle touw en diepe kamers, het machtige gevoel onder water te kunnen staan, te laat besefte hij dat het schip niet naar verbazing taalt, maar naar gehoorzaamheid, hij hoefde te weinig, hij weet niet meer waarom hij daarnaar verlangde, de lichter die hem die eerste dag vervoerde heeft zich vergist, de verkeerde gebracht. Een dief, hij heeft z'n verstopplekken geleegd, heeft wat nog restte in de armoedigste kisten gestoken. Genoeg nu, hij wil het schip niet verder verwonden.

De boegspriet is spekkig en gloeit, maar vaak heeft hij de maats geobserveerd die met kalme voeten over het hete hout het uiteinde haalden, daar hun lijnen in het water lieten, de vangst hoe groot ook onder hun hemd klemden, met spartelende borst verder visten.

Het water zal koud zijn, de golf die hem die eerste keer bedolf en bevroor aan boord van de boot voor de Canarische Eilanden doet hem in herinnering nog altijd rillen, hij had de zee onder alle zon zoveel warmer verwacht, maar die kou kan niet lang duren, hij zal het doorstaan tot hij zo ver valt dat hij de vlammen bereikt. Van alle beproevingen vreest hij de dieren het meest, de wezens die hem onder water zullen aanvliegen, die hij niet op tijd zal zien, z'n vlees van z'n botten rijten, z'n lichaam reinigen voordat het vuur hem zal beoordelen, hij mag niet schreeuwen, de zee niet met laf-hartig berouw bevuilen. Na de diepe zee het eindeloze vuur, hij kent het staren in haarden, zo lang dat je ogen er droog van raken, wat in vlammen belandt wordt eerst zwart, hard als steen, daarna dun en broos, zo licht dat de wind het wegveegt om de hongerige gloed weer bloot te leggen. Maar dit vuur is anders, hij brandt je niet van hard naar zacht, laat je niet ontsnappen omdat je as hem dreigt te doven, hij houdt je vast, dompelt je keer en keer als een spartelend dier onder in de vlammen, zo wrokkig is hij over z'n voedsel. Meer dan deze straf vreest David dat de vlammen door z'n vlees zullen flakkeren, dat het vuur niet meer dan een geest krijgt, een dode ziel. Zijn bidden is smeken, hij smeekt dat hij alles zal voelen.

Aan boord is hij niet gegroeid, hij zal altijd zo kort blijven. Hij bestijgt het rondhout, voelt meteen dat hij het zal halen, het is beter zo. Zo lang mogelijk probeert hij rechtop te staan, hij passeert de leeuw onder hem, nu is hij alleen. Het wordt steiler, met beide handen grijpt hij naar een touw, merkt dat hij Jakus' gift is kwijtgeraakt. Hoe kan hij niet voelen dat hij de bal heeft losgelaten, waar ligt het, het ding verbergt zich voor hem, heeft zich ergens aan het dek geklonken, is weer in het schip opgegaan, een plaaggeest wil hem verlokken te blijven zoeken, hem kwellen door hem hier te houden. Er is geen tijd meer, hij wil niet dat iemand hem ziet, hij haast zich.

Acht dagen regen, deze zondag de negende, nog even en de kuilen in de gespannen zeilen boven hen bereiken hun kruinen, schiet op zielenboer, trek Jona eindelijk uit het beest, hij stinkt nog naar die vis van vorige keer, leg hem weer als een drol onder de wonderboom, laat hem niet langer wachten. Ze zingen, het dek moet dreunen, de regen mag niet winnen, ze zwellen aan en het is alsof ze de boots met hun geluid vullen, bijna, zien ze, zijn ze bij de rand.

XXI

De schipper en de koopman zijn geen mannen voor de jacht. Het ruim had al diep in zee kunnen liggen, voldoende beladen voor de terugtocht. Een, twee, drie schepen, een pinas en een stel grotere broers. De pinas was waarschijnlijk een Spanjaard, verdwaald misschien, maar zo koortsig als een geschrokken haas. De grote, die hen elke zonsopgang vanaf de horizon weer plaagden, maar niet in de verte verdwenen en zeker niet hun kant op dreven, waren Engelsen, logge prooien. Soms legden ze hun handen op de rusten en duwden als dwazen om het schip naar die kutkleuren te dwingen, ze waren te dichtbij om niet woedend over de verspilling te worden.

Toen ze de zuster van de koopman in haar kist naar buiten droegen, hoopten ze nergens meer op, de Engelsen voeren daar nog ergens, maar die vage zeilen konden ook schaduwen op het water zijn, sluwe vlekken van twee dikke wolken voor de zon.

Misschien was die kist wel leeg, is een verzinsel overboord gegaan, een uitvlucht voor de koopman om van de achtervolging af te zien. Als ze echt was, waar was ze dan alle zondagen, hoge heren hebben geen benen nodig om ergens te komen, waarom werd het oude wijf dan niet naar de anderen achter de varkenskop gedragen, naar de warmte van z'n godvruchtige scheten, ze kwamen daar op een gegeven moment toch wat tieten tekort. Als ze die kist nu uit het water konden trekken, zouden ze gaten vinden en een extra lading lood, daarom zonk het ding meteen, de vissen hebben hun vreten nooit gekregen.

Alle kanonnen moesten vuren, alsof de schipper kruit overheeft, hoe meer schoten hoe meer ze zeker die verzonnen zuster moesten slikken. Die Engelsen komen op een dag thuis en vertellen dan handenwrijvend hoe ze ooit beschoten zijn door idioten die geloven dat kogels meer dan een mijl kunnen overbruggen. En dan die leugenachtige rouwband, dat is vast de arm waarmee hij rukt als hij aan jongensgaatjes denkt.

Alles is donker aan hem, de koopman verbergt Joods bloed. Daarom was z'n zuster er op zondagen niet bij, daarom bleef ze verborgen, om haar neus niet te onthullen, zodat ze haar hoorns niet door het rode haar zouden zien glimmen, daarom de gaten en het lood, allemaal om die heks sneller naar de bodem te jagen.

Hij is een Spanjaard, elke avond zweert hij trouw aan schele Flip, hij stopt hosties in hun kost wanneer niemand kijkt, naast z'n ballen draagt hij houtsnijwerk van de heilige hoer Maria.

Alle verbeten tijd op dit schip, steeds dezelfde geschreeuwde bevelen na elke bel, toen ze hoorde dat de jongen David van de plecht was gesprongen had ze dat als een voorteken beschouwd, maar in de dagen daarna hunkerde niemand anders op eenzelfde manier naar de omarmende zee en ze was teleurgesteld.

Ze heeft Lys verwond, het was een ongeluk. Hoe vaak heeft ze Lys niet gewaarschuwd tijdens hun oefeningen goed afstand te houden. Het mes ging niet diep, ze snapt niet waarom de anderen Lys meteen moesten bemoederen.

Hun nachten achter de mast zijn voorbij. Te duur. Het is beter bij elkaar te blijven, klaar te staan voor het juiste eiland.

Ze hebben hun kans gemist, ze weet het, maar ze snoert de mond van iedere snol die dat zelfs maar durft te fluisteren. De eilanden volgden elkaar te gauw op, steeds kwam gevecht voor een keuze te staan, telkens op de uitkijk, proviand en water klaar om in te laden, hopend op een lege lucht, zelfbegoocheling, ze haat de zwakte in haar die haar zo onbezonnen maakt, tot rook in meerdere zwarte pilaren aan de kust verschijnt, van brandende bomen en huizen, de gebruikelijke vergelding voor een onbruikbare bestemming, vlammen zuiveren de aftocht van nederlaag, van vernedering, de kapitein kent z'n mannen, is de werkelijke hand achter deze reis. De enige eigenwaan die ze zich toestaat is haar trots over deze kennis, dat elke man een zoon is en nooit een vader, dat een man liefde boven lijfsbehoud stelt en macht boven alles. Tot ze op een eiland stuiten waar ze deze wetten veilig kunnen stallen, wordt iedereen als een gevangene aan boord gehouden. Ze is moe, schelden gaat de laatste tijd sneller dan Lot weer uitleggen.

De schipper wil als eerste het Zuidland bereiken, het jongste gerucht, de zoveelste goudroes duizelt de koppen op het dek. Het eerste wat ze straks op het eiland zal doen is de uiterste punt opzoeken en daar een akker vorderen, zo ver mogelijk verwijderd van het gekakel, dertien maanden is te lang voor hun martelende gelul en eindeloze heldenverering, van de schipper, van de kapitein, van elke hogergeplaatste die hen tussen de ogen spuugt.

Ze wil niet bevatten dat sommigen van deze nietsnutten na een jaar nog steeds niet lijken te weten om welk touw of zeil de wind vraagt, behoedzaam en schuw als afgerichte kinderen blijven ze de stuurman aanstaren, zonder morren voeren ze zelfs z'n vergissingen uit, waarvoor de boots hen uiteindelijk altijd laat boeten. Gevolgen vergaan tot stof zodra ze de grote mast passeren, hoe vaak heeft ze niet in de kajuit gehoon opgevangen, de officieren met hun rode hoofden en vette lippen moeten aanhoren, die Jurriaen met z'n ogen als zweren, en z'n schoothondje, die lelijke Wirt, het gebulder om de geselingen van de maats, om de vermakelijke verbazing en het gegil, ze heeft spijt dat ze tijdens haar laatste nacht geen eten heeft gestolen, niet in hun glazen heeft gepist terwijl ze sliepen.

Haar lage buik doet pijn, het is iets van de laatste tijd. Dat neemt ze hun nog het meest kwalijk, dat alleen zij teer mogen zijn, kwetsbaar en verlangend, dat iedereen moet boeten voor hun geheimen, dat ze zelfs dit schip zo krap als een vuist krijgen.

XXII

Als z'n broer hier zou zijn, als hij nu tegenover hem zou zitten, met deze rode kop en kromme poten, dan zou hij er niets van geloven. Hij zou schrikken wanneer iemand iets over de lijken roept, zou niet weten waarom ze ratelen, hoe ze vast te leggen, zo hoog zou hij alleen maar spoken zien, als kind heeft hij z'n broer al nooit in een kruin van een boom meegemaakt, hoe hem uit te leggen dat het went, dat de maats die het niet meer durven zich in de nek of de buik steken, alleen en in het donker sterven, zoals Lammert, maar vier kooien van hem vandaan. Z'n broer zou hem van dronkenschap beschuldigen, van gevaarlijke dromen, omdat hij zelf al niet kon slapen van een reis naar het volgende dorp. Die boosheid, z'n broer die dreigde hem aan de poort vast te timmeren om hem daar te houden, berouw had hem meteen bevangen wanneer hij ook op de lichter was gestapt die eerste dag, hoe toen het schip met elke slag reusachtiger werd, onmogelijk leek, zelfs de geur als van een monster, de ingewreven huid, al dat walmende hout, zo sterk dat de zee naar niets meer rook.

Hij ziet z'n broer de trap naar de overloop nemen, ziet hem zich daar in de duisternis staande houden, zich met uitgestoken hand tussen de dekken klemmen, behoedzaam stiefelen om niet op de slapende maats te treden. Z'n broer krijgt het schip weer groot, zo ongelooflijk als eerder.

Al het vreemde dat hij heeft moeten vreten, z'n broer zou het tot het laatste zuur uitkotsen. Z'n broer de vallenkoning, die geloofde dat hij elk kruipend dier kon lokken, steeds thuiskwam met egels, muizen en mollen. Hij wil hem een gebraden reet van een van die rennende vogels voeren, z'n broer zal denken hert te eten, het beste deel, mals als een lever in melk.

Hij wil hem voordoen hoe je de larven met een stuk zeil uit het water zeeft, hem de verstopplaats wijzen van hun eigen brandewijn die ze van de pitten van die voorraad zoetzak hebben getrokken. Z'n broer heeft zelfs nog nooit rijst gehad.

Zo gek als z'n broer zou lijken wanneer hij hier opeens tussen de maats zou verschijnen, zo bleek in die dikke boerenkleren, de anderen thuis zouden de duivel zelf vrezen wanneer een van die donkere beesten van de eilanden naast hen bij de haard opduikt. Eigen schuld. Hadden ze hem maar allemaal moeten volgen en niet de angst voor water en een boze hemel spijkers in hun voeten moeten laten slaan. Er groeit een giftig kruid achter hun ogen, alle modder in hun darmen houdt hen laf.

De rijst in z'n kist is gaan schimmelen, zodra ze er straks zijn, moet hij ergens goede, droge korrels vinden, hij weet zeker dat het thuis ook kan groeien. De hitte! Als z'n broer iets tot in z'n kloten zou moeten voelen, dan is het die kuthitte. Hoeveel nachten heeft hij niet wakker gelegen, gewoeld als vlees op vuur, de lucht stroperig en log, de angst steeds om niet genoeg adem binnen te krijgen. De vechtpartijen om de schaduw op het bovendek, om die paar schofterige slokken die in je bek al verdampen, hij zou z'n broer ook wijsmaken dat je maar beter je muts nathoudt, uit de zijkant van je mond moet blijven ademen, zou hem ook de hondenwacht aanraden, wanneer de hete kolen van de dag eindelijk niet meer in het bovendek gloeien. Hij zou z'n broer waarschuwen, voor de dieven en valsspelers, zou hem de inzetten uitleggen, het juiste moment om de geheime voorraad aan te spreken, de rinkelende vouw die iedereen ergens in z'n broek heeft genaaid.

Het zou niet lang duren voor z'n broer ook de beste houding voor slaap ontdekt tijdens het ochtendgebed, hij zou gauw leren welke jongens klikken en janken en welke niet, wie z'n hand in het kruis van de boots heeft, de provoost alles influistert, wie de boekhouder aan z'n kooi krijgt, z'n broer zou op de anderen gaan lijken, niet meer zo koppig zijn, het schip zou hem goeddoen. De oneerlijkheid van die beesten zou hij dan ook meteen begrijpen.

Hij kon z'n broer gebruiken toen. Die zwarten hadden alles gekregen waar ze om vroegen, vuil spel, ze rekenden er op dat verhongerende mannen alles ruilen om zich te redden, de schipper liet steeds meer ijzer tevoorschijn halen, heeft altijd moeite gehad z'n ballen op te diepen. Was z'n broer er maar bij, dan had hij het zelf kunnen beleven, toen, op de sloep die de volle zakken en tonnen voor de kust overnam. Ze zagen er belachelijk uit met hun grote ogen en witte koeientanden, onbedekte dieren, ze lachten bij de overdracht en dat had het bevel al moeten aanvuren, hun dunne schuiten zijn leeg niet meer dan wankel drijfhout. Zodra ze hun lading hadden gelost peddelden ze weg als ratten, gelukkig keken ze meteen in de zakken, onder de rijst grepen ze naar stenen, in de tonnen dreven dode slangen.

Ze hadden die kinderschuiten zo ingehaald. Ze hoefden geen musketten of haken te hanteren, van wilde angst waren die vuilhuiden hun riemen al kwijtgeraakt, roeiend met hun handen probeerden ze te ontsnappen. Een kleine tik van hun sloep en de boel sloeg al om. Echte dieren, zwommen zoals alleen zielloze wezens niet zinken kunnen. Ze verdeelden zich over de sloep, dreven hun pieken in ruggen en schouders, in billen en achterhoofden tot de dieven als dolfijnen bloedden. Z'n broer zou de meeste achter z'n naam willen schrijven, zou na elke nieuwe het getal rondschreeuwen. Algauw bewoog niets meer in het rode water, het ijzer doken ze op, daarna sloegen ze gaten in de dunne bodem van de boten. Aan boord wilde de schipper weten hoeveel ze hadden weten te straffen en de sergeant antwoordde twaalf.

Z'n benen zijn in wilgenbochten gegroeid, hij moet zich overal als een manke aan optrekken. Z'n broer zou hem nu ronddragen, omdat z'n broer weet dat hij hetzelfde voor hem zou doen. Hij weegt niets meer, maar zelfs al had hij nog het gewicht van een man, z'n sterke broer zou niet aarzelen en hem eenvoudig op de rug nemen, hem zonder een woord het dek over en alle trappen af verduren. Had hij zelf nog z'n oude armen gehad, z'n taaie rug, dan was z'n broer allang op z'n schouders verschenen, de anderen zouden zo gewend raken aan de twee hoofden die een lichaam delen dat ze niet beter wisten dan maar een enkel mens te zien.

XXIII

Je moet oppassen, ze mogen niet weten wat je daarboven verbouwt, laat ze maar denken dat het giftig is, een ongelukskruid dat met de wind van een van die vervloekte eilanden is meegekomen, bij aanraking gaten in je vingers brandt, naar rattengal meurt. Je moet hun houding aannemen, hen laten geloven dat dezelfde rot je laat wankelen, neem een hap as, toon het dek je zwarte lach, ze zullen zich over je naderende dood verheugen, hun domme blijdschap mee naar beneden nemen. Dit kale schip krijgt je niet.

Gisteren steeg de mars op, het ding had vleugels gekregen en cirkelde rond de grote mast, daarna vloog het met een spottend gekraai hoog uit het zicht, toen het aan de loef verscheen was het twee keer zo groot geworden en had het rode ogen gekregen, het monster scheerde vlak over het water, dreigde het schip te rammen, het bleek een fantoom, je zag het aan de lij weer tevoorschijn komen zonder dat het een gat in de romp had geslagen, even leek het in een zwerm uiteen te vallen, een vogelplaag die de fok aan flarden wilde vliegen, maar hetzelfde gebeurde, het zeil liet de wilde vleugels zonder averij passeren, lang heb je de krijsende schaduw in de lucht gevolgd, tot de kluwen kromp, z'n ogen sloot en z'n plek bij de steng weer innam. Je hoefde niet te achterhalen wat de anderen dachten. Je moet oppassen.

Een jaar bestaat uit meer maanden dan je handen kunnen tellen, met vreemde, duistere namen, voor duivels die zo diep voor een enkele oude man buigen zijn ze nauwelijks doof voor de klagende huizen van hun dode goden. Maar je houdt van het getal zeven, hun week bekoort je daarom, zeven dagen in een cirkel zonder begin of einde, een verzinsel dat de seizoenen moet voortdrijven. Je kent hun cijfers, hun drang elkaar in getallen te binden, hun belangrijke verlangen naar de volmaakte ruil. Elke som klopt tot de wapens verschijnen en ze je opdragen om met helse wilskracht te vervullen waarvoor ze je hebben ingelijfd. In het geheim heeft de kapitein je handen naar hun papier geleid, je geleerd buit en andere voorraden in inkt te vatten, voor de overwinnaar te verstoppen. Zou je voor de mast je naam in het dek kerven, ze zouden je insluiten en dan uiteentrekken.

Je luistert mee naar hun verhalen, elke ochtend bij het eerste licht, elke zondag wanneer ze langer moeten staan. Balthazar stuurde je een slang om je uit de greep van hun Jezus te houden, ze kroop naast je in de nacht, je voelde de zindering van haar spieren, je adem streelde haar tot een lus, als je haar niet had weggestuurd was ze al die maanden aan je zijde gebleven. Ze was niet nodig, Balthazars overhaaste zorg ontroert je, zoals elke gedachte aan hem je nu bevangt, je vaker doet aarzelen, huilen ook, toch wil je hem niet vergeten. De kapitein merkt het verschil in je, op het eiland zal hij je bevelen geven die je weer in z'n wreker moeten veranderen, je hebt het eerder meegemaakt.

Daar ligt het. De berg die hen lokte is een vulkaan, alle groen aan de randen lijkt vanuit de diepte te groeien. De mensen zijn er nieuwsgierig, maar voorzichtig, ze stuurden boten, sterke mannen roeiden om het schip, keken omhoog, schrokken niet van de scheldwoorden, de hongerige gezichten.

Ze zijn lichter hier. Die eersten waren gebouwd als krijgers, ze hadden smalle heupen maar brede schouders, pezige kuiten, snelle lichamen voor de jacht. Een eiland met ijzer, ze zullen zwaarden en speren gebruiken, hij kon geen bogen op de boten ontdekken.

Balthazar, je was ook hier de enige geweest, witte ogen schrikken minder van een zachter bruin, ze zien slaven en makkelijke kutten, ze hoeven de nacht niet te vrezen die je zou verbergen, je de levende duisternis maken.

De mannen op de boten tuurden naar boven en toen ze je ontdekten voelde je hun angst en spot, je onderging de eerste wijzende vingers. Het helpt je om je woede gevangen te houden, de haat waardoor je straks in touw en takken snijdt en niet in pezen en spieren, je ongedierte doodt, in plaats van mensen wilde dieren slacht.

Het is hun lot. Nu denken ze nog met deze witte moeren handel te kunnen drijven, ze vertrouwen op hun wapens en hun meerderheid. Ze zullen hun vermoedens hebben over de lopen die uit het schip steken, maar het is hun gebied, de indringer is zonder handlangers verschenen en door ziekte verzwakt. Z'n huid is grauw, hij moet van ver zijn gekomen, maar ondenkbaar nog is de waanzin die al die vreemdelingen hierheen heeft gedreven. Ze zullen hun aarzeling het schip te verjagen betreuren, later, na het verlies van hun kinderen.

Ze gaan de sloep en de boot na, willen zo veel mogelijk soldaten met de eerste lichting aan land. Je moet de mannen keuren, houdt de punt van je mes onder hun ellebogen, wie de piek niet boven z'n schouders krijgt, blijft met een schandvlek aan boord. De kapitein heeft je bevolen het stamhoofd voorlopig te sparen.

Er leeft iets in de golven. Het wendt de zee aan als een sluier, verzamelt zich in trage schaduwen om het schip. De kapitein gebaart en ze laten de sloep neer, je waarschuwt niemand. Bellen op het water, je verwacht voorouders van wier en schelp die zich nog eenmaal boven wagen om de levenden te beschermen. Je vaart verder.

De geur van rook heeft hen gelokt. Ze haasten zich naar de westkant, geen twijfel over de richting, alsof iemand hun is voorgegaan en hen nu roept en dichterbij zwaait.

Door de bomen zien ze iets oplichten, terwijl ze het water naderen beseffen ze hoe roekeloos hun rennen is, wat iemand kan vrezen wanneer zoveel mensen tegelijk de nacht breken, wie ze onnadenkend hebben gewekt, de gedachte doet sommigen halt houden, naar de anderen grijpen en roepen dat ze terug moeten, niemand hoeft nog iets te hebben gemerkt. Maar wie heeft zulke vlugge armen en de ogen van een koeskoes dat hij alle kinderen in het donker kan vangen, hen van de vreemde flakkering achter de bomen kan weerhouden, dus jagen ze verder naar het licht, de vette wolk in die overal vonken op de bosgrond legt.

Het licht is een vuur, het schip staat in brand. Er flitste geen bliksem boven zee, iemand van hen heeft dit aangestoken, ze voelen de vlammen hier, de hitte maakt dag van de nacht. Niets gaat dit meer blussen, sommigen juichen en dansen, anderen gaan het water in om zich nog feller te laten beschijnen.

Zo lang hebben ze heen en weer gevaren, om van het schip een karkas te maken, verrast waren ze door alle stenen die tevoorschijn kwamen, die hun boten te diep in zee duwden, door de kanonnen en kogels die vlak voor de kust zonken, na alle straf weigerden ze te helpen, maar ze moesten, heen en weer, van rode hemel tot de eerste sterren, al het droge, harde hout voor de vreemde huizen, zware pakken zeil en stinkende tonnen, om hun oudsten te bevrijden, die tot de kin in de aarde begraven waren, elke dag liet de kapitein z'n soldaten trappen tot een nek meegaf, hiermee klaar zouden ze aan de jongste zonen beginnen, de dode vaderhoofden moesten blijven, werden zwart, aas voor rattentanden, dus versterkten ze hun boten, trokken ze de kanonnen met lange touwen het land op, de stenen stapelden ze tot hoge muren, op een dag pakten ze er een terug, een bange, bleke jongen met het haar van een marter, ze vulden z'n buik en mond met mieren, wierpen z'n huid daarna over het afdak van de poort, maar het was het allemaal niet waard.

Ze horen de vreemdelingen naderen, stoppen nu, daar komen ze, de donkere dieren dringen zich ook het wilde schijnsel en de hitte binnen, ze verschijnen bij de boomrand met hun pieken en musketten. Schoten kraken, er springen vrouwen op de vlucht het water in, de achterblijvers knielen, persen hun gezicht in het zand.

Zo onverwacht, wat hebben die bruine duivels gedaan, hier zullen ze voor boeten, ze schieten om zich heen, willen de blikken op hun bloedende schip van de domme gezichten steken, een woedende schaamte doet hen missen, huilen, om zo te worden bespot, toch is de brand echt.

De schaduw opzoeken, de beschutting van de boomrand, de indringers gadeslaan die blind over het mistige zand razen. Ze raken twee zoons kwijt, onnodig, of misschien niet, zijn de doden nodig voor de duisternis van hun schuilplaats.

Hun belagers slaan op de vlucht, niet te geloven, sommigen la-

ten zelfs hun wapens vallen, hoe langer ze kijken hoe vreemder dit moment, alsof ze hun ogen moeten afwenden, straf dreigen uit te lokken door de struikelende en rennende mannen zo te blijven volgen. Ze proberen te horen of er ergens iets klinkt, een bel of hoorn, ze verstaan niet wat geroepen wordt, wat de schelle klanken zeggen die de witte zwijnen van de zee wegjagen. Hun fort, daar zullen ze zich weer verschansen, hun fort is het kind van hun schip.

Alle masten zijn vlammende staken, ze vragen zich af hoelang het ding zal branden voor het zinkt en dooft, of ze ooit zullen achterhalen welke zeegeest het vuur in het hout heeft geblazen. Ze wagen zich op het zand, ze zijn weer alleen. De dood draagt een stank, drijft weerzin in handen en ogen, maar dat hoeft niet zo te zijn, ze zetten hun kinderen rechtop, strijken over hun haren, vegen hun gezichten schoon, om hen nog mee te laten praten over die onvermoede brand op zee.

Het schip ontploft. Ze begrijpen niet wat er gebeurt, waarom een verschrikkelijke storm hen optilt, ze niets meer kunnen zien, hun huid van vuur wordt, zoveel angst bestaat, waarom ze nu al moeten sterven.

Toen de jongen zich van de berg haastte om de gezichten op het dek van het vreemde schip te zien en beneden in het zicht van de verschrikkelijke boeg besloot dat er geen grotere schepen konden bestaan, geloofde hij dat alles voortaan anders zou zijn.

Nu vindt hij de beste dingen door iets verder te zwemmen, voorbij het koraal, dat door de ontploffing broos en grijs is geworden. Die eerste dagen moesten ze nog naar zilver duiken, naar verbogen zwaarden tussen de geblakerde stenen en zelfs verschroeide doeken moesten ze van de bodem lostrekken, hij verzamelde touw en scherven, zodat hij bij elke hap lucht iets kon overhandigen.

De boot heeft hij geleend, de vis voor die gunst ligt er al in te rotten, Dra mag stikken in de graten, sterven van de giftige lever. Hij zwemt van de boot af, ze moeten denken dat hij daar naar schelpen zoekt. Hij houdt de kust in de gaten, schat afstanden, zo ver zal z'n hoofd niet opvallen boven water, nog even en hij is er.

Hij ademt een paar keer diep in, duikt dan onder. De corridor bevindt zich onder hem, het ligt er vol, de anderen zijn te dom en te laf. Hij trappelt en maait, zet zich stevig af tegen de zachte stroming, duwt zich steeds dieper, de zee duldt geen lichamen vol lucht, maar hij weet wat hij moet doen, houdt het oppervlak steeds boven zich, hij telt z'n slagen, passeert de kei waar de grote schildpad altijd zat. Alles woelt op de bodem, alsof het er waait, met z'n korte stok prikt hij tussen stenen en schelpen, wroet hij naar iets glinsterends, hij hoopt op nog een mes, uit een stuk met een zwaar metalen heft.

Het gaat slecht, de halve ring van een ton, de steel van iets, hij laat alles weer naar de bodem dwarrelen, de anderen moeten z'n plek hebben ontdekt, daarom kan hij niets meer vinden, waar niemand eerder naar omkeek hebben ze nu leeggeroofd, zeker op een van die dagen wanneer hij vogels uit de lucht moet plukken. Hij steekt z'n gezicht in het water, kijkt vooruit en ziet het donkerder worden. Het laatste deel van de corridor kent hij niet, hij dacht altijd genoeg te hebben aan dat eerste stuk. Hij is vaak genoeg nu boven en onder geweest, z'n borst voelt goed hol, hij kan al langer beneden blijven, hij moet van de rand wegblijven, maar verder is hij nieuwsgierig naar wat hij zal aantreffen op het donkere stuk, lichte dingen zal hij er makkelijker kunnen vinden, hij had het al veel eerder moeten verkennen.

Koud water over z'n buik, een warme stroom over z'n rug, dit had hij anders niet geweten. Een van die gele vinnen krioelt voor hem uit, hij kan alles nog gewoon zien. Hij gaat dieper, de kou omgeeft hem nu helemaal maar hij kan het hebben, hij knippert een paar keer, de zee begint z'n ogen in te drukken. Dan is hij bij de bodem, de diepte knijpt, hij weet dat hij maar even heeft. Hij verlegt een platte steen en het water wordt meteen troebel, hij gaat met z'n handen door de bruine mist, bang dat er ergens iets scherps verborgen ligt. Het duurt te lang en hij trapt zich weer omhoog.

De wereld boven water weer zo luid, zo onrustig. Hij neemt een hap zee, spoelt z'n mond. Recht omlaag en recht omhoog, dat zal hem meer tijd geven, hij zal alleen nog maar de stok gebruiken.

Keer op keer, met steeds meer haast om z'n vermoeidheid voor te blijven, steeds korter blijft hij onder, halverwege wil hij alweer terug, maar hij dwingt zich naar de bodem, een paar keer prikken maar, in alles ontdekt hij fonkeling. Hij merkt dat z'n benen sidderen, altijd een slecht teken, maar hij heeft iets gezien wat hij niet wil achterlaten, hij moet naar beneden. Nog eens adem, z'n haren koud opeens, z'n gezicht broeit, hij moet niet te lang boven blijven, hij maakt z'n borst hol en breed, dit wordt de beslissende.

Een schittering en hij grijpt, voelt iets de huid van z'n hand breken, maar hij zet door en klemt z'n vingers om het gladde oppervlak, hij houdt het net.

Hij bloedt, z'n andere hand moet hij ook hebben opengehaald, hij kijkt op, het schitterende licht zo hoog boven hem, hij wil het ding niet loslaten. Hij zet af, z'n benen trappen, het water trekt, hij komt niet vooruit, het ding is te zwaar, hij voelt zich zakken, terugvallen, z'n hakken botsen op de scherpe bodem, alles vlammend nu, hij blaast bellen uit om geen water in te ademen.

Zonder kop blijven slangen nog bewegen, kunnen ze nog vluchten, de borst van een vogel die hij net de keel had doorgesneden klopte lang na in z'n hand, een bloem leeft nog dagen nadat ze van haar wortels is verlost.

Hij laat los, klauwt zich naar boven, hij schreeuwt en

spartelt, de zee verduistert om hem te misleiden, hier te houden, hij weet niet waar hij heen gaat, het is verkeerd, hij sterft, toch moet hij hoger zijn gekomen, hij merkt dat het water hem begint op te tillen en hij grijpt en hij schopt, z'n hoofd woelt zich vrij, het is lucht, hij ademt zich tot leven, ondenkbaar weer dat hij ooit zal sterven.

Z'n andere hand is schoon, de wond zit op z'n arm, een tranende snee tot z'n elleboog. Hij maakt een vuist van z'n rode hand, perst bloed in zee, en dan weet hij nog niet hoe z'n voeten eraan toe zijn, hij moet het water uit.

Hij is moe en slordig, de boot slaat om en landt op z'n schouders, hij denkt aan de vis die hij hiermee kwijtraakt, hij gaat er niet nog een vangen. Dan bedenkt hij dat hij is vergeten om te kijken, niet meer heeft onthouden waar de plaat op de bodem dwarrelde. Hij krijgt de boot weer omgedraaid, worstelt zich aan boord, een been blijft steeds achter, hij reikt naar iets maar mist. Geleidelijk, hij is machteloos, kantelt de boot, hij blijft vasthouden tot hij helemaal is bedekt, als door een kist. Even de gedachte om gewoon op een omgeslagen boot te varen, dan lachen ze maar, die klootzakken. Hij komt tevoorschijn, ziet een peddel afdrijven, hij twijfelt of hij die achterna moet zwemmen.

Toen hij niet meer bij de anderen wilde slapen, heeft hij die eerste tijd hun gescheld moeten aanhoren (Aap! Aap!), omdat hij een plek in een boom voor zichzelf had uitgekozen. Het was beter dan in de grot, waar giftige wolken van jaren vleermuizenpis hingen. Hij was trots op het nest dat hij van kromme scheepsplanken en vergeten hoeken zeil had gemaakt, 's nachts rook z'n slaapplaats vreemd en naar vuur, de anderen waren dan niet meer dan ijverige kevers ver onder hem. Zo hoog was het bos gul en hij had vele en heldere dromen over z'n moeder.

De roden zaagden z'n boom om, maar het waren de anderen die z'n slaapplaats vernielden, z'n zeil en hout en zelfs z'n manden stalen voor hun kookvuren. Het was hun schuld dat hij bij de dode vrouwen moest slapen.

De vrouwen van het schip waren niet bij de groep gebleven, ze hadden hun eigen gebied buiten het fort opgezocht. Aan de schaduwkant van de berg, nogal ver van het goede water, bouwden ze een huis. Vaak had hij hen bekeken, gehoopt dat ze zich voor z'n ogen zouden ontkleden om zich te wassen, maar ze bleven steeds maar bezig, met kappen, hameren, met het leeg en plat krijgen van de aarde, ook zag hij hen tijdens hun schijngevechten met hun messen, wat hij niet mocht meemaken bleef verborgen in de tent die ze tussen twee bomen hadden gespannen. Zelfs bij het gat achter de rots lukte het de vrouwen hun zwarte kleren zo te plooien dat hij enkel stralen pis en hun bungelende drollen kon onderscheiden.

De vrouwen ruilden metaal en glas voor rijst en sago, ze leken vooral in zaden geïnteresseerd, dachten voor een lepel een geit te kunnen krijgen, maar de Oude gebaarde dat een lepel aan het einde van een stok nooit een andere geit zou kunnen vangen. De jongen zag dat de vrouwen dat niet begrepen, maar durfde zich niet in de onderhandeling te mengen. Op een dag zou hij hun uitleggen welke bessen ze konden eten, wat de malse delen zijn van het kleine hert. De vrouwen boden geen tweede lepel, ze bleven maar iets herhalen, maakten er beangstigende vogelgeluiden bij. Hun gebaren en klanken zorgden niet voor herkenning, ook niet bij hem.

Ze werden door hun eigen mensen vermoord, hij was er niet bij toen het gebeurde. Ze lagen begraven aan de rand van hun omheining, maar diep, hij ontdekte de graafsporen van dieren die de vrouwen hadden geroken maar opgaven voor ze hun prooi hadden bereikt. Hij gaf ieder graf een laag stenen en zei het onzevader luid genoeg. *Peinosskestasnossoosantifikadosedjateinoom.* Hij voelde de handen van z'n moeder op z'n schouders, schaamde zich dat hij zo weinig bad.

De moordenaars hadden het kamp vernield, maar niet alles meegenomen. De houten muren die de vrouwen net hadden opgericht waren in brand gestoken, maar het hout was te vochtig, het vuur kreeg geen kans, dus stonden de houten palen nog, slechts een enkele zijde was zwart geworden, zelfs de fakkel die de vlammen bracht lag maar half verkoold op de drassige aarde. De toetakeling en het vuur waren niet het belangrijkste, hij stelde zich voor hoe de roden hun eigen vrouwen verkrachtten, er lag bloed hier en daar, een laatste buit misschien voor de geoefende mensen.

Hij verzamelde takken en stammen. Hij had nog nooit een dak gebouwd, maar hij wilde het huis niet open en leeg laten. In de houten huls, toen hij opkeek en zich van de middenbalk probeerde te overtuigen, die maar weinig leek te kunnen dragen, besloot hij palmbladeren te gebruiken en die weer te vervangen zodra de zon te veel binnendrong. De hoeken van de vloer waren omgewoeld, toch begreep hij meteen dat dat hun slaapplekken geweest moesten zijn. Wat er aan spullen was vergeten, kannen, vaten en krukken, leek tegen de muren gesmeten, of ingetrapt. De tonnen leken hem nog het meest nuttig, ook omdat de metalen ringen er nog omheen zaten, hij raapte er een op waar ze iets zoets in hadden bewaard, een onrustige kluwen mieren bedekte de bodem. Hij volgde hun spoor en daardoor vond hij het kruis, dat schuin in de grond stak. Het was niet groot, hij kon het in een vuist laten verdwijnen.

De achterkant was beschadigd, het metaal, waar iemand Djessus op had getekend, hield alles bij elkaar. Hij kuste het kruis, het was zoveel beter en mooier dan z'n oude van gladgewreven hout dat z'n oom op het vuur had gegooid. Djessus had dat gezien en een ander gestuurd. Nu kon hij weer met hem praten en hij vertelde over de roden, over het monsterschip met de ongelooflijke bossen touwen en het dorp in z'n buik, hij vroeg waarom ze hier waren, of ze met een opdracht waren gekomen die hij nog niet begreep, of hij moest gehoorzamen of vluchten, hij vroeg om andere haren bij het ontwaken, het kwam door z'n vreemde vader die z'n hand zo wild over z'n moeders buik bewogen had dat er krullen op z'n hoofd waren gaan groeien.

Hij wilde weten of z'n moeder thuis was, daar bij hem, wat ze at en of ze er kon weven, of ze daar dezelfde kleuren kreeg als hier voor haar kleden. Hij vroeg of hij op een dag heel even met haar zou mogen praten, dat hier alles nog hetzelfde is en dat ze zich geen zorgen hoeft te maken.

Het kruis verborg hij onder een steen aan de voet van de doerian. Hij wachtte tot ze terugkwamen om alles nog eens in brand te steken. Hij sloeg volle takken van de hemelboom op een rots om de bladeren te kneuzen, bedekte er de akker mee die de vrouwen waren begonnen.

Nicolaas zou hem kunnen verstaan. Hij had de zwarte man horen vloeken en ving vertrouwde klanken op, herkende dezelfde zachte keel die hij ook kreeg tijdens z'n gebeden.

De roden verschenen niet. Ook de anderen bleven weg, hij wist niet waarom. Of ze banger voor de dode vrouwen of hun moordenaars waren. Toen hij de stinkende takken van de aarde trok, zag hij groene scheuten, opnieuw liet Djessus zich vinden.

Die eerste nachten durfde hij niet te slapen, de vrouwen zouden toch een manier hebben gevonden uit hun graven te kruipen, hij vreesde hun stoffige handen op z'n ogen en wangen, op z'n ballen.

Hij vastte, offerde z'n eten aan de vrouwen, probeerde bij de verdeling van het fruit hun voorkeuren te raden. Hij lag languit op z'n buik aan hun voeten en bad. Daarna wist hij het zeker, z'n moeder had hen verwelkomd met bloemenwater en brood.

Ook al lag het huis vreemd en ver, hij leerde er te leven en te slapen. Hij groef het kruis op, legde de hoge vloer aan waar de vrouwen niet aan hadden gedacht. De scheuten werden stelen. Z'n moeder leidde z'n hand, stuurde z'n blik, streek haar zachte vingers over z'n hart.

Voor zonsopgang is hij wakker. De kolen zijn koel genoeg om aan te raken en hij is teleurgesteld. Hij pakt z'n boog en wat mos, liever begint hij z'n dag zonder drukte, zonder zweet, maar het is nu niet anders. Z'n vaste tak, de punt is nog goed, klemt hij tegen het houtje op z'n borst, hij beweegt de boog als een zaag, weer de droom dat hij de bliksem uit z'n vingers kan schieten, met een gedachte vlammen kan opwekken. Het duurt lang, hij ziet druppels op z'n arm, z'n gezicht voelt nat. De plank begint te roken, hij wacht even, misschien is het nog niets. Maar het blijft walmen en hij durft op de sintel te blazen, omringt die zorgvuldig met mos. De lauwe kolen van vorige nacht zijn goed droog, hij heeft vuur.

Hij slijpt z'n mes, schilt de cassave. Hij gebruikt de halve kookpot van de vrouwen, die sterk is en alles snel gaar krijgt. Zoals altijd lijkt de rook z'n lichaam weer droog te maken, hij hurkt en blaast door z'n vingers en duimen, ook al staat er genoeg wind. Hij breekt een kokosnoot, drinkt het water en doet wat schil en wit in de pot, de rest zet hij net dicht genoeg bij het vuur zodat alles gauw droogt. Hij moet wakker blijven, niet vergeten te roeren, hij wrijft wat as over een nap, dan snijdt hij een stuk zoute vis af, onmiddellijk vult z'n mond zich met slijm.

De helft eet hij nu, het beste spul op de bodem bewaart hij voor later, hij hoopt dat hij voor het donker weer terug is. Hij concentreert zich en luistert, z'n moeder zal vandaag een cenderawasih voor hem uitzoeken. Het is te luid om hem heen om wiegende vleugels te horen, hij tuit z'n lippen en doet de blauwvogel na die ergens rechts van hem vastbesloten lijkt de bomen leeg te krijsen. Z'n fluiten klinkt als gillen en hij stopt, hij kan beter, maar niet vandaag. Hij neemt z'n laatste happen.

Hij gaat rechtop staan, strekt z'n lichaam, spant de spieren van z'n armen, ze lijken zachter en minder bol dan gisteren. Hij zet af en reikt naar de tak, z'n hoofd moet elke keer helemaal bovenkomen. Ergens links prikt iets in z'n rug, hij voert het tempo op tot z'n halve rug opflakkert en hij wel moet stoppen. Hij buigt voorover, z'n vingers raken de aarde, hij verbijt de pijn, z'n benen moet hij gestrekt houden, steeds duwt hij zich voorover tot hij z'n handpalmen plat kan leggen. Daarna spant hij z'n borst om de gleuf tussen z'n tepels zo scherp mogelijk te krijgen. Hij belooft zichzelf er altijd zo uit te blijven zien.

De hutaulo is boos op hem, hij begrijpt het, geen boom wil voor dier spelen, zou z'n speer zo vaak moeten dulden. Hij richt en gooit, de punt schampt de stam, de eerste worp is altijd zo. Met de lichtere speer is hij beter, maar vandaag moet hij aan de zwaardere wennen. Hij controleert de punt op bramen, maar hij voelt niets waarvoor hij de steen moet gebruiken. Voor vertrek zal hij de punt misschien nog slijpen, niet voor de scherpte, maar om het ding weer helemaal glimmend te krijgen. Dan gooit hij nog eens. Hij mag pas ophouden tot hij de uitgesneden cirkel een nieuwe wond heeft bezorgd.

De anderen kunnen niet wat hij kan. Ze hebben geen idee. De domsten denken dat hij met de dieren praat, dat alles met een staart hem toespreekt en hij alles verstaat. Was het maar zo, dan zou hij elke klauw en kaak tot wraak aanzetten. Even ziet hij zichzelf als een aanvoerder van een woedende en blaffende horde, tot hij weer kalmeert en nadenkt over wie hij zou toestaan te blijven leven, een gedachte die z'n spieren in huiverende knopen knijpt, hem krachtig en groot maakt, hem even de groene ketting van de Oude omhangt.

Te lang vooraan en hij wordt een doelwit. Er hoeft maar iemand achter hem te geloven dat hij werkelijk een zwijn is en een pijl of speer is het laatste wat hij voelt. Hij draagt z'n rode veren, maar wanneer het uitzinnig wordt, de anderen eindelijk aan hun angst ontsnappen en allemaal hun eigen punt in het beest willen steken, zullen die hem niet redden. Hij moet hun ongeduld voor zijn, er snel een vinden.

Het is leeg nu. Eerder lag het overal vol met sporen, ze waren met veel en durfden nog dichtbij te komen, hij herinnert zich de drukke moeders met hun jongen in een slingerende staart achter zich, de grappige korte poten, hij zat ze achterna, wilde ontdekken wie er sneller was, zo kort de tijd tot het moment dat hij ze voor het eerst lokken moest, ook de kleintjes, omdat de Oude de roden met genoeg vlees wilde sussen.

Als kind liep hij achteraan, een zwijn was alleen voor de

dagen die al ver voor de Oude hun namen hadden gekregen, hij droeg de speren en pijlen, het was niet de bedoeling dat hij er zelf een ving, zelfs de vacht mocht hij niet aanraken. Wanneer hij de anderen na een vermoeden van geritsel zag ontwaken en wegschieten om waarschijnlijk maar een rat of hoen na te jagen, dan lachte hij om al het wilde rennen, de vreemde armbewegingen, om de zelfverwondingen die zouden volgen, vloog een vogel zo tussen de bomen, dan raakte hij alle takken. Ze kijken niet, denken niet. Steeds hoopte hij dat ze hem zouden vragen wat hij wist, wat hij beter begreep, hoe konden ze het niet zien. Een bang dier kent maar twee dingen, licht en donker, open en dicht. Het komt erop aan de dichte en open plekken uit elkaar te houden, het pad van de omgevallen stam, de kuilen van de schaduwen, iedereen kan de richting van de vlucht raden, het heeft geen zin om het beest achterna te gillen. Z'n oom betrapte hem die keer toen hij een schuilplaats had geraden en een zwijn hun kant op siste, als straf mocht hij niet meer mee. Z'n ooms verbod gold ook nog tijdens de latere drijfjachten, kinderen veel kleiner dan hij pestten hem met het bloed op hun vingers en kin, logen dat ze de warme lever of het hart hadden mogen proeven.

De roden arriveerden met grote honger. Ze schoten vogels uit de lucht, raapten nesten leeg, ze joegen op apen. De hoenderen om de huizen verdwenen. Eerst aten ze alleen van de grote vruchten, de kokos kenden ze al, ze hakten palmen om, omdat ze er niet voor wilden klimmen. Dochters voerden hun pinang en doerian, maar na de eerste happen reageerden ze als op een vergiftiging.

Nooit had hij mannen zoveel vlees zien eten. Hun lust

maakte hen slordig, ze aten darm zonder die goed uit te knijpen, hielden flanken en nekken boven open vuren, de taaie delen die pas na uren koken te kauwen zijn. Hij zag hun baarden steeds vetter worden.

Voor een hert moet je nu de berg op. De roden zijn zwijnentanden om hun hals gaan dragen. Z'n oom had z'n hulp nodig, zei dat de Oude zelf erachter zat.

Het is iets in z'n keel, in z'n borst, het is alsof hij z'n mond en tong elke opdracht kan geven, het heeft met het juiste trillen te maken, z'n spieren gehoorzamen hem, het lukt hem het water in z'n lichaam te sturen. Dus kan hij als elk dier klinken. Hij hoeft iets maar even te horen, ook de kraak en kleur van een vreemde stem kan hij gauw opwekken (doe de roden! doe de roden!), vrouwen vindt hij het moeilijkst, te luid klinkt hij toch weer als zichzelf, maar wanneer hij fluistert, misleidt hij iedere man.

Hij roept de apen, zij kunnen hem vertellen of het bos stil genoeg is geweest. Hij trilt harder en zachter, wacht, roept dan opnieuw, hij weet dat hij dat niet te vaak vanaf dezelfde plek kan doen. De takken blijven leeg. Hij moet verder.

Het is hun eigen schuld. Ze wilden laten zien dat ze beter waren, betere jagers zonder kruitwapens, meer ervaren op hun eigen eiland, ze zouden meer dieren doden dan de roden vreten konden.

Hij bestudeert de oever, het voelt als z'n laatste kans. Alles zoemt en zigzagt boven het water, hij vraagt zich af hoelang het duurt voor hij ook minder insecten zal horen. Het is te licht, te open, de schemering is nog te ver weg, hij zou zich hier ook niet wagen met de zon nog zo hoog. Hij komt tevoorschijn om iets te drinken, gooit water in z'n gezicht, hij rilt alsof hij helemaal in de stroom is gesprongen. Vogels vliegen op, ze komen eraan.

Het lijkt alsof z'n oom van hem verwacht dat hij liegt. Z'n dreigementen klinken tam, verplicht. Dus wijst hij naar de overkant, zegt dat ze net te laat zijn voor de moeder en haar jongen. De grijns die hij binnenhoudt moet toch even in z'n ogen zijn verschenen, want z'n oom lijkt donkerder opeens. Toch spatten ze door het water naar de andere oever om z'n verzinsel na te jagen.

Hij hoopt dat ze iets vinden, al is het maar een weggelopen geit, ergens is hij z'n oom en de Oude nu te slim af en dit zindert in hem als een overwinning. Hij gaat de andere kant op, even terug zag hij staarten hangen, binnen het bereik van een lichte speer, hij is blij dat hij die op het laatste moment nog heeft meegenomen.

Voordat hij de hut van Nicolaas kan zien, maakt hij zich al kenbaar, het zijn meer geluiden dan woorden, het moet klinken alsof iets onbeduidends nadert.

Iemand roept dat hij moet stilstaan, hij is niet ver meer van de hut, die verlaten lijkt, de stem kwam ergens anders vandaan, waarschijnlijk staat er een wapen op hem gericht. Hij houdt de dode aap omhoog, probeert alleen gebaren te maken die op eten duiden, op de veilige verrassing van een geschenk.

De mannen wassen zich. Een beker gaat rond waarmee ze zich begieten, zwijgend wrijven ze het water over hun onderarmen en handen, ze peuteren vuil uit hun ooghoeken, spoelen hun monden, allemaal houden ze hun opgebonden haren droog.

Het is geen geheim, want geheimen sidderen onder de dreiging van bestraffing, en deze rij mannen met z'n oom voorop zijn niet bang. Het is onzichtbaar gemaakt. De jongen observeert de mannen die zich op hun knieën laten zakken en hij zou alles hardop kunnen beschrijven, het vreemde zingen, het buigen en bidden, maar niemand zou ooit toegeven hem te horen. Ze moeten hun god niet midden tussen de huizen aanroepen, maar een kleine afstand is al ver genoeg om helemaal uit het zicht te verdwijnen, wanneer ze weer terugkomen sluiten ze aan bij gesprekken, niemand heeft hen gemist.

De boot met de mannen die de woorden en dromen van Mohamat brachten was niet zo groot. De Oude stond de aangespoelde god eerst toe, even had ook hij z'n hoofd op de nieuwe manier bedekt, daarna, toen de mannen gezinnen dreigden te beginnen, liet hij hen op de kliffen werpen, hun zwangere vrouwen, die niet mochten wegkijken, moesten daarna zelf springen.

De groep die zich voor het gebed moet begieten groeit, laatst zag hij Meti erbij staan, onhandig en mager, en die is even oud als hij. Z'n oom opent en eindigt met een zwaard nu, gebaren die de Oude stuurt, de jongen weet het zeker, het verlangen steeds om hier met iemand over te praten.

Z'n oom steekt de punt van het zwaard in het water, laat het ding dan licht vangen, wijst ermee naar elk van de mannen, alsof het kracht kan overdragen. Hij hoort z'n oom iets over indringers roepen, iets over bevuilen en natuur, hij staat te ver om het goed te verstaan. Even verderop wachten ze met de was, ook Tigu en Lat zijn erbij, dit is hun dag niet, anders had hij een andere plek gekozen, nu is het al te laat, hoewel hij hier nu niet echt staat, mag hij straks toch niet blijven. Hij ziet hen hurkend voor zich, hun natte kleren strak om hun borsten en hij wordt hard.

De muren van de dode vrouwen beschermen hem tegen ogen zoals de zijne. Hij houdt van de ruimte van het open bos, maar alleen 's nachts, z'n pik vrij en deel van alle duister, zonder de onverwachte blikken die hem eerder een zaam en gehaast maakten toen hij nog bij de anderen sliep. Overdag heeft hij z'n plek nu, zweet en kreunt hij zoveel als hij wil, z'n vlekken veegt hij uit om ze daarna onder wat aarde te verbergen, in dromen die hij niet kan stoppen ontvangt hij de vrouwen altijd hier, stappen ze allemaal op het zaad dat ze eerder hebben opgewekt.

Nicolaas is niet meer verschenen. De aap liet hij daar maar liggen, hopelijk zorgt de maaltijd voor een herinnering.

Misschien is hij rakelings aan z'n eigen dood ontsnapt, hij weet het niet. Zou hij in Nicolaas' plaats vermoeden dat het dier vergiftigd was, zou hij het vlees aan de mieren laten, iemand alleen zo ver van het fort moet sterk zijn, of waanzinnig. Hij vraagt zich af hoe een man alleen leeft, of Nicolaas ontsnapt is of verbannen, misschien is dit de straf, hier de enige van z'n soort te zijn, eenzaam en stil omdat niemand je meer mag verstaan. Hij voelt een vreemd plezier wanneer hij aan de roden denkt die elke dag langs hun kanonnen turen en telkens weer ontdekken dat hun banneling nog leeft.

Nog even en het is licht, zelfs onder deze bomen. Hij pakt het platte bot en begint te graven. De beste verstopplaats leek hem vlak naast de dode vrouwen. De plaat komt tevoorschijn en even is hij weer helemaal gegrepen door de afbeelding, het wonderlijke van alle fijne lijnen in het metaal. Twee pogingen heeft het hem gekost, de boot zal hij nooit meer mogen lenen en waarschijnlijk houden z'n handen dit vlechtwerk van littekens, maar nu hij weer overtuigd is van de werkelijkheid van de plaat, voelt hij een diepe bevrediging. Hij veegt het oppervlak schoon, wroet met z'n nagels aarde uit de groeven en krassen. Een deel is verbogen, gladgeslagen, de ontploffing zal dit hebben gedaan, maar de plaat is nergens gebroken en de tekening is nog duidelijk te zien, met de vingers te volgen.

Twee mannen. De figuur rechts is bijna verdwenen, maar de jongen herkent een schouder en een gespierde arm, het moet een man zijn, met een bloot been, over z'n heup een geknoopte doek. De gedaante links draagt een baard, z'n hoofd vertoont krullen, een wijd gewaad bedekt hem bijna volledig, hij lijkt op een steen te zitten en wijst naar iets onder de beschadiging. De vage man staat in water, die rimpels kunnen niets anders betekenen, misschien jaagt de baard hem naar z'n dood. Dan nog iets vreemds, de afbeelding zindert van alle lijnen en strepen, maar rond de krullen is het leeg, wie dit heeft uitgekrast heeft een donkere zon rond het hoofd gelaten.

Nooit had hij zoiets eerder gezien, toch begreep hij meteen wat hij had opgevist. Niemand kent hij die op deze manier kan tekenen, toch valt z'n blik zonder hinder in het beeld, herkent hij de bewegingen die vorm en schaduw oproepen, steen en vlees.

Hij ziet zichzelf. In het gladde, glanzende oppervlak dat het verhaal van de mannen verbergt is hij dan, het beweeglijke, kronkelende haar dat gras en aarde aantrekt, de brede neus en diepe ogen, het harde haar op z'n wangen, kin en keel, dat hij de hele dag moet aanraken, ook al wil hij het niet. De vrouwen van de Oude, zelfs die van z'n oom, bezitten gladgewreven schijven voor hun gulzige gezichten, de gedachte dat z'n vondst hem een belangrijk man maakt, een van de rijken, doet hem hardop lachen.

Zo lelijk. Z'n gezicht is een straf. De plaat houdt hem gevangen, hij komt niet weg.

Misschien vergist hij zich, is deze metalen tekening niet voor hem om te houden. Hij beseft een gedachte te hebben opgedaan die hij kan voortduwen, uitbuiten, deze tekening heeft hij voor iemand anders uit de bodem getrokken. Om de dode vrouwen mee te eren of Nicolaas' gunst mee op te wekken. Om z'n oom mee te vernederen.

Hij kan het ding omsmelten, een nog groter kruis tevoorschijn gieten, maar hij wil z'n moeder niet bij deze vervloekte plaat betrekken.

Soms, met slaap nog ver weg, z'n lijf hulpeloos onder z'n hoofd, begint hij met lopen en dwaalt hij rond tot hij uitgeput raakt. Van het moeras probeert hij dan weg te blijven, maar verder komt hij overal, vaak voelt hij algauw het zand onder z'n voeten en houdt de donkere zee hem daar, kan hij niet anders dan heen-en-weren, in gevecht met de sterren, de vettige wind.

De moeder is van zijn leeftijd, misschien jonger nog, hij herinnert zich Lya, hoe ze hem treiterde, hem uitschold om gelach bij de anderen uit te lokken. Vandaag, zeggen ze, komt haar kind. Hij is benieuwd of ze het in leven zullen laten, Lya lijkt niet op z'n moeder, de felle, wier klauwen je riskeerde wanneer ze kwaad vermoedde.

De plaat heeft hem nog iets anders laten zien. Z'n moeder verdwijnt uit z'n gezicht. Hij verandert in een vijand.

Bijna licht, hij neemt z'n plek in bij de stroom, rolt de stof op, hurkt. Z'n buik knijpt en wringt, de plonsen klinken goed, hij pist z'n drollen na. Hij wacht even, schept dan water op, de kou doet hem iets omhoogkomen, niets plakt aan z'n vingers, hij heeft zich schoongehouden. Hij staat op, de stof laat hij weer zakken, het laatste water kringelt langs z'n kuiten, hij beseft dat hij fluit, dat hij meedoet met die kleine groene recht boven hem.

Het korte stuk rent hij, alsof hij iets wil opwekken.

Hij is niet de enige nieuwsgierige. Voor het huis wacht een groep van vijf in de schaduw, hij herkent Lya's neven. Hij wil vragen hoe ver het is, maar aarzelt, hij merkt dat hij redenen bedenkt om hen niet te benaderen. Hij zal daardoor buiten moeten blijven.

Zo alleen en zonder iets te doen voelt hij zich een doelwit, Dra kijkt al naar hem en dreigt z'n kant op te komen, hij moet ergens anders heen. Dra roept hem, iets over plukken, de anderen kijken op, hij heeft er geen zin in en loopt weg, hij verzint later wel weer een reden om het huis te passeren. Hij wil alleen maar even kijken, hij hoeft niet alle bloed en gekerm te ondergaan.

Er staat iemand bij de hut van Nicolaas, een vrouw, hij kan niet geloven dat ze zich zo ver buiten het fort waagt, dat ze alleen is. Ze draagt dingen naar buiten, een stoel en een kist, maar ook twee haakbussen, ze heeft het warm, gebruikt haar schort steeds om zich droog te deppen. Hij moet haar waarschuwen.

– Criança.

De stem heeft hem vastgezet, het verlangen zich te laten vallen, te smeken, ook wil hij schreeuwen, heel hard lachen, dit is het einde dan. *Peinosskestasnossoosantifikadosedjateinoom.* Hij knielt en verwijt zich onmiddellijk dat hij heeft bewogen, er is niets meer aan te doen. Hij wacht.

De vrouw zwaait naar hem, naar Nicolaas, naar hen beiden, hij weet het niet. Nicolaas passeert hem, ruikt naar slik, de vrouw slaat niet op de vlucht. Ze kennen elkaar. Ze zegt iets tegen Nicolaas, die zonder te antwoorden de haakbussen weer naar binnen draagt.

Hij is belachelijk op z'n knieën en hij staat op. De vrouw gebaart dat hij dichterbij moet komen. Hij gehoorzaamt.

Nicolaas stapt naar buiten met een zwaard. Alsof het het laatste is wat hij zal zien neemt hij de vrouw in zich op, de ontsnapte plukken haar die in krullen op haar wangen plakken, de vlezige lippen en heldere ogen, de ruwe, pijnlijk dikke stof van haar jurk, haar bleke hals, haar vorm, hij raadt haar borsten, nu pas ontdekt hij haar blote voeten.

Hij belooft eeuwige trouw aan Nicolaas, een leven van gehoorzaamheid aan de vrouw, maar ze lijken allebei niet naar hem te luisteren. Nicolaas passeert hem, verdwijnt in de struiken achter de hut, de vrouw roept hem iets na. Dan wijst ze naar de stoel. Hij gaat maar zitten.

Nel, dat kan hij uitspreken, toch lacht de vrouw wanneer hij het probeert. Ze giet iets in een beker, die ze aan hem geeft, hij ruikt eraan, kalk en het sap van bloemstelen, neemt een slok. Het is bier, hij kent het. Ze schenkt haar eigen beker in, begint tegen hem te praten, tijdens pauzes knikt hij, het lijkt haar weinig te schelen dat hij haar niet verstaat. Dus vraagt hij haar wat ze hier doet, of ze uit het fort verjaagd is, of ze nu de vrouw is van Nicolaas. De naam herkent ze, hij is trots dat hij die goed heeft uitgesproken. Ze gebruikt haar schort tegen insecten die haar belagen, hij laat haar ruiken waarmee hij zich heeft ingesmeerd. Hij vraagt haar of ze blijft en ze antwoordt, misschien dat het over eten gaat.

Nicolaas verschijnt met mango's, die een plek tussen hen in krijgen op de grond. Behoedzaam brengt hij een hand naar z'n mes, een duidelijk gebaar, hij hoopt een vraag om toestemming uit te beelden, hij wil er alleen maar het fruit mee schillen. Nel schuift iets op zodat Nicolaas naast haar op de kist kan zitten. Niets raars doen nu, dit is het avontuur, alles wat hij niet weet en toch herkent wanneer het gebeurt, hij is ademloos, ontroerd, voortaan is dit de belangrijkste plek op het eiland, ze mogen hem kwaad doen, als hij maar mag blijven.

Hij snijdt een stuk af voor de vrouw, die een hap neemt en daarna nog een. Ze geeft het stuk door aan Nicolaas, die z'n tanden in het gele vruchtvlees zet waar net haar mond is geweest.

Het heeft tot de schemer geduurd, niemand wacht meer buiten. Binnen hebben ze licht gemaakt, de kring zwijgt, misschien is hij te laat. Niemand geeft hem de ruimte, hij staat op z'n tenen, probeert langs hoofden en schouders te kijken. Lya is onherkenbaar, iemand, hij vermoedt haar moeder, schuift het kind steeds terug in haar armen. Het kleine gezicht blijft in de schaduw, toch is dat het enige wat hij wil zien. Hij loopt om iedereen heen, maar het licht kan het kind nergens betrappen. Lya dreigt haar last te laten vallen en haar moeder neemt het over, trekt het daarmee uit de schaduw, hij kan zien dat het een jongen is. Gerimpelde ogen en een gepijnigde mond, de donkere haren vochtig en plat. Hij kan niet beoordelen of de kleur klopt, het lijkt bijna grijs.

Er ontstaat een discussie, het stille kind verdwijnt weer

achter ruggen en armen. Het gaat over de roden die ze voor moeten zijn of meer moeten geven, hij wil het niet horen.

De vleermuizen wapperen tussen de bomen, mengen zich in witte zwermen, vreten de motten uit de bruine lucht, met klikkende geluiden moedigt hij ze aan. Hij wil niet op het zand eindigen, een verlangen drijft hem om de zee onder zich te zien, dus volgt hij de palmen naar de rotsen.

Criança. Het lukt hem nog niet, iets met die laatste sis, of moet hij meer z'n keel aanwakkeren, hij herhaalt het woord tot de golven op de rotsen z'n keel overstemmen.

Vreemd hoe wolken 's nachts doffe kuilen zijn, de dode plekken in de jachtige hemel. De zee wil hoog, hij moet zich vasthouden, het spattende water blust z'n huid. Er steekt hout uit de rotsen, dat moet nog van het schip zijn.

Daar lag ze, met vier draden vast aan het koraal. Toen was hij nog bang hier, al die angst en moeite voor de verkeerde vlag.

Hij heeft zich in de richting vergist, de rook komt niet van de helling, niemand is hem gevolgd, hij is de enige die z'n mand heeft achtergelaten en is weggerend. Hij kan de top van de hut zien, de zwarte sleep golft er ver vandaan omhoog. Hij verwachtte schoten, maar het is stil gebleven. Ze zullen hem van alles verwijten, iemand zal z'n mand hebben geleegd, z'n opbrengst al hebben opgeëist, Dra heeft hem deze oogst alleen maar uit angst voor z'n oom gegund, hij wil niet meer terug.

De akker is verlaten. Hij heeft zich weer vergist. Sommige manden staan rechtop, maar hij ziet er ook een paar die zijn omgevallen, afgegooid. Hij haast zich tussen de afgeknotte struiken, de manden laat hij, het gaat erom te pakken wat hij kan dragen, wanneer iemand hem betrapt zal hij zeggen dat hij alles uit handen van de roden wilde houden, zolang hij hier is heeft hij nog niets gestolen. Dan rent hij weg, de moeilijke route die langs de doornen voert, hij hoort geen geschreeuw achter zich, niemand zal hem kunnen beschuldigen, iedereen heeft hem eerder als een lafaard zien vluchten.

Z'n tweede maaltijd in drie dagen, als hij de bananen niet

meetelt en de mango bij Nicolaas. Hij schaamt zich, ook voor z'n gulzigheid, waardoor hij z'n laatste zoute vis nu opoffert, maar het moet, hij stort zich op z'n eten, dat nog te heet is, niet goed is geraspt, hem later met zuur en zwaar hoofd zal straffen.

Slaap greep hem. Toen hij eindelijk wakker werd, duurde het even voor hij begreep dat de schemering niet opging in hitte en licht maar doofde in duisternis en nacht. Zelfs in het donker was hij bang dat de vorm van z'n buik zou verraden dat hij veel had gegeten, hij bleef weg.

Daarom vraagt hij de dag erna door, steeds hetzelfde aan andere mensen, om versies te vergelijken, elk verhaal zal nu al te vaak zijn doorverteld, hij merkt dat hun woede iets anders moet verhullen.

De roden waren voor het kind gekomen, met soldaten, eerst dacht iedereen dat ze weer voor de pala kwamen, de laatste keer waren daar ook wapens voor nodig geweest, maar ze bleken op weg naar het huis van Jaut, toen vreesden ze voor Jauts nieuwe kleinkind. De kapitein was erbij, z'n oom heeft toen blijkbaar zwaarden uitgedeeld, opdracht gegeven de voorraden te bewaken, alsof z'n oom zich voorbereidde op een list, omdat de kapitein nooit zelf zou komen voor iets onbeduidends als een zuigeling.

De brand was in het huis van Loy, dat veel verder ligt. Fluisteringen over Loys vrouw staken weer de kop op, over haar ontmoetingen met soldaten, zelf houdt ze vol de olie van schrik naast de pot te hebben gemorst, op haar houtstapel, hij weet niet wat hij hiervan moet geloven. Loy en z'n dochters probeerden de vlammen uit te slaan, maar er stond te veel wind. Dan de pijnigende glimlach bij de ontknoping: dat huis was het enige slachtoffer van de dag.

De kapitein zou het huis van Jaut zijn binnengegaan pas nadat hij om toestemming had verzocht en die van Jaut had gekregen. Daarna begroette hij Lya en vroeg hij naar haar kind. De jongen nam hij in z'n armen. Hier was iedereen het over eens, de jongen paste in z'n hand, de kapitein was teder met het kind. Daarna werd de stoet weer een serieuze slang van gewapende mannen met de kapitein voorop, het kind nog altijd een slapend kuiken in z'n grip. Jaut roept tegen iedereen dat hij hoopt dat de kapitein de vader is, dat z'n kleinzoon op een dag als een prins uit het fort verschijnt.

Wanneer hij eindelijk naar Lya durft te vragen, hoort hij dat Jaut z'n dochter heeft geslagen vanwege haar geheimzinnigheid en losbandigheid. Alsof zij brandende olie heeft gemorst, haar kind naar de kliffen heeft ontvoerd, in zee heeft gesmeten. Schaamte is zelden de vader van herinneringen, het was de kapitein die haar en andere dochters toen lang in het fort heeft gehouden, lang genoeg voor een zoon.

Het enige wat hij dan nog wil weten is of de jongen onderweg huilde, of iemand heeft gezien dat hij nog leefde. Ja, zeggen ze, het kind sliep vredig de hele weg naar z'n nieuwe huis. Nee, niemand liep dat hele eind naast de kapitein, toch weten ze het zeker, net zoals ze het zeker weten dat de jongen op de kapitein leek, dezelfde mond en ogen.

Hij dreigt het niet te redden, maar hij haalt het en dan is hij alleen en hij huilt. Even vreest hij dat het niet meer stopt en hij perst z'n mond dicht met een vuist. Misschien moet hij overgeven, houdt het daarmee op en hij kokhalst en perst, maar er komt niets omhoog. Hij houdt z'n adem in, kauwt op aarde, niets helpt.

Duizelig, alsof hij weer te lang niets heeft gegeten, volgt hij het pad naar het fort. Het moeten veel soldaten zijn geweest, hij had moeten vragen of er verloren zonen tussen liepen. De huichelaars. Alle beklag altijd over verrassing en verraad moet verhullen dat het schip amper genoeg mensen voor twee dorpen bracht. Hij beseft dat hij dichterbij komt dan hij ooit is geweest, hij nadert het open veld dat de roden rond hun fort hebben uitgehakt. Bij de boomrand blijft hij staan. Hij kan stemmen horen, alsof het fort die omhoogspuwt. Hij wil alleen maar even kijken, hij weet niet waarom, ziet hun helmen boven de muur uit steken, ze moeten over een verhoging lopen, de bleke rookpluimen van hun lonten. Het veld is minder leeg dan het vanuit de schemer van het bos leek, zo duurt het niet lang voordat woekerend groen het zicht op indringers weer zal belemmeren. Hij onderdrukt de drang om te gaan zwaaien, zich kenbaar aan de helmen te maken. Hij schat de afstand, vraagt zich af wat ervoor nodig is om een schot uit te lokken.

Stapt hij in het licht, dan zullen ze alleen z'n moeder zien en niet z'n vader. Als ze schieten, dan hopen ze haar te raken.

Ze hebben allemaal iets van haar gekregen, de een iets van het gezicht, de lichte wenkbrauwen of de vlammende wangen, de ander haar haarkleur, weer een ander vertoont dezelfde stompe vingers, alle vier hebben ze nu haar borsten, door Nel kan hij de vrouwen weer zien, met haar stem praten ze, hoewel hij soms twijfelt of hij toch niet z'n moeder hoort.

Niemand mag weten wanneer de laatste dag komt, zei z'n moeder, en afgelopen nacht vertelden de vrouwen hem hetzelfde. Daarna maakten ze z'n Djessus belachelijk, die hij nu niet meer durft op te graven. Djessus was de enige die ooit wist wanneer hij zou sterven en kijk waar het hem bracht, hoe verwaand de man die van z'n laatste dag wist en het moment toch afwachtte, het kruis dat hem zou doden de berg op droeg en niet van zich af gooide. Die toen het gebeurde het einde als iedereen weigerde.

Het komt omdat god niet verliezen kan. Elk spel zet hij naar z'n hand, ziekte weet hem niet binnen te dringen, elke vijand heeft hij voor de eerste aanval al op de knieën gedwongen. Zonder vlees, zonder hart, hoe kan zo iemand een mens overtuigen, begrijpen wat er in hem omgaat, het gemak onderkennen waarmee hij z'n ziel vergooit omdat de gedachte aan de dood, die hij slechts als het zwart beschouwt, hem brutaal en roekeloos maakt. Voordat hij Djessus stuurde heeft god moeten toezien hoe mensen niet leerden van z'n onsterfelijkheid, een zoon net zo kwetsbaar als zij, die lijdt en faalt, die zou de dood weer in de noodzaak van het leven kunnen veranderen, weer in een straf.

Djessus verscheen als een mens, een zoon, maar het was geen vermomming. God zal z'n beslissing hebben vervloekt, zoveel pijn vervulde z'n zoon, zoveel angst, hij dacht eraan Djessus te verlaten, misschien was de hele mens een vergissing geweest. Wie geen angst kent, lieve Koh, kan nooit moedig zijn. Djessus verraste z'n vader door niet terug naar de hemel te vluchten maar onder de mensen te gaan, die hij machteloos liefhad. Djessus begreep wat z'n vader niet kon raden, de tijd is zo kort tussen het eerste en het laatste licht, een mens wordt dood geboren, niemand zal in liefde kunnen geloven wanneer die niet de straf van de dood evenaart.

Dus vroeg Djessus om het oordeel van de mensen, hun liefde moest hem op het kruis hijsen, anders zouden ze z'n vader nooit kunnen naderen.

Mijn Koh, vergeet nooit dat de aarde eenzaam is, even afgedwaald als alle sterren die door de duistere hemel jagen. God heeft lang getwijfeld waar hij ons zou laten, misschien twijfelt hij nog. Djessus moest sterven, maar hij wist niet dat het zo zou zijn, hij schrok, z'n lichaam dat hij hiervoor had gevoed en gebaad verzette zich, hij ervoer het verraad van z'n eigen dood. Hij riep om z'n vader, die zweeg, hem niet hielp aan het kruis te ontkomen, die hem in zijn plaats liet sterven, met de klanken van een kraai z'n beknotte leven bespotte.

Na z'n dood heeft Djessus zich veertig dagen lang aan de levenden vertoond. Een ongelukkige tijd. Z'n huid was zacht en deinsde niet terug voor mensenhanden, hij sprak, hij at. Veertig dagen lang heeft hij zich als mens voorgedaan, als een dwaas, voor de nevelige blikken van ongelovigen.

Wanneer vaders hun kinderen met het leven straffen doen ze het enige juiste, wanneer ze zaaien en weer verdwijnen gehoorzamen ze god.

Djessus bleef de enige zoon, een zelfkwelling die god niet meer zal herhalen.

De vrouwen porren met droge wortels van de waringin in het vuur terwijl ze praten, af en toe biedt hij hun iets te eten aan, maar steeds slaan ze z'n koeken en zoute vis af, ze beloven hem dat ze er later iets van zullen nemen.

Hij merkt dat hij dommelt, even de schaamte dat hij niet zomaar bij hen in slaap mag vallen, maar niemand kijkt streng op vanuit de kring. Toch negeren ze hem niet, hij is een zwijgend deel van hun gesprek. Hij gaat liggen, kan het zijn dat de aarde zachter is geworden, de lucht droger, ze moeten het vuur z'n kant op hebben verlegd.

Kort voor het eerste licht is hij de berg op gegaan, hij rent om z'n huid vochtig te krijgen, z'n buik hard, op plekken is het zo drassig dat hij denkt in een poel te stappen, hij wil zo ver mogelijk komen voordat hij buiten adem raakt, daarna pas zal hij de bloedzuigers van z'n enkels en kuiten trekken.

Op het hoogste punt, het uitzicht niet op de baai, maar op de open kant, de donkerder zee, de rotsen die in een grijze helling in het water steken, smeert hij zich in met de dunne klei. Als kind legde hij grote afstanden af, lange lussen omlaag, alsof hij zo een hert kon insluiten. Nu beweegt hij weinig, te vaak heeft hij prooien achtervolgd die hij tot in z'n slaap zag ontsnappen, hij let op gras, op daun putri, hij houdt afstand en wacht.

Hij twijfelt of hij het dier in z'n geheel zal aanbieden, of hij niet beter de vacht alvast van het vlees scheidt, de hoorns apart zal houden, maar steeds ziet hij zichzelf de hut naderen, het hele hert op z'n schouder, zo wil hij dat ze hem zien.

De zon staat hoog, voor hij vertrok heeft hij besloten zich niet te haasten, nergens voor nodig, het belangrijkste is iets te vangen, hij vraagt zich af of het al de gedachten van een man zijn. De struiken die hij heeft ontdekt missen bladeren, een boom daarachter draagt krassen in z'n bast, hij plant z'n voeten in de aarde, probeert zo veel mogelijk tegen de tanjong in z'n rug te leunen, het zou nog lang kunnen duren.

Hij gaapt een paar keer achter elkaar, knippert dan ongeduldig met z'n ogen om ze gauw weer minder troebel te krijgen. Hij denkt wat hij al vaak eerder heeft gedacht, dat hij de minst levende in het bos is. De insecten die hem willen beklimmen of bijten, de vogels die overal om hem heen lijken, alle dieren die om hetzelfde eten vechten, de zwetende bomen, hij voelt zich de traagste, de meest tijdelijke.

Het gras blijft leeg, net kwetterde een blauwstaart dichtbij, misschien moet hij er daar een stel van vangen, kan hij voor Nel nog iets van de veren maken. Hij trekt zich af, eigenlijk moet hij rondkijken, nagaan of hij helemaal alleen is, maar hij is al te ver. Hij komt en het is alsof iedereen hem op dat moment kan zien.

Hij kronkelt zich toch weer de berg af, hij kan het niet helpen, hij hoort het dreunen van z'n stappen, hoort zich hijgen, z'n oom zou hem uitlachen.

Daar, een koeskoes. Toeval, iets grijs opeens daar waar het niet past, hij zou het voorbij zijn gelopen wanneer hij niet even z'n rug had gestrekt voor meer lucht. Het is niet ver, hij heeft twee kansen, zelfs als hij mist kan hij de eerste speer als ijkpunt gebruiken. Hij ziet zich de heuvel op komen met een koeskoes om z'n hals, of kan hij die beter aan de staart dragen, hij probeert Nels blik te laten glanzen, maar het lukt hem niet.

Wanneer je dikke trossen bananen op beide schouders draagt, en niet balanceert maar echt sjouwt, verschijnen er spieren in je armen die boomstammen lijken te kunnen houden. Het bevalt hem.

Nicolaas zit voor de hut op z'n kist, rookt een pijp, de jongen voelt zich krimpen, de bananen zijn een vergissing, zorgen er alleen maar meer voor dat z'n armen tenger en dun lijken. Hij leunt de trossen tegen een wand van de hut, probeert niet te luid te hijgen. Nel is nergens, er klinkt geen geschuifel in de hut. Nicolaas weet precies waar hij staat, ook met z'n pijp en z'n grimmige aandacht voor de huizen beneden. Hij is slimmer dan die vergissing van eerder, weet nu dat hij z'n vragen tot wachten moet beperken, geduld moet opbrengen voor het gebaar dat hem uiteindelijk zal laten spreken en zitten, hij moet de vorm ervan herkennen, anders is hij niet meer dan een hinder voor de man.

Zonder z'n hoofd te veel te knikken en te draaien zoekt hij naar iets van Nel, iets wat bewijst dat ze hier net nog is geweest. De pot op het vuur borrelt, maar de damp is zonder geur, misschien is het alleen water. Hij geeft zich heel kort om Nicolaas te bestuderen, z'n vingers en kleren, is opgelucht wanneer hij nergens bloed ontdekt. Of ze ligt al ergens, net als de andere vrouwen, zijn de redenen waarom Nicolaas haar tolereerde alweer lang vergeten, of verraden, de hut lijkt hem een vreemde plek voor beloften, ze had in het fort moeten blijven.

Nicolaas staat op en hij zet zich schrap. Nicolaas opent de kist, trekt er een pijp uit, de steel is kort, lijkt afgebroken, hij keurt de beschadiging met een duim, sluit het deksel. Uit een buidel peutert Nicolaas tabak, hij stopt de pijp, passeert de jongen op weg naar het vuur. Hij steekt een strootje in het hete gedeelte onder de pot, daarna neemt hij een paar trekken, schraapt de steel een paar keer langs z'n lippen, hij is tevreden, reikt met de pijp naar de jongen.

Even vreest hij dat de pijp een verbond moet uitdrukken waar hij geen deel aan wil hebben, alsof hij hiermee Nels verdwijning aanvaardt, Nicolaas die hem verleidt, medeplichtig maakt. Hij neemt de pijp over, de punt van de steel is donker uit Nicolaas' mond gekomen, de klei is vochtig, hij proeft het, gauw inhaleert hij, z'n borst vonkt, hij ademt uit, verrast door zoveel rook uit zo'n klein kooltje.

Nicolaas zit weer op z'n kist, de huizen beneden zijn nog niet vrij.

Kggg krrr soo mi, dat is wat hij verstaat, het is Nel, ze draagt water, blijkbaar heeft ze hem aangesproken want ze komt op hem af. Ze houdt de emmers voor zich uit, hij is te traag, merkt het aan haar, hij neemt de emmers van haar over, beseft dat hij dit doet met de pijp in z'n mond, z'n armen zijn zo zwak nog niet.

Nel steunt en zucht, wrijft over haar zij en rug, ze vraagt iets aan Nicolaas, die naar hem wijst, hij weet niet waarom. Nel komt op hem af, gebaarde ze hem maar waar hij de emmers moet zetten, ze kijkt hem aan, trekt dan de pijp uit z'n mond. De beschadiging aan de steel valt haar op, ze schudt haar hoofd en roept iets, maar Nicolaas reageert niet. Ze steekt de pijp in haar mond, hij moet op haar aanwijzing het water naar de hut brengen, ze duwt hem zacht tegen z'n linkerschouder om hem in de juiste richting te krijgen.

In de deuropening blijft hij staan, hij is nog niet eerder

binnen geweest. Het is er donker en heet, de ruimte gloeit hem tegemoet. Een soort bak met een gevulde zak als slaapplaats, hij stelt zich voor hoe ze er samen in liggen, het lijkt hem ongemakkelijk, geil, hij kan zich niet voorstellen ooit zo te kunnen slapen. De emmers zet hij dan maar in het midden neer. Volgende keer zal hij de haakbussen durven aan te raken.

Zoals hij het opvat wil ze hem voor de bananen bedanken. Hij moet van haar op de kruk zitten, daarna jaagt ze Nicolaas van z'n kist, waar ze in begint te rommelen, niemand mag haar daarbij helpen.

Ze kijkt hem aan, strijkt met een ruwe vinger over het haar onder z'n neus, wrijft over z'n borstelige wangen, hij verwacht gelach te horen, maar Nicolaas interesseert het niet. Nicolaas draagt een snor die aan weerszijden van z'n mond tot z'n kin groeit, de rest zal dit mes glad hebben gekregen, de jongen vraagt zich af of Nel het voor hem heeft bijgehouden de laatste tijd, of ze ooit op haar vader of op broers heeft moeten oefenen.

Het kleverige spul op z'n huid stinkt, naar gal of anus, bang voor binnendringende ziektes ademt hij door z'n tanden, maar Nel knijpt z'n lippen dicht, hij moet nu heel stil blijven zitten.

Nel komt achter hem staan, haar borsten raken z'n achterhoofd, het is ongelooflijk, hij moet zelfs nog verder achteroverleunen. Hij ruikt haar zweet, zuur en diep, z'n mond begint te wateren. Ze grijpt hem bij zijn kaak, zet hem vast, hij sluit z'n ogen. Het schrapen klinkt in z'n hoofd als spannend gekrab, overal waar ze is geweest blijft de huid vlammen, alsof ze hem openhaalt, hij verwacht elk moment bloed op z'n lippen te proeven.

Hij wil uitleggen dat de haren van z'n vader komen, dat hij daarom anders is, de enige, hij hongert ernaar haar woorden te leren zodat hij haar op een dag werkelijk zal kunnen toespreken.

Het mes stopt, hij opent z'n ogen. Nel kijkt op hem neer, vermanend, ze tikt met een vinger op z'n wang. Hij merkt dat hij z'n handen tot grijze vuisten heeft geknepen, ze wil dat hij kalmeert, zo kan ze niet verder. Hij knikt dat hij haar begrijpt, brengt z'n handen naar z'n knieën, draait z'n hoofd een paar keer op de as van z'n hals, zoekt gejaagd naar andere manieren hoe hij haar verder van z'n kalmte kan overtuigen. Biggelend zweet langs z'n dijen, over z'n borst, hij heeft al lang niets meer gedronken, z'n lijf voelt licht en hol.

Z'n keel is aan de beurt, dat moet het laatste zijn, hij heeft spijt dat hij haar niet heeft gevraagd om z'n snor te sparen, hij wil dezelfde als Nicolaas, nu moet hij weer lang wachten. Nel haalt een doek over z'n gezicht, ze houdt de stof onder z'n neus, maar hij begrijpt het niet. Ze kijkt om zich heen, trekt dan een pluk haar uit haar muts tevoorschijn en wijst ernaar, dan weet hij wat ze bedoelt, op de doek is nergens een vlek of streep bloed te zien, hij knikt keer op keer, weet niet hoe hij haar anders moet bedanken.

Hij nadert de huizen, wil zich laten zien, z'n gezicht dat overal gloeit, vandaag is hij de adelaar, ze zullen niets aan hem opmerken, maar hij zal over hen scheren, z'n schaduw op hen laten vallen, hun laten voelen dat hij hoger reikt.

Gesis achter hem, hij reageert met de geblazen boze

sneer van de snelle hagedis, loopt door, hij had toch de andere weg moeten gaan, hij speurt naar open plekken die hij kan nemen om aan hen te ontsnappen.

Z'n oom laat hem ophalen, de luilak, de lafaard, Hoh en Sat ook nog, de twee domste, lelijkste varkensneukers, hun koppen, met hun verschrikte dierenogen en scheve bekken, alsof ze allebei aan hun mond uit hun moeder zijn getrokken, doen hem gruwen, hun vingers zijn vuil van de schijt waar ze juist in hebben geroerd, ze moeten van hem afblijven.

Blijkbaar is er nog een betere plek, z'n oom is net een kind soms, de waterval moet zeker elk woord vangen, voor vreemde oren vernietigen. Z'n oom wil hem alleen spreken, nog zoiets.

– Waarom zo brutaal altijd? Iedereen doorziet je. Je maakt jezelf belachelijk.

– Je weet wat ik dan zeg. Oompje. Ooompje. Ooooompje. Wat roept er uit de bomen, wat klinkt er in de zeeeee.

– Hou op. Je pijnigt je moeder.

– De koeskoes gaat van toet toet, kindje gaat van proet proet.

– Het is gevaarlijk. We moeten ons voorbereiden. Luister.

– Zie je niets vreemds aan me, oompje?

– Wat denk je dat er gebeurt, straks?

– Dit is vlakbij waar de slang ligt, als je langsloopt denkt hij vast dat je voeten passerende ratten zijn, misschien moet je 'm even bezoeken, laat je 'm even proeven. Of hebben jullie 'm al gevangen, drijft ie al in de soep in het fort?

– Bid met ons. Je moeder geeft je rechten.

– En dat zou haar geen pijn doen? Wanneer ze me vanuit

de hemel, vanaf haar verdiende plaats naast god, naast jullie ziet. Op m'n knietjes, op en neer en keer op keer met de bek vol voor die andere kerel. Zouden we haar van zo ver horen juichen, of zou het toch tranen op m'n rug gaan regenen?

– Ze zal het begrijpen. Ze heeft mij opgedragen op je te letten. Wanneer ze jou daar te vroeg begroet, zullen haar verwijten alleen voor mij zijn.

– Zo zorgzaam opeens. Ze kan je horen.

– Bid met ons.

– Eerst niet, nu wel. Misschien moet je een van je vrouwen laten beslissen.

– Je plek is bij ons.

– Opeens is er plek voor je verboden neef, kom je mensen tekort voor je legertje?

– Denk je dat je bij hen hoort? Dit zijn geen Portugezen.

– Portugezen hebben staarten, Portugezen laten harde scheten.

– Genoeg! Denk je dat die zwarte je straks gaat helpen, wat doe je daar, het is vernederend, iedereen kan het zien.

– Wat is dat toch met dat straks steeds? Heb ik een zonsverduistering gemist, is de Oude over een botje gestruikeld?

– Je gaat te ver.

– Ik ben de adelaar.

In het weke gezicht van z'n oom is z'n moeder nog duidelijk te herkennen, het ergert hem dat mensen naar z'n oom kijken en kunnen denken dat z'n moeder er ook zo uit moet hebben gezien.

Weer alleen, boos omdat hij had moeten weglopen en niet z'n oom, boos dat hij zo stil bleef, niets heeft nageroepen. Hij haat het, maar z'n boosheid mag hem niet als jong en kwetsbaar onthullen. Boos ook op Nicolaas, die maar naar beneden bleef staren, Nels werk niet opmerkte of roemde, boos op Nel, die met slechte ogen steeds alleen en zonder wapen in het bos verdwijnt, boos op de schreeuwerige waterval. Z'n oom die nu doet alsof hij nooit met een mes heeft gedreigd toen hij z'n zuster smeekte om haar zoon aan hem te laten. Boos op z'n moeder om haar aarzeling. Boos om haar dood, het gele gezicht, de gebroken mond, de vreemde vrouw nadat ze was bijeengebonden.

Een slang is hem voor bij een van z'n vallen, de achterpoten van een rat steken nog uit z'n lange bek. De jongen wil het dier niet laten schrikken, hij wil kijken en net zo lang wachten tot de streng die de rat aan de val bindt de slang in verwarring brengt. Hij vraagt zich af of het hart van de rat nog klopt.

De streng verdwijnt in de slang, hij moet snel zijn nu. Hij grijpt de slang net achter de kop, bewondert de snelheid waarmee hij dit doet, de kracht, dan snijdt hij de streng door. Hij laat de slang gaan, die wegglipt alsof hij net wakker is geschrokken, onvast, verdwaald.

Als de slang de duivel is, dan heeft hij die net gevoed, met volle buik laten ontkomen, hem niet gedood maar hem z'n vrijheid gegund, dan heeft hij zich als z'n handlanger gedragen.

De hut heeft een nieuwe gast, Nel noemt haar Geesje, hij mocht nog niet dichterbij komen. Hij herkent steeds meer woorden, Nel had het over eten, ook ging het even over hoofdpijn of iets anders kwellends, hij weet het zeker. Geesje is jonger dan Nel, dunner en bleker, net als bij Nel kan hij niet verzinnen hoe ze vanuit het fort hier is gekomen. Hij merkt dat Geesje moeite met de hitte heeft, ze wuift zich koelte toe met een blad, maar het werkt niet, er lijkt een haard onder haar huid te broeien. Hij zal blimbing brengen, uitleggen hoe pepers kunnen helpen.

Hij ziet Nicolaas nooit terugkomen van de jacht, toch drijft nu ook weer de geur van gebraden vlees om hun plek op de heuvel. Misschien brengen de anderen eten waar hij niets van weet.

De schemer brengt vacht en kleverig hout, de geur van omgewoelde mierennesten, de mensen bij de hut moeten blijven bewegen om niet in het grijs van de bomen op te gaan. Nog even en hij kan elke vogel laten klinken zonder dat iemand ooit zijn mond zal vermoeden. Misschien is dit het moment dat de anderen de heuvel op sluipen om eten te komen ruilen voor metaal dat de vrouwen hebben gesmokkeld uit het fort.

Het is moeilijk om aan god te denken en niet een oude man op te roepen. Maar als god alles beheerst en in alles huist, moet hij nog jonger zijn dan hij dacht, een eeuwig kind.

Hij wil weten hoe ze slapen, of ze ruimte voor Geesje hebben gebouwd, of ze verstrengeld liggen en zich zorgen over de nacht maken. Het lukt hem niet om in Geesje of Nel z'n moeder te zien, ze kloppen niet. Ze wordt Nicolaas en dat beangstigt hem.

Fakkels beneden bij de huizen, ze houden afstand van elkaar, volgen het pad. Hij verwacht dat ze z'n kant op komen, maar ze vallen stil voor de heuvel, zakken dan, ze moeten in de grond zijn gestoken. Dan galmt een stem, eerst denkt hij dat het gewoon kwaaie klanken zijn, iemand die schreeuwt, de duisternis wil breken, maar wanneer hij herhaling bespeurt beseft hij gezang te horen, z'n oom en z'n mannen hebben deze nacht gekozen om hun god in het felle donker te verplaatsen.

Een schot, luid als de bliksem, hij ziet nog net de flits die z'n blik bevlekt, het licht sproeit omhoog, Nicolaas wil niemand raken.

De fakkels doven, hij wacht op het volgende schot. Zal het meteen klinken, dan heeft Nicolaas de andere haakbus aangelegd, misschien duurt het zo lang omdat de duisternis het herladen vertraagt. Hij probeert vonken of een oplichtend kooltje te ontdekken, het blijft stil, hij merkt dat hij z'n slikken inhoudt om niets te missen.

Met een enkel schot heeft Nicolaas het volle veld mannen beneden stil gekregen, hun vuur uitgeblazen, hij wist dat hij z'n held goed had uitgekozen. Toch is hij teleurgesteld over het uitblijven van een tweede schot, het zou zoveel meer hebben verteld. Een wedstrijd waarbij Nicolaas in de duisternis schiet en de winnaar de god is die de kogels het eerst weet te sturen.

Hij ziet twee figuren rennen, allebei omringd door vlammen, maar het vuur is bleek, meer de kleur van de maan, ze trekken een vreemd spoor door het bos en vechten om iets wat ze geen van beiden lang in hun handen kunnen houden, alsof de prijs die ze najagen een verschrikkelijke hitte samenbalt, van een wereld komt nog sterker dan zij, woester, ouder. Het is een droom die hij soms heeft.

Na die ochtend, toen het de roden niet lukte genoeg mensen de bomen in te jagen, gijzelden ze de kinderen van de Oude, daarna vulden de manden zich weer gauw.

Hij haat vissers, hun domme gewacht op een vangst en zinloze verdrinken tijdens een flauwe storm, maar elk leeg net en zinkende schuit in het zicht van de kust is hem nu liever dan tussen de anderen de hele dag noten uit de boom te schudden, kwellend geklaag aan te horen tot een of andere stinkende rode je schouder in tweeën ramt.

Strontbomen. Het zijn niet eens noten maar wormen, die in je pik kruipen, je ballen klein knagen. Hun wortels zuigen de doden leeg die er diep onder liggen, daarom zijn ze zo lelijk, hoeveel apen hebben hier al niet over de takken gepist.

Het doet hem goed dat hij Dra met z'n dikke reet op een hellende tak steeds ziet misgrijpen, val dan lul, breek je nek zodat iedereen je kan uitlachen.

Hij had pech, de verraders verrasten hem toen hij terugkwam met water, hij houdt niet bij wie nog naar de Oude luistert en wie niet, hij had het aan de kleren moeten zien, als een slome rat heeft hij zich laten vangen.

Van Sat had hij het wel verwacht, na de dood van z'n broer werden z'n ouders gek, ze deden of er niemand was gestorven, Sat was altijd al hun oudste geweest. Een huis vol zussen, Sat begon z'n haar te dragen als z'n dode broer, verhalen over straffen, over het binnenlaten van mannen, telkens wanneer iemand vluchtte de hulp van de anderen, niemand meer die hardop durft te zeggen van wie de kinderen zijn.

Z'n handen zijn ruw, alsof hij ze een hele dag langs koraal heeft gehaald, oogsten is voor idioten die niets zachts meer willen voelen, vreemde huid alleen nog maar kunnen pijnigen, bij het trekken denken in een tak te knijpen. Misschien heeft hij zich vergist, is hij toch beter af in de bomen dan hierbeneden bij de manden.

Hoeveel roden en hoeveel verraders, nog geen hut vol, een enkele haakbus maar en een paar zwaarden, ze dragen vooral stokken die iedereen van de grond kan oprapen. Ongelooflijk, *ongelooflijk*. Een boomgaard vol mannen en jongens als hij, allemaal met een mes in hun hand en niemand die iets doet. Kijk ze eens klimmen als gekken, de vruchten opensnijden alsof ze de eerste en snelste willen zijn, hou daarmee op, een speer zou hen uit de bomen moeten schieten. Ze verdienen het om aan een stam te worden vastgebonden, een gespleten rug op te lopen, bloed vanaf de hoge takken te lekken.

Iemand is gevallen, hij zag niet wie, de anderen gaan erop af, maar samenkomsten zijn verboden, een dier heeft zo dicht bij een val een beter geheugen, ze worden weer naar hun plaatsen geslagen. Hij verbergt z'n gezicht in de volle mand, hoopt z'n gelach tussen de vuile vruchten te verzuipen.

Z'n plek voelt vooraan, niet in de staart van de karavaan, waar z'n lengte opvalt, een reden krijgt, maar eindelijk zal hij dan het fort vanbinnen meemaken. Hij sleept vader Mon met zich mee, het is niet zo zwaar, stonk de man maar minder naar schilfers en ingewanden, maar een vermorste vracht trekt te veel bamboeklappen.

Z'n keel is dik, z'n slijm stroperig, hij ziet dat de anderen ook als natte vachten glimmen, zich leeg hebben gezweet. Sommige ruggen vertonen plekken zo donker dat het brandwonden lijken, de kleur ervan zal de komende tijd nog veranderen, bloed merkt hij ook op, hier en daar lopen mannen mank, de vrouwen hebben net zoveel geklommen maar de stokken minder hun kant op geroepen, wanneer hij naar Tus kijkt, die meer rechtop dan de anderen haar manden draagt, weet hij dat hij de volgende keer in haar buurt blijft, haar manieren om zo'n dag te doorstaan zal afkijken.

De roden op de muur dragen hun musketten op hun schouders, dat valt hem tegen, hij wil dat ze naar beneden richten, dat ze erkennen dat het naderende volk hen dodelijk bedreigt.

Hij valt op tussen de anderen en dat vleit hem, kon hij maar een van die lopen z'n kant op lokken, een schot dat hem apart zet, hem eindelijk van de anderen zou verlossen.

De poort gaat open, harnassen komen tevoorschijn, daar is dan de angst van de roden, de soldaten wijzen met hun pieken naar voren. Gejammer in de rij, de haakbus dichtbij vuurt in de lucht, mensen laten hun manden vallen, stappen achteruit of rennen weg, hij moet vader Mon laten zakken. Vanachter de harnassen verschijnen meer roden, ze dragen zwepen en achtervolgen de weglopers, ze zijn sneller, een ongelijke jacht, ze treffen, vangen.

Vader Mon is weg, er zat dus nog wat leven achter die puntige ribben. Hij weet niet waarom hij wel blijft stilstaan, bij de meeste anderen past die zelfs hun manden nog vasthouden. Ze worden weer vooruitgedreven, maar dat is te snel, de roden willen iets wat niet kan. Iedereen kan een rug stukzwepen, slaven op hun knieën dwingen, hun opdragen elke weggerolde vrucht of noot op te rapen, maar slagen veroorzaken stille, aarzelende lichamen, bibberende handen, zo komt er bloed in de manden, knijpt de rij zich samen tot een kluwen, blijft de buit te lang rotten voor de open poort.

Hij beweegt zich naar voren, stoot verlamde armen weg, veegt alles zo veel mogelijk in de manden, die hij daarna rechtop zet om aan de volgende te beginnen, alle verwijt dat hij kan oproepen perst hij in het rapen, in het overeind helpen, ze zullen weten wie hun laffe levens redt, de halfbloed van die hoerenmoeder.

De zwepen zijn niet meer nodig, de rij is weer recht, zelfs vader Mon ziet hij terug, hijgend en onder de rode modder, een geschrokken kind onder een vreemde arm. Dan staat hij maar vooraan, het hout van de poort is met iets ingewreven, hij stelt zich voor dat het schip zo moet hebben geroken. Een gistende damp lijkt uit het fort te stomen. Z'n armen zijn scherp en strak, niemand torst zoveel als hij, zo moeten ze hem zien binnenkomen.

Hij herkent gezichten, van die eerste dagen. De duivels, de slangen die eten stalen, zich overal naar binnen beten, die hij vanaf z'n verre hoge plek liet begaan.

Zoveel meer ziet hij terug, de stoffen die tot slordige

hemden zijn gesneden, vroege buit want overal al gaten, dode kleuren, tegen palen rusten speren van mannen die hij heeft gekend, het houtsnijwerk het laatste van hun handen, steeds overleeft het verkeerde, daar, die bijl, die is nog van Wiht geweest, hij herkent gordels, mutsen, de ketting die iemand schelp voor schelp van de zeebodem had gewonnen, een vrouw had omgehangen, aan een tafel met een gespleten blad schuiven ze met de botten voor het wisselspel, wie zou hun de regels hebben geleerd, ze kijken op, iedereen heeft zich naar hen gedraaid, ogen zijn de eerste dieven.

Elke verloren zoon draagt een harnas in deze hitte, met hun haren dezelfde lengte als de roden zijn ze belachelijk, voor het eerst voelt hij medelijden. Iets anders valt hem op, hij raast langs alle koppen, vergelijkt ogen en wangen, armen en monden, overal het vlekkerige en holle. Er is honger in het fort.

Stemmen die hij niet ziet roepen naar bekenden, ben je daar, wat doe je hier, ik ben ziek geworden, kijk niet naar me, blijf hier niet, hij hoort iemand jong vragen of moeder Sya nog leeft.

Er wordt in hun manden gewoeld, daarna geschreeuwd, de woorden voor iets vuils, iets vervloekts, ze hebben niet genoeg het fort in gedragen. Iemand trekt hen naar een open plek waar ze alles moeten leeggooien en verspreiden, de zon schijnt blijkbaar eerder op de dag op deze hoek.

De vrouwen, hij denkt er te laat aan. Bun wil Ena redden, hij zou hetzelfde doen. Twee roden komen om Bun heen staan, een derde houwt hem in z'n been. De musketten staan op hen gericht nu, ze zijn allemaal binnen, de poort is dicht. Nog altijd heeft hij z'n mes, dat onmogelijk is geworden. Bun blijft niet knielen en dezelfde derde slaat hem vlak bij de hals in z'n schouder. De andere twee knellen Ena's borsten in hun vuisten, beginnen met snijden. Schoten ontploffen vanaf de muur, maar niemand van hen heeft bewogen, hij laat zich vallen, kruipt naar de stapel lege manden.

Kruitwolken, vulkaanlucht, hij verstaat de bevelen niet die rondgalmen. Hij kijkt op en ziet de kapitein vanuit de mist naderen. De kapitein houdt een arm in de lucht, trekt z'n knieën hoog op bij elke stap, alsof z'n laarzen aan de aarde dreigen te plakken. Nu verstaat de jongen wel iets en hij hoopt dat ze snel zijn, maar de roden, in hun haast de kapitein te gehoorzamen, steken Ena steeds in haar gezicht, begrijpen niet waarom ze blijft gillen. De kapitein trekt z'n zwaard en treft haar in haar rug, dat is het einde. Bun ligt al plat en stil, z'n achterhoofd lekt vlees.

De kaketoes vallen hem op, niet makkelijk om er zoveel te vangen, roze en wit buigt en knikt, aan hun poten hangen touwen verzwaard met zwart gesteente, het lijkt hem te licht.

Ze moeten alles scheiden, niets mag elkaar raken op de klamme jute, hij merkt dat hij steeds over hetzelfde stuk graait, maar niet verder raakt. Ze kruipen net als hij, botsen tegen hem aan alsof hij er niet is, ook zij moeten steeds opnieuw alles weer los leggen, hij kan onder hun kleren kijken, de bungelende zakken en donkere kutten, daar zijn ze dan en meer denkt hij niet.

De poort is open, de mannen met de zwepen zijn terug, ze dreigen en wijzen, maar niemand daagt hen uit. Dat is al te veel en ze spugen over de hoofden, prikken met het dikke deel van hun zwepen onder rokken. Geworstel achter hem, het jachtige gillen dat alleen schrik voortbrengt, sommigen van de groep worden achtergehouden, niets zal hem nu kunnen dwingen om te kijken.

De bel veroorzaakt beweging. Mannen veranderen van plek, het eerste licht krijgt een gebed, met elke bel verhuizen ook de etensgeuren.

Nu hij weer goed is, voelt hij z'n honger. Hij denkt aan z'n voorraad, hij had aan Nel moeten uitleggen waar alles ligt. Djessus zal iemand anders vinden, een sterkere drager.

De huid om z'n polsen is nog nat, hij herinnert zich de worsteling, maar niet dat iets hem verwondde, hij moet de anderen hebben meegetrokken. Hij is de enige met z'n armen om een paal. Hij vouwt z'n tintelende benen eromheen, buigt z'n rug, vermoedt dat daar ook iets zit wat hem steeds meer zal gaan hinderen.

Hij hoort zichzelf kermen, perst z'n mond dicht, brengt z'n handen naar het gras om de paal. Hij trekt de sprieten los, het ijzer om z'n polsen lijkt alleen rond bot te klemmen, stopt het gras in z'n mond, kauwt erop, zuigt het vocht eruit, drinkt z'n slijm.

De anderen, zeven met hem erbij, zijn aan elkaar vastgeklonken, hand aan voet en voet weer aan hand, hij probeert de eerste en de laatste van de keten te onderscheiden, te ontdekken of ze ergens aan zijn bevestigd, of ze nu alleen als een cirkel bestaan.

De vrouwen verdwenen algauw. Misschien was dit de buik van z'n moeder, een fort als dit, met vreemde mannen die zich keer op keer in haar drukten, leegspoten, hem tot leven wekten.

– Wakker worden, lul.

– De slapende verstaat je.

– Het komt door jou.

– Jij bent de nieuwste schoudervogel van m'n oom, toch?

– Hou je bek.

– Wat je wilt.

– Jij bent het. Jij hebt 'm onder water gehouden.

– Je maakt me nieuwsgierig. Ik zat nog aan jullie vast, aan jouw voet zelfs.

– Hij keek naar jou, naar jou toen hij 't deed.

– Ja. Ja, hij keek naar mij.

– Hij deed 't voor jou.

– Ja, voor mij. Dat zal 't zijn. Hij kon 't niet verdragen dat de jongen zoals ik zou worden. Hij keek naar mij omdat hij wilde zien of we samen zouden sterven, of ik het water zou uitkotsen dat het kind binnenkreeg. Daarom hield hij het kind dat uit Lya is gekomen aan z'n been in het water, om mij te zien stikken. Daarom heeft hij mij apart gezet, een duivel die niet meer kan sterven.

– Jij bent de volgende.

– Waarom zeggen de anderen zo weinig, ben jij de baas over hun woorden? Ben jij de bek? Zijn jullie samen een dier geworden? Roh? Roh? Waren dat net jouw gedachten? Of zit de staart te ver van de bek om iets door te geven? Spreek ik met de kop of met de anus?

– Hij gaat je opensnijden als een zwijn.

– Ben ik het zwijn of hij, je zegt twee verschillende dingen. Hoor ik nu toch de anus?

– Je oom had gelijk.

– Hij is niet hier, je hoeft hem niet te vleien.

– Hou je bek!

– Ik zal hem zeggen dat hij andere soldaten moet zoeken, lui die iets van ruimte begrijpen. Het maakt uit waar je bent. Of je vijand binnen bereik is, of op een heel ander eiland z'n slaap inhaalt.

– Iedereen heeft je zien huilen.

– De staart vergeet te lachen, misschien moet je het herhalen.

– Als een vrouw.

– Een duivel die z'n pik kan verbergen, zich in een vrouw kan veranderen.

– Is het waar?

– Ga door, misschien heb ik je toch onderschat.

– Is het waar dat je de doden neukt?

– Ze dragen m'n kinderen. Probeer die maar eens te ver drinken. Op een dag hebben die hier iedereen vervangen.

Eindelijk staan ze op, ze moeten daarvoor een levenloze van de grond tillen, maar het lukt. Hij schat dat een gestrekt been hem zal kunnen bereiken, hij schuift zo ver mogelijk van de paal vandaan, het zal z'n handen niet sparen.

Lya's kind spartelde al even niet meer, toch bleef de kapitein het lijfje in de ton dopen. De vrouwen, die paar die niet stil waren geworden, riepen dat het kind dood was en staken hun armen uit als om hem op te vangen. De kapitein kwam op hen af, liet het hangende kind, dat al grauw was, op hun armen druppelen, daarna zwaaide hij Lya's zoon rond en wierp hem hoog de lucht in. Misschien probeerde de kapitein het kind over de muur te gooien, wie weet welke toeschouwer hij voor ogen had, welke bijval hij in z'n hoofd hoorde, de worp was hoe dan ook niet krachtig genoeg en het lijfje landde op de overkapping. De kapitein beval de wachten om het kind op te rapen, wat pas gebeurde na een belofte, het zal wel iets te eten of te drinken zijn geweest, of een moment in een van de tenten. Daarna vochten ze erom.

Zelfs als z'n oom vanaf de boomrand had toegekeken, gereinigd en onbevreesd na z'n gebed en met al z'n mannen in een haag om hem heen, hij gezien had waar de grauwe schim landde, op een plek buiten de blik van ijverige wachten, dan nog zou hij een overmacht verzinnen, of een moederaap die in de schemer een dood jong afwerpt, aan de nachtdieren op de grond laat.

Die avond moet het feest zijn, opeens is er olie voor de lampen, worden er tappen in de bewaakte vaten geslagen, en omdat de bossen te hol voor een goede jacht zijn geworden, moeten ze de zee op, nog ver voor het eerste licht, ze krijgen de sloep en de boot, mogen hun eigen netten gebruiken.

Hij wilde niet met de anderen het donkere water op, ze zouden gek genoeg zijn om hem overboord te gooien, niemand die het zou horen, hem na het binnenhalen van de netten zou missen. Met de woorden die hij kende gaf hij aan dat hij beter krabben kon vangen, dat hij wist waar de oesters aan de rotsen groeien en kon aanwijzen waar de knijpers zich onder het zand verbergen. De roden die hij stoorde verstonden hem, te laat besefte hij dat hij hen met hun eigen woorden beangstigde, ze maakten hem los en sloegen hem naar de anderen.

Z'n polsen en enkels branden, met elke slag sproeien de roeispanen snijdend water over de boot, ze hebben hem met opzet achteraan gezet. Ze moeten met vis terugkomen, niemand weet met welke of hoeveel, alleen Ys daar is een echte visser, de roden hebben de verkeerden de zee op gejaagd. Hij heeft het koud, heeft te lang niet gegeten. Ze zijn met honger aan boord gegaan, hun roes is niets dan haast, hongerige ratten die na te veel lege nesten waanzinnig worden.

Het voelt vreemd, zo met anderen op zee. Hun vlees en zweet, hun domme praat en stank, het is te druk, ze dringen zich aan hem op, bemodderen hem, benemen hem de adem, ze moeten hem met rust laten. Hij stopt met roeien, neemt de spaan op schoot, elke snee op z'n benen verschijnt. Ze hebben het meteen door, draaien zich naar hem om en schelden hem uit, schreeuwen dat hij dat kutding nu in het water moet steken, anderen roepen dat ze het nu moeten doen, het heeft geen zin meer om te wachten. De sloep nadert hen, die is voller dan de boot en daardoor luider, ze dreigen de boot in tweeën te varen als de varkensneukers erop nog langer blijven kloten. Hij doet een hand boven z'n mond, roept dat ze een school zagen, snel de netten, hier hier. Er zijn zelfs een paar idioten op de boot die over de rand kijken.

Ruzie over de netten, over de plek, of je wel of niet met licht de vissen moet lokken, hij kan de kust nog zien, het is nu of nooit. De boot mag niet te veel bewegen, hij klimt over de rand, hoopt het in een beweging te doen, maar hij is onhandig met z'n benen, merkt dat hij de boot z'n kant op trekt, hij springt.

Hij moet niet gaan razen, even voelt hij het net aan z'n voeten, maar hij blijft nergens aan haken en hij is opgelucht en vertraagt z'n slagen, niet lang meer tot hij naar boven moet voor adem, het laatste stuk drijft hij, laat het ver genoeg zijn.

Ze staan met hun rug naar hem toe, hij is de verkeerde kant op gegaan. Hij besluit in een cirkel om hem heen te zwemmen, hij kiest een kant, duikt weer onder water. Z'n hoofd is een grot, duister en hol, z'n armen zijn ongelooflijk, de zee ruist en waait, hij vliegt.

Geen gejuich of een wild wijzen, alles lijkt alweer voorbij, misschien geloven ze dat hij als aas onder de boot drijft en de vissen zal aantrekken. De berg is donker, maar dat is niet de kust, die zal hij eerder bereiken, vanaf nu blijft hij boven water.

Hij kan zich niet meer herinneren of ze zijn geteld voordat ze de zee op werden gedreven. Z'n verdrinking zal hij zo lang mogelijk moeten volhouden, kom op, sta op, hij ligt al te lang op het zand.

Bij twijfel zullen de anderen hem bij de dode vrouwen gaan zoeken, hij zal Djessus nog even tussen de wortels laten. Hij weet dat het gevaarlijk is, toch kijkt hij met z'n handen, doorzoekt de takken, dode bladeren en stukken schors. Hij ontdekt een kokosnoot die al even geleden is gevallen. Geen geklots wanneer hij schudt, toch scheurt hij het ding open op de punt van een rots, met een kleinere steen breekt hij de noot. De laatste druppels schudt hij in z'n mond, dan splijt hij de rest. Hij zal tijdens het lopen de kokos met z'n nagels losschrapen.

Hij dacht dat hij er nog lang niet was, maar hij hoort al duidelijk het water, hij moet de waringin hebben gemist, voor het eerst durft hij te rennen.

Het water is warmer dan de zee, hij dompelt z'n gezicht in de stroom, wanneer hij weer bovenkomt voelt alles toch weer koel, hij gebruikt de bodem van de noot om uit te drinken.

Hij moet z'n afstand bewaren, Nicolaas mag niet denken dat iets hem besluipt. Hun vuur ruikt nog scherp, misschien is hij al te dichtbij. Hij kruipt tegen een omgevallen boom aan, de stam is zacht, toch voelt hij overal nieuwe begroeiing, de boom leeft nog, het lijkt z'n slaapplaats warmer te maken. Hij is al zo vaak hongerig in slaap gevallen, het zal hem nu ook gaan lukken.

Er groeien stelen uit de wonden aan z'n benen. Hij trekt er een los, wacht tot hij er iets van voelt, maar er gebeurt niets, in de rode snee verschijnt een nieuwe groene kop. Aan de volgende trekt hij te hard en hij begin te bloeden. Z'n bloed is waterig, er drijven zwarte pitten in, het komt ook niet meer uit een snee maar uit een forse wond in z'n dijbeen, hij drukt er met beide handen op. Z'n polsen zijn bruin van de twijgen die eromheen zijn gespannen, hij maakt zich zorgen over de mieren die erover lopen, misschien moet hij ergens in het water springen. Dan is er overal vuur en hij waarschuwt iedereen dat ze hun haar nat moeten maken, haar brandt heel snel, ze moeten niet zo met een droog hoofd blijven rondrennen.

Nicolaas heeft hem gevonden, hoelang hij heeft geslapen weet hij niet, het is nog altijd donker. Nicolaas houdt een haakbus op hem gericht, de lont komt te dichtbij, het is echt. Niet schieten, de jongen tilt een arm op, hij is zo moe. Nicolaas kijkt niet naar hem, er ligt iets op de grond. Het zit aan z'n borst, hij schraapt het van z'n kin, ruikt eraan, hij heeft in z'n slaap overgegeven. Hij is ziek, Nicolaas moet dat zien, waarom laat hij de lont niet zakken, misschien is hij geld waard geworden. Hij zegt dat hij doodgaat, dat je een dode niet neer kunt schieten.

Hij is geen dier in een nest van z'n eigen vuil, hij moet hier weg en begint te kruipen. Een schot zal de roden lokken, z'n oom, elke gek die zich op een wilde schutter wil storten, Nicolaas kan hem beter met rust laten. Hij merkt dat hij vooruitkomt, dat de aarde week genoeg is voor z'n vingers om in te prikken. Het was zacht en warm onder z'n boom, maar nu heeft hij het koud, hij kan niets aan het rillen doen, anders zou hij veel sneller vooruitgaan, hij zal Nicolaas wel laten zien hoe ver hij komt met alleen twee handen en z'n ellebogen. Iemand klopt op z'n rug en knijpt z'n binnenste samen, waar is die klootzak, alsof z'n buik steeds z'n rug moet raken, hij kotst alleen maar zuur. Hij mag zoveel lawaai maken als hij wil, hoort Nicolaas niet hoe alles krijst, dat zijn alle beesten die al halfweg in de bek van een ander zitten. De aarde loopt eindelijk omlaag, Nicolaas hoeft hem niet meer te helpen. Hij lag net goed, waarom moet alles zo bewegen.

Nel buigt zich over hem heen, hij is niet meer buiten. Ze is ergens nog niet tevreden over, kijkt om zich heen alsof ze iets zoekt. Ze knielt bij hem neer, rust haar handen op z'n heup en schouder, ze schuift hem opzij tot hij een muur raakt, hij moet ergens op liggen, een mat of plank, iets wat je sneller verschuift dan een lichaam op een ruwe vloer. Hij zegt dat hij moe is en wil slapen. Haar hand in z'n nek nu, ze brengt z'n kin naar z'n borst voor een slok van iets warms. Zo snel kan hij niet drinken, het stroomt weer uit z'n mond, maar ze blijft schenken en hij moet hoesten, wat hij niet mag, niet van Nel, die hem boos toefluistert, hij probeert het schokken van z'n borst te bedwingen, het lukt hem om duidelijk te maken dat hij niet meer wil drinken. Nel lijkt hij te hebben beledigd, hij weet niet wat hij moet doen om haar minder kwaad te krijgen, hij zegt dat hij wel weg zal gaan, dat hij hier niet om heeft gevraagd, dat hij wel thuis zal komen, Nicolaas had hem nooit mee moeten nemen, hij wil als een kind klinken, misschien dat ze aan z'n stem kan horen wat hij bedoelt. Ze pakt hem bij de kin en draait z'n hoofd naar een donkere hoek van de hut. Hij ziet Geesje. Zo stil, ze ligt in kleden gevouwen, er lijkt niets aan haar te bewegen. Hij probeert haar op te wekken, ze moet op zijn bevel gaan ademen, hij kijkt en wacht, Nel wil z'n aandacht vangen, maar hij wrikt zich los uit haar grip, negeert haar, hij moet dit eerst oplossen. Dan komt de stoffen borst langzaam omhoog om even kalm weer te dalen, en daarna weer, en nog eens, hij is tevreden, zal haar nu alleen laten ademen.

Hij zal stil zijn, Nels strenge zorgen ondergaan, al haar verwijten en straffen, hij plant z'n ellebogen naast zich, probeert overeind te komen, hij moet terug naar de dode vrouwen, maar Nel duwt hem met de beker tegen z'n borst, alsof ze hem niet meer wil aanraken, weer terug. Ze staat op, loopt de hut uit, het licht dat ze daarmee binnenlaat is ongelooflijk en beangstigend.

Het is koorts, eindelijk is hij dan een van die rillende figuren geworden, hij vraagt zich af welke kleur hij nu heeft.

Iets warmt z'n hand en hij kijkt om, ruikt aan z'n vingers, het is geen water. Een donkere vertakking loopt van Geesje naar hem. De vloer laat het meeste door, toch heeft Geesjes pis hem bereikt. Hij wil slapen, slapend zo door Nel gevonden worden, en als dat nog niet genoeg is zal hij van Geesje drinken, het zal alles goedmaken.

De eerste knallen kwamen kort na elkaar, nu de stiltes langer worden groeit z'n angst, zou z'n oom eindelijk genoeg jongens gek hebben gekregen, wist hij maar wat de kanonnen hebben geroken. De donder heeft z'n lichaam vastgezet, hij moet overgeven, het is de enige manier om eraan te ontkomen.

Geesje mompelt, maar dat lijkt niet met geluid of pijn, met ontwaken of gedachten te maken te hebben. Ze lijkt iets te herhalen, lange stukken, hij moet goed luisteren om de volgorde te ontdekken, wanneer het laatste woord weer in het eerste overgaat. Hij weet nu dat de ziekte zich in haar hoofd ophoudt, ze lijkt de woorden niet te kunnen stoppen en hij voelt medelijden.

Het zou een gebed kunnen zijn, maar alle klanken lijken ongeveer even lang, alsof ze namen opsomt of steeds weer dezelfde mensen begroet.

Er is te veel tijd verstreken, het laatste schot is geweest, hij vraagt zich af of de kanonnen de bedreiging hebben vernietigd of zelf zijn verrast. En aan welke kant Nicolaas dan staat. Hij wil meemaken dat hier iemand binnenkomt, maar hij merkt al dat slaap hem van z'n opdracht zal weerhouden.

Alles wat hij ziet, wat hij meemaakt, ruikt of proeft blijft ergens bestaan, z'n moeder zou het de hemel noemen. Maar dat was z'n moeder, die toen zelf rilde, die haar laatste dingen zag. Hij weet dat hij de voorraad van alle gebeurtenissen doorzoekt wanneer hij droomt. Niets is nieuw in z'n dromen, hij maakt daar alleen maar mee wat hij uiteindelijk herkent, zal nooit belanden in wat hij zich niet kan herinneren. Het onverwachte van dromen, wat hem wakker jaagt of hem in z'n slaap wurgt, is de draaierige samenkomst van alle eerste keren. Dromen zijn domme verzamelaars, ze dringen zich op, maken geen verschil tussen wat hij kwijt wil en wat hij wil bewaren, ze laten hem nog eens kijken, nog eens de verwarring ervaren, ze maken alles erger zelfs, omdat ze geen uitvlucht kennen, ze laten hem voelen dat vergeten niet bestaat, omdat niets wat hij wil vergeten ooit verdwijnt, alles wacht, alles straft.

Ze hebben hem buiten gelegd. De jongen vraagt zich af of hij onder deze boom iets van de hut moet weghouden, of hij aas is geworden voor de ziekte die Geesje anders zal wegnemen. Misschien had Nel geen zin meer om ook zijn waterige schijt weg te spoelen. De laatste keer dat hij zo lang niet had gegeten, verschenen er vreemde kuilen in het bos, afgronden die er eerder niet waren, klonken er stemmen die hem vanuit het donker riepen. Hij liet zich toen niet verleiden door wat hij zag en hoorde, hij herinnert zich dat hij duizelig was maar nog kon lopen, het was een beproeving die hij van de dode vrouwen moest volbrengen. Z'n lichaam had nog nooit zo droog gevoeld, hij wilde dat iemand z'n bovenarmen vastpakte, z'n borst probeerde in te drukken, hij was net een dier geworden, z'n hart sloeg even snel, z'n huid was niet meer klam en stroef maar zacht en rekbaar, met z'n ogen dicht voelde het alsof hij met z'n vingers de gespannen vleugels van een vleermuis beroerde.

Nu is hij bezweet van al het water, Nel zet z'n kruik steeds klaar, hij moet die leegdrinken voordat de muggen er eieren in leggen. De haren op z'n buik zijn kleverig, misschien moet hij Nel om haar mes vragen, dan kan niemand meer aan de zwarte krullen rond z'n navel trekken.

De dode vrouwen zullen hun plek beschermen, hij heeft voor schaduw gezorgd, hun loten water gegeven, ze zullen niet toestaan dat iemand anders hun Djessus opgraaft, hij weet het zeker.

Een paar roden hebben het fort verlaten. Ze zijn beneden gaan wonen, drie bij elkaar, de vierde iets verderop, in de huizen van families wier dochters ze hebben aangewezen. Iedereen heeft gezien hoe ze om de Oude heen zaten, hem iets overhandigden, waarop de Oude z'n lagere vrouwen naar zich toe wenkte, die de volle potten en kalebassen wegdroegen. De Oude kreeg die dag niet z'n eerste bijbel geschonken.

De mannen lijken hem soldaten, de manier waarop ze hun musketten schuin over hun schouder houden, misschien hebben ze hun harnassen en helmen in het fort moeten achterlaten. Ze gaan nergens heen zonder wapen, meestal met hun lichtste zwaarden, iedereen kan zien hoe ze onder de hitte lijden, ze hebben de gewoonte zonder bovenkleding buiten te lopen, op hun schouders en rug zijn vlekken en zweren verschenen.

Hun nieuwe vaders zwijgen, wie weet welke voorraden ze

kunnen aanleggen door deze vreemdelingen op te nemen, op welke beloning ze rekenen. Hij kent ze, de inhalige dikbuiken, de roden zullen bedoeling opvatten als lot, ze zullen denken zelf te hebben gekozen. Ala wenst hij iets beters, hij ziet haar voor zich zoals ze was, niet bedoeld als prooi, als handel, de enige die ooit echt voor hem is opgekomen, daarna maakt hij haar uitdagender dan ze was en tegelijk gehoorzamer, hij beseft dat hij haar schuld verzint en hij schaamt zich.

De roden krijgen geen bezoek uit het fort. Vanaf hun eerste dag beneden merkt hij aan Nicolaas dat er nog wat gaat gebeuren, alsof hun aanwezigheid nog maar een voorbode is, een waarschuwing. Hij mag toekijken hoe Nicolaas messen en korte zwaarden verstopt rond de hut, hij ziet Nicolaas oefenen bij boomstammen en dichte struiken, het verborgen wapen steeds soepeler tevoorschijn trekken. Daarna zet Nicolaas vallen op de vlakkere plekken lager op de heuvel die hij ook altijd nam om hier te komen, simpele, snelle vallen waar hij van leert, kuilen niet groter dan een voet met staken op de bodem, koorden gedraaid van gemeen gras, ze zullen niet alleen geniepig voeten en enkels grijpen maar die ook dieper verwonden, de jongen vermoedt dat het Nicolaas om de schreeuw gaat, wie in een van deze vallen stapt zal zich niet kunnen inhouden en dom z'n plaats verraden. Nicolaas wijst Nel waar alles ligt, daarna doet hij haar voor hoe je het lange mes trekt en waar je op moet mikken, maar Nel is koppig en wil het mes niet overnemen of zelfs maar aanraken. Hij weet wat Nicolaas denkt, dit heeft geen zin, je afkeer zal je niet redden, het gaat hoe dan ook gebeuren.

Hij zegt, en hij ziet aan Nels achteloze aandacht en schouderophalen dat hij zich verstaanbaar maakt, dat hij wil koken. Z'n hoofd voelt hol geblazen en z'n armen zijn even licht, maar de vorige dag heeft hij een stuk gelopen, zich daarna gewassen, zojuist ook weer, alles zonder rillen of overgeven, het is tijd dat hij iets terug gaat doen.

Van beneden galmen de geluiden van voorbereiding, overal wordt gekookt, alsof hij niet wil achterblijven. Op het pad tussen de huizen hadden ze de lange stammen geschoven die ze tot kruisen hebben gezaagd. De kleinere worden voor de huizen in de grond geslagen, de grote, waar ze een gele kleur op hebben gewreven, hebben ze hoog gehesen, tussen de twee bintangors gespannen.

Nel laat hem de mand, hij herkent de knollen en wortels die hij de afgelopen dagen steeds op dezelfde manier te eten heeft gekregen, de cassave onderin verrast hem, misschien weet Nel niet hoe die te bereiden, die zal hij geurig krijgen, tot leven wekken. De uien die hem meteen waren opgevallen achter de hut trekt hij uit, hij snijdt alles af tot hij alleen de behaarde bollen overhoudt, hij verheugt zich op het netelen in z'n neus straks wanneer hij ze gaat schillen. Nel kijkt verwonderd naar z'n hurken, hij heeft het al eerder gemerkt, het bevalt hem niet. Hij zal haar laten proeven hoe het werkelijk hoort.

Naast het vuur ligt een dode marter, Nicolaas moet die hebben gevangen, het slordige dier zal zich in een van de mensenvallen hebben verstrikt. Hij zet z'n mes in de buik, klemt de achterpoten en snijdt naar boven. De ingewanden gooit hij op het vuur, hij kan het niet laten, zoveel maaltijden is hij zo begonnen, met de vette rook en scherpe bloedgeur van verschroeid vlees, het was hem de straf waard toen hij nog met de anderen at. Hij kerft de vacht open bij de hals, hij gaat proberen het dier in een kalme haal kaal te trekken.

Het is een ander soort pot, hij moet meer roeren, toch ruikt het gauw zoals hij is gewend. De marter mag niet verbranden, dus blijft hij de spies verzetten, krijgen de ribben en achterbenen dunne zwarte boorden, dan is het vlees gereed om meegekookt te worden, hij is de enige die het zo doet.

Het eerste is voor Nicolaas. Hij heeft een banaan in schijven gesneden, die in de vorm van de zon op het eten geschikt, de nap is bijna te vol, dat is minder mooi. Met twee handen overhandigt hij Nicolaas z'n maaltijd.

Nicolaas kijkt alleen maar naar het eten en hij weet dat hij heeft gefaald, dat al z'n moeite voor niets is geweest. Nicolaas neemt de nap over, staat op, loopt naar het vuur, schudt dan alles van de nap weer in de pot, gebruikt het woord van z'n moeder, *loucura, loucura*. Nicolaas gebaart dat hij bij het vuur moet komen, verder moet roeren. Langer, het moet langer koken, anders word je gek, het is gif. Niet eerder heeft Nicolaas hem iets uitgelegd, even verwacht hij dat ze samen zullen roeren. Nicolaas loopt weer naar z'n kist. Hoeveel langer, denkt hij, de zon staat al lager dan hij wil. Hij ziet hoe Nicolaas een lont om z'n pols wikkelt, deze met z'n pijp aansteekt, daarna blazend de smeulende punt doet gloeien.

Getrommel van beneden, de jongen kan horen dat het niet de anderen zijn maar de roden. Dan klinken de fluiten en die kloppen wel, hij probeert op te vangen welke hij heeft gesneden, hij weet het pas wanneer ze dieper gaan blazen, de lagere tonen durven aan te roepen.

Nel heeft al eerder iets uit de pot geschept om aan Geesje te voeren, hij weet niet of ze er zelf een hap van heeft genomen. Het is lang donker, eindelijk wenkt Nicolaas om z'n eten. Hij brengt een volle nap, Nicolaas wijst naar de bananen. Hij trekt er een van de tros, breekt de schil open, Nicolaas krijgt z'n zon, de schijven glijden van z'n mes op het stomende eten.

Het gele kruis heeft de val overleefd, steekt schuin uit de grond, is een soort boze doorgang geworden.

Toen hij hielp met blussen merkte niemand hem op, hij herkende ook niemand van de boten. Een mat die te dichtbij lag had vlam gevat, iemand had de onverwachte fakkel de verkeerde kant op gesmeten, het was een lange nacht waarbij iedereen van de palm had gedronken, het huis van Pon was niet meer te redden.

Ze dachten dat de dode vrouwen hem te pakken hadden gekregen. Hij kreeg te horen over de kanonschoten. Het waren twee schepen van de sultan geweest, zodra ze binnen bereik voeren vuurden de roden meteen. Ze wilden weten waar hij dan was, hij had erbij moeten zijn, vanaf het zand konden ze alles zien, de mannen van de sultan gilden als kinderen. Ze vroegen hem of hij binnenkort meeging, ze konden nog een duiker goed gebruiken.

Hij ligt onder de boom, maar de plek voelt vergeven, ze hadden niet over de dode vrouwen moeten beginnen, nu is hij bang dat hun huis is afgebroken zonder dat hij het weet, dat hun vuur uit is, dat hij hen niet meer kan horen.

Het is onrustig in de hut. Geen heldere stemmen, alleen

gestommel en geschuifel, achter het doek flakkert licht. Hij wil opstaan, z'n oor dichterbij brengen, maar hij is bang dat z'n stappen te luid voor Nicolaas zijn.

Er komt weer geluid van beneden, een opleving. Het verhult de doffe drukte in de hut. Hij durft op te staan, ruikt weer vlees op vuur, hij vraagt zich af waar ze het dier hebben gevangen, het kan niet groot zijn.

Niemand mag zo met een kruis omgaan. De roden moeten ver van de Portugezen wonen, zelfs de mannen van de sultan hadden het kruis nu weer rechtop gezet. Op een dag zullen er zo veel schepen op de bodem liggen dat kale masten overal uit het water steken.

De vrouw die naast hem naar schimmen had gemompeld, leek binnen, in het duister, groter dan ze hier nu ligt, hij vermoedt dat Nicolaas haar in het zeil heeft gerold, de knopen heeft gelegd. Verder lijkt Nicolaas tot weinig bereid, hij laat zich op z'n kist zakken, draait een lont om z'n pols, laat z'n blik op de huizen beneden rusten.

Nel zal hem zeggen waar ze Geesje wil hebben, ze wijst naar een gebied hoger de heuvel op. Hij hijst Geesje op z'n schouder, liever droeg hij Nicolaas' schop naar boven, de metalen rand om het blad maakt een goddelijke gift van het ding, alsof het nooit zal breken, uit zichzelf zal kunnen graven. Zodra ze iets verder zijn zal hij aanbieden de schop van Nel over te nemen, wanneer de zon hoog staat en de hitte haar witte lichaam tot zuchten en zitten zal dwingen, ze te laat voelt dat niemand zo laat op de dag nog een heuvel beklimt.

Hij probeert Geesje anders op z'n schouder te laten rusten, maar ze blijft zwaarder dan hij wil, hopelijk is Nel het allemaal gauw moe. Ze gaat hem voor, hij ziet nieuwe gaten in haar verstikkend dikke rok, hij kan maar niet verzinnen wat ze hier doet. Hij vraagt zich af of hij haar werkelijk meemaakt, haar gejaagde pas en koppige kleren, waar loopt ze nu, wie moet haar hier opmerken, haar gebaren en manieren, alsof ze elk moment een begroeting verwacht en niet iemand die bang stierf in onbekende aarde gaat begraven.

Het bos is in gevecht, het kan niet anders, soms gelooft hij dat geluid net als mensen, hun lichamen en huizen, almaar om meer ruimte roept.

Het wordt steiler, hij zet Geesje behoedzaam neer, voelt haar wegglijden, hij moet haar vastgrijpen. Nel wil dat hij z'n hoofd naar achteren helt, zo dichtbij weer opeens, ze giet water in z'n mond, haar huid is zo rood dat hij bang wordt dat haar gezicht al dat bloed niet meer zal houden. Nel blijft niet staan zoals hij hoopt, ze reikt naar een stam, hijst zich verder de heuvel op, de schop steekt ze bij elke stap in de aarde. Hij moet volgen en hij tilt Geesje omhoog, worstelt met haar om haar weer op de juiste plek op z'n schouders te krijgen, even ziet hij zich haar lichaam laten vallen om het daarna aan het touw voort te slepen. Dat kan altijd nog, hij merkt wel hoe ver hij komt, Nel heeft zich nog altijd niet omgedraaid, hij mag niet zo ver achteropraken dat hij haar niet meer kan horen.

Het touw heeft z'n hals geschuurd, hij bloedt nog niet, maar hij moet Geesje anders gaan dragen. Hij neemt haar op de rug, vlecht z'n vingers om haar benen. Hij ruikt haar door het zeil heen, haar mest en aarde.

Hij hoort haar vragen waarom ze zo bewegen, waarom ze niet mag gaan liggen en hij antwoordt dat ze er bijna zijn, Nel zal een mooie plek voor haar vinden. Hij verontschuldigt zich bij haar, alle woelende wortels maken de aarde bedrieglijk hier, hij zal er alles aan doen om niet te struikelen, verderop is het al beter, hij herinnert zich een vlakker deel waar hij soms kwam om naar de baai te kijken, daar zullen ze weer even kunnen rusten. Ze zegt dat ze de zee niet wil zien, hij moet haar beloven dat hij haar naar de schaduw brengt waar golven en storm haar niet kunnen wekken. Hij belooft dat hij Nel zal waarschuwen wanneer de baai nog door de bomen schijnt, hij zal haar met kruiden bedekken zodat ze de zee niet meer ruikt. Ze is boos op het schip, haar woede maakt haar moeilijk te verstaan. Hij onderbreekt haar en zegt dat hij haar begrijpt. Hij beschrijft z'n droom van de houten mannen die na de brand uit het schip kropen, naar boven zwommen, op het eiland verdwaalden tot hij ze bijeendreef, de dode vrouwen hebben hem hierom uitgelachen. Ze wil dat hij zwijgt, ze voelt hoe de zon haar dreigt te verbranden, hij moet ophouden haar zo te kwellen. Hij zegt dat haar voeten de aarde niet raken, hij haar draagt zoals een zoon z'n moeder. Ze vraagt om iemand die haar honing voert, hij antwoordt dat ze alleen maar in vingers wil bijten. Hij zegt dat hij haar zal verhandelen wanneer ze niet rustiger blijft. Ze zegt dat hij nooit op z'n vader zal lijken.

Nel komt niet meer verder, ze lijkt te knielen, haar rok staat bol. Nel heeft niet gezien hoe hij Geesje niet meer hield, hoe hij haar al even achter zich aan sleept. Nel steekt de schop naast haar in de aarde, daarna leunt ze erop, hij hoopt niet dat ze flauwvalt, te veel vrouwen die hij bergop moet sjouwen. Eindelijk is hij bij Nel, het lukt hem om het touw om een dunne stam te knopen, Geesjes zeil is groen en bruin geworden, hij kan zien waar hij heeft gelopen.

Hij wil de schop van Nel overnemen, maar ze lijkt niet zonder te kunnen. Ze wrijft steeds in haar ogen, zweet heeft haar muts helemaal donker gekregen. Met een voet veegt hij dode bladeren weg, nergens is het echt vlak, toch vindt hij een plek waar wortels de aarde niet meteen te hard maken. Hij trekt nog eens aan de spade en nu laat Nel wel los. Ze staart om zich heen, haar ogen zijn nat maar het is geen huilen. Hij laat haar, steekt de schop in de aarde, die makkelijk genoeg breekt, en hij hoopt dat dat nog even zo blijft.

De kuil komt maar tot z'n middel, hij staat op een vlechtwerk van wortels dat de schop bot zal maken. Hij wil dat Nel ziet dat hij niet verder kan komen, z'n best heeft gedaan. Ze zit bij Geesje, smeert modder over het zeil alsof ze het wil beschilderen. Hij knoopt Geesje los, sleept haar naar het gat, Nel blijft achter, ze volgt hem niet.

Steeds wanneer de modder haar raakt, lijkt Geesje iets overeind te komen. Hij stopt, maar ze blijft stilliggen. *Peinosskestasnossoosantifikadosedjateinoom*. Dan schept hij aarde op het zeil over haar gezicht. Hij luistert, het bos gilt, hij hoort niets anders, misschien heeft hij haar al te veel bedolven.

Nel knielt niet meer onder de boom, hij kijkt naar beneden, ziet haar glijden en naar stammen grijpen, ze is al ver. Hij drinkt de kalebas leeg. Nicolaas zal hem kwalijk nemen dat hij de schop houdt, zeker nu hij ook nog Geesje heeft verloren, maar de dode vrouwen verwachten hem en Nel zal niet verdwalen. Wanneer de storm het eiland bereikt wil hij bij hen zijn, hun graven met nog meer stenen verzwaren, het dak van hun huis verversen.

Het graven heeft z'n armen tot stramme knotten gewrongen, het bevalt hem dat hij nergens losse huid ziet, hij verschilt weinig meer van de bomen. Hij trekt de schop uit de aangetrapte maar krachteloze aarde, net als de mannen van de sultan, die bol en kapot het zand op schoven, zal Geesje ergens aanspoelen, wie haar vindt zal niet weten waarom deze vrouw in zeil is gevouwen, uit welke hemel ze is gevallen.

Hij was te laat om de muren te stutten, ontdekte rot en knaagresten, hij had eerder terug moeten komen, kon nog net een kuil graven voor de potten en manden, daarna moest hij schuilen en toezien hoe de storm de muren spleet, het was waar, slecht water en aan de brullende kant van de berg, de dode vrouwen hadden hun plek onbezonnen gekozen.

De bomen leken niet verder meer te kunnen buigen, hij vreesde de volgende dag apen tussen de gevallen takken te vinden, een dier zou beter moeten weten dan aan een storm te sterven, welke kans heeft een mens wanneer dieren, zo hecht met hun omgeving, door de grillen van lucht en bos worden verrast.

De keien die hij naar hun graven had gesjouwd hielden de dode vrouwen op hun plaats, de regen maakte nieuwe stromen die dikke aarde omwerkten, maar het water passeerde hen, ze zouden zo niet wegspoelen.

Hij dacht aan z'n moeder, die hem zei dat hij de hemel kon bereiken maar dat de hel hem verwachtte, hoe ze hem bang maakte omdat ze niet wilde vertellen wat er in de hel dan met hem zou gebeuren. Ze zei alleen dat hij nog leefde omdat god nog niets op hem had gegooid, nog niets in z'n eten had geroerd, nog geen slang had gestuurd, probeer nu aan een plek te denken waar gods greep niet heerst, waar hij helemaal niet is en hij begreep het en zweeg voortaan.

De storm kon hem bedelven en het zou god zijn, maar hij voelde algauw dat niets hem die dag zou raken, de wind zou hem niet krijgen, hij zou aan razende modder en vallende bomen ontsnappen, hij wist het zeker, dit was niet de storm.

Het is lang genoeg stil geweest, hij ruikt dat de zon de regen in de plassen alweer verwarmt, als hij zelf droog wil worden moet hij in het licht komen. De schep van Nicolaas glimt op tussen het bruine vuil van bladeren en takkengruis, hij schudt het ding schoon, hij zal eerst de potten en manden opgraven.

Hij snijdt de ene na de andere verrotte wortel open, hij zal erom moeten vragen en dat wil hij niet, ongelooflijk dat de dode vrouwen hier akkers zagen, hun eigen land moet makkelijk en vruchtbaar zijn. Het huis is verloren, hij verzamelt het hout, maakt lage stapels in de zon.

Telkens wanneer hij ontwaakt, beseft hij dat hij heeft geslapen, misschien is hij toch nog niet hersteld. De rat die hij vindt moet tijdens de storm dood zijn gegaan, hij maakt een vuur, even lijkt het alsof de binnenkant van z'n handen geen hitte meer voelen. Hij vilt de rat, gooit z'n ingewanden op de vlammen, straks zal hij de heuvel op gaan om te zien hoeveel andere vuren tussen de bomen roken.

Hij schrikt wakker, z'n wangen gloeien van het vuur, de rat heeft hij zwart laten worden.

Het pad is nog begaanbaar, hij wil gauw naar boven maar hij mag niet slordig zijn en z'n benen aan een stam openhalen, zich niet haasten en elke omgevallen boom met luide stappen naderen om dan even te wachten, wat hem hoort zal hij tijd geven verder weg te kruipen. Hij komt niemand tegen, lijkt de eerste die z'n voetstappen in de modder drukt. Hij vindt een koeskoes met nog heldere ogen, die hij bij zich houdt, de vogels zijn alweer bijna even luid.

Hij was vroeg met z'n vuur, de anderen beneden lijken er pas twee te hebben ontstoken, er komt nog geen rook van het fort. Dit is zijn plek na een storm, de blik op zee. De wind heeft verse kuilen en voren in het groen gegraven, maar daarvoor staat hij hier niet. De zee is hetzelfde, dat moet hij zien. In de baai maken gevelde bomen overal vlekken op het zand, maar de zee golft tot dezelfde lijn op het land als altijd, er bestaat geen storm die de hele zee kan omwoelen, de zee die nergens eindigt, die mensen brengt die ook niet aan het einde van de wereld leven, alleen een droom is even machtig en eindeloos.

Wat zouden de doden zien, wat blijft erover wanneer kleur verdwijnt, omdat een dode niet meer hoeft te herkennen wat tussen de bladeren wegschiet, wat aan de takken groeit, misschien ziet een dode alles anders bewegen omdat een dode de zee en de wind niet meer hoeft te gehoorzamen, een zee die een mens niet meer kan verdrinken verliest haar stroming, die hoeft niet meer te golven, bomen die geen wind meer vangen staan voortaan stil, hij is benieuwd naar die roerloze wereld die hem nu al vreemd vertrouwd lijkt, alsof hij delen ervan al aan iemand kan aanwijzen, daar de zee die niet meer groen is en nergens meer rond, alle kleuren die eerder verborgen op de bodem lagen zijn naar boven gedreven, tot hij merkt dat hij zelf de tint van het water bepaalt. Hij benijdt de doden hun ontsnapping, hoe zou het zijn om dit gewicht niet meer te voelen, de zware aarde, de dwang van z'n buik, om zelf de storm te worden, licht en nergens aan vast, de laatste hand.

Schipper. Hij is de enige die het kan uitspreken zoals de roden het uit hun bek krijgen. Ze zeggen dat de ogen van de schipper pas in het fort troebel zijn geworden, hoe had deze man, lang en mager in z'n vuile kleren, die hij zelfs in slaap niet aan een ander laat, anders zo ver kunnen komen, ze vertellen hem allerlei verhalen, over de kracht van deze vervagende man, hoe z'n bevel honderden handen tegelijkertijd stuurde, het schip was een land en hij de koning, hoe weten ze dit zonder zelf aan boord te zijn geweest, hij haat hun domheid, schaamt zich voor hun kruiperigheid en gestolen trots, nooit wil hij bij hen horen. Ze zeggen dat hij zich moet aansluiten, dat dit het beste werk voor de roden is, het valt die ouwe blinde niet op hoeveel mannen z'n spullen achter hem aan dragen, die twee soldaten slapen ook, die zijn er alleen maar om hun schipper tegen opdringerige zwijnen te beschermen, alles buiten het fort is beter, hij weet zelf toch ook hoe het was, hoort hij soms bij die trage klootzakken die daar nog hun enkels aan de ketting openhalen, ze waren sneller dan die sukkels die niet doorhadden dat de schipper met een makkelijke klus kwam, hadden ze z'n vingers op hun lippen en reet moeten dulden, dan liepen ze hier nu ook. Hij ziet er hongerig uit, wil hij een wilde blijven, dit is z'n kans om als een rode te vreten.

Hij ziet de soldaten in z'n manden graaien, een van hen schrikt op, hij moet z'n lachen inhouden, wie naar iets grijpt voor hij kijkt moet tegen spinnen kunnen, de soldaat wrijft z'n hand over de modder als om iets te blussen, daarna staat hij op en drijft z'n piek door de laatste hele pot van de dode vrouwen.

Ze zeggen dat de schipper het eiland wil meten, dat hij z'n stappen laat tellen, ze hoeven alleen maar die kisten te dragen en elke nacht z'n tent op te zetten en hem te voeren, de schipper heeft niet door hoeveel hij onderweg verliest.

De oude man heeft dun, lang grijs haar dat meer uit z'n hoed dan uit z'n hoofd lijkt te groeien, hij houdt een hand op de schouder van de man voor hem die rondschuifelt waar de muren stonden, hardop telt, ze komen steeds dichter bij de graven, de jongen weet niet wat hij mag doen, hij wil niet dat ze daar komen. Ze zeggen dat ze vechten om de volgende te zijn onder de hand van de kapitein, ze kunnen allemaal als de roden tellen, hun gefluister plotseling omdat ze de nieuwe woorden niet hardop belachelijk durven te maken, het duwt drek in z'n buik, hij wil dat ze hun muil helemaal houden.

Ze staan op de graven, de schipper merkt dat hij oneffen grond betreedt, schuift keien opzij met de punt van z'n laars, hij moet daar weg, waarom loopt Ber niet door, er is geen reden om daar te blijven stampen, hij verontschuldigt zich bij de dode vrouwen, het kan niet lang duren, hij zal straks alles weer recht leggen.

Hij *heeft* honger. Hij denkt aan meer kleren, aan as op z'n gezicht, misschien een muts die het oog van z'n wangen afleidt, om niet meer als zichzelf te worden betrapt. De schipper knielt, begint de graven te betasten. Ze vragen hem wat daar eigenlijk ligt. Hij zegt dat hun blinde niet als een zwijn moet snuffelen waar zoveel anderen al hebben gepist. Ze noemen hem ondankbaar, een dwaas.

De soldaten hebben van z'n water gedronken, wat er over was hebben ze over de anderen gegoten, die dragende bladeren van hun handen maakten, wat ze niet opvingen van hun armen likten.

Allemaal wachten ze, tot de schipper genoeg heeft van het bibberende keuren van de bodem en hij zich weer rechtop laat tillen, tot z'n tollende hoofd niet meer achteroverleunt, hij z'n snuiven staakt, hij niet meer veinst bomen tot onder hun bast te kunnen ruiken. Een van de soldaten staat recht boven Djessus, hij stelt zich voor hoe de haveloze later z'n evenwicht verliest, van een richel glijdt, voordat de rotsen hem grijpen het gelach van de man hoort die hij nu vertrapt.

Hij wil dat ze weggaan, nergens meer aan zitten. Moet hij hen weglokken, of volle takken donkere apen verzinnen en hen met gebrul verjagen, wat moet hij doen om hen voort te drijven, de plek krimpt, hij voelt hun zuur de lucht hier wurgen, z'n slaapplaats herkent hij steeds minder, zelfs als ze nu verdwijnen blijft er nog te veel van hen achter, de jongen merkt dat hij moet huilen, hij hoest tranen. Ze mogen geen bedrog vermoeden, hij moet bloed overleggen en hij haalt een hand langs de punt van z'n mes, het zal op rouw lijken, z'n oom die een ader opent boven z'n eerste zoon, het rode kind daarna bijeenbindt.

Dan kan hij alleen nog maar aan het schip denken. Er zou ruimte voor hem zijn, hij zou die verdienen met hard werk, welke opdracht van een blinde zou hij niet kunnen uitvoeren, hoe vaak heeft hij niet taken beter begrepen dan de mannen die hem die oplegden, hoe vaak niet heeft hij hun uitwerking verbeterd, het schip zou voelen dat hij aan boord was, en hij zou niet de enige zijn, eiland na eiland zouden ze jongens als hij aantreffen en verwelkomen in alle kamers onder het dek, eindelijk zou hij jongens als hij meemaken, hun haar en neus en armen, hij zou zichzelf zien, de roden zouden hun schip aan hen verliezen.

Hij druppelt een cirkel om zich heen, de anderen gaan bij de soldaten staan. De schipper roept om iets en dat doet iemand een hap van een vreemd brood nemen. De schipper opent z'n mond, hij krijgt de gekauwde hap gevoerd. Dan schudt de oude man aan Bers schouder, alsof hij die wekken moet, hij wil verder lopen en blinde en gids komen weer in beweging, stappen eindelijk van de graven. De soldaten trekken zich aan hun pieken omhoog, hij kijkt toe hoe ze zo lang mogelijk in de schaduw van de brede boom wachten, tot hun blinde hen is gepasseerd en ze hem het licht in moeten volgen.

De anderen kunnen hem al niet meer verstaan, zijn lastdieren met bulten en buidels geworden.

Hij maakt een vuist en knijpt, hoelang tot z'n bloed opraakt, tot de dode vrouwen hem tegenhouden of z'n pols grijpen en helpen persen. De grote mast kwam niet hoger dan de bomen hier, was maar een twijg in de baai in de schaduw van de berg. Dan hoort hij de handen op het hout, het kraken en het kloppen, handen die hoog zijn geklommen, het moet wel, want de geluiden komen van boven. Klapperende hamers, de kreten van zagen, het steunen steeds van touw strak op hout, zoveel gestorven bossen voor een enkel schip, hoe komen ze aan al dat ijzer, het moet daar bovengronds liggen, hij hoort de mensen en hun werk, hun landgeluiden om iets voor de zee te maken, allen dag na dag hun eigen deel, het moet overal hebben geklonken, de kinderen die geboren worden en niets anders kennen, schrikken wanneer het tikken en slaan ooit stopt, vaders die hun zonen brengen, hun voordoen hoe handen op hout horen, hij vraagt zich af wat een hand kan onthouden, misschien is elk schip een herinnering. Alleen door met de dood te dreigen kun je iemand dwingen zo hoog te klimmen, ze zullen daar ook koningen hebben, mannen die een schip in het zand kunnen krassen en niet treuren wanneer de golven hun handwerk weer uitwissen.

Morgen kan hij niet suffen, Djessus en de plaat mogen niet minder dan gereedschap opleveren en eten voor die eerste dagen. Hij moet slapen, maar hij is nog niet leeg, dus rust hij z'n hoofd nog eens op Nels meeverende borsten, dan de donkere tepel die ze hem voert, het duurt niet lang, dat gebeurt wel vaker, dat de laatste keer het snelst gaat, er komt maar weinig uit, ook niet raar.

Het liefst bouwt hij iets in de buurt van Nicolaas. Een hut als de zijne, met zo'n zelfde bemoste punthoed als dak, hetzelfde rood en geel bij binnenkomst, misschien kan hij Nel vragen dezelfde kleuren samen te weven. Het heeft gewerkt, hij merkt dat hij gedachten overslaat, het dek, dat hij eigenlijk maar kort van tevoren heeft gemaakt, lijkt zachter te liggen, maar nu dreigt hij z'n slaap weer te verjagen.

Soms helpt het wanneer hij zich inbeeldt dat hij naar zichzelf kijkt terwijl hij slaapt, de gestalte is 's nachts naast het pad die hem opmerkt onder de schuine haag van takken en bladeren tegen de dode boom, de vreemde jongen met overal haar, met de ogen dicht, de mond open, iemand levenloos en teer, dan de verbazing, hoeveel een slapende van de nacht mist.

Hij wil het weten en verrast zichzelf door een verloren zoon aan te spreken, Oy, het fort heeft iets met z'n huid gedaan, ze lijken nu bijna even licht. Oy draagt metaal op z'n borst, maar het deel voor z'n rug heeft hij vergeten of nooit gekregen, ook z'n heupen en bovenbenen zijn onbedekt, kale plekken in een vacht, de blote bruine poten, dit halve, hulpeloze nadoen, het vervult hem met weerzin.

– Waar was je dan, het duurde nog best lang.

– Ik slaap niet meer in het grote huis.

– Wat vind je van dit zwaard, kerel scheet zich leeg en toen mocht ik het houden. Voel maar hoe scherp, zelf gedaan.

– Hoe bedoel je lang?

– Ze kwamen niet naar buiten. Ze zagen de kapitein en bleven binnen.

– Waar is de vierde?

– Vierde?

– Het zijn er vier, jullie hebben er een laten ontsnappen.

– Wat lul je nou, dit zijn ze allemaal.

– Wie heeft ze zo vastgebonden?

– Zij, wij mogen ze niet aanraken.

– De kapitein wil ze bewaren.

– Nee, nee. Hij is iets anders van plan.

– Kregen ze honger?

– Ga iemand anders lastigvallen.

– Komt dit door jullie?

– Die fik hebben ze zelf aangestoken. Ze gooiden eerst met brandende dingen. Geen idee, ze hadden meteen moeten schieten. Beter voor ons.

– De rook.

– We schoten terug, maar toen brandde het huis al.

– Komen er kogels uit die kinderstok van je?

– Niemand miste je toen je nog was verzopen.

– Waar waren ze?

– Ze konden nergens heen.

– Misschien hadden ze al een schuilplek. Het zullen manden zijn geweest, gevuld met droog spul, het zal al klaar hebben gelegen. Wie hebben ze gepakt? Heeft die vierde ze verraden?

– Ik hoor niets anders dan een Portugees hoerenjong.

– Wat wil de kapitein met ze? Ze zijn schoner dan ik. Hebben jullie ze te eten gegeven?

– Hoe weet je nou welke je vader was?

– Die ene die steeds over z'n eigen pik struikelde, dat was 'm. Heeft m'n oom geholpen, wist hij waar ze zaten?

– Van knielen groei je krom. Je oom is een verrader.

Hij tikt tegen de borstplaat, Oy slaat z'n hand daar weg. Dan prikt hij Oy met een vinger in de rug.

– Je bent dood.

Even de angst voor een vergissing, Oy die niet net als de anderen krimpt zodra hij z'n oom inroept, maar Oy grijpt niet naar z'n wapen, doet alsof hij niet is aangeraakt, loopt weg alsof iemand hem roept, omdat hij belangrijk is, ze hebben hem niet voor niets dit harnas en dit zwaard gegeven, straks mag hij heup aan heup rond het vuur hetzelfde eten naar binnen werken, ga maar zitten, snuif niet te diep boven het eten, de roden hebben er om de beurt met hun bruine vingers in geroerd zodat hun nieuwe aap de oude smaken eten niet te veel hoeft te missen, hij kan niet stoppen vernederingen voor Oy te verzinnen, schaamte belaagt hem, hij laat grote mannen Oy uitlachen. Lachen, lachen, lachen.

De vierde man struikelt, maar hij mag niet blijven liggen. Z'n linkerbeen sleept, hij is meer toegetakeld dan de anderen, z'n ogen zijn rode knotten, z'n rode mouwen zijn rafels van huid en stof, twee jongens van z'n oom jagen hem met z'n eigen piek vooruit, hun trots dreigt steeds los te breken, deze gezichten hebben ze van tevoren bedacht, hem bedriegen ze niet, hij weet waar hij op moet letten.

De twee broers, hij zou z'n oom van luiheid kunnen beschuldigen, zo makkelijk zijn deze twee te porren voor een verborgen mes in de mouw, iets bitters in je eten, vooral die oudste, een verklikker als z'n vader, varkenshanden, niemand die ooit iets over hun zussen zegt, alsof alle halen en schrammen uit zichzelf groeien, de huid van hun wangen, armen en borsten vanzelf ziek kleurt en zwelt. Bloeden de broers, dan vloeit er goud uit hun wonden, schijnen die iele sneden, opgelopen door takken en scherp gras, feller dan de zon.

De drie op de grond lijken teleurgesteld de vierde te zien, alsof ze op hem voor hun redding hadden gerekend, ze schelden de broers uit, die hun kameraad als een dier hebben voortgedreven, hij kan bijna elk woord verstaan, moet zich inhouden niets hardop te herhalen.

Hij wil dichterbij komen, de mannen verder afluisteren, bij hen zitten, z'n uitspraak op hen oefenen. De roden uit het fort verjagen de verloren zonen, nemen de wacht rond de mannen over, op bevel van de kapitein vermoedt hij, ook al kan hij die nog nergens ontdekken. De mannen krijgen water en iets wat op pap lijkt, waar ze om moeten lachen, de troep uit het fort, ze slingeren grauwe brij op de grond, spugen het na, nu roepen ze iets over stront, over bruine tanden.

Hoe het zou smaken, daar is hij benieuwd naar, hij ziet de pap op z'n open hand lillen, zichzelf er gulzig naar happen, hij zal erachter komen hoe ze het bereiden, waardoor het zo vast blijft, elke vlek en zweem zal hij naar een graan of een plant herleiden, hij probeert de hoeveelheid water te raden, het ding waarin het pruttelde, de tijd op de vlammen, door hun eten beter dan zijzelf te proeven zal hij het van hen afnemen.

De vier zitten rug-aan-rug, donkere sporen mieren plunderen hun pap. Het is rumoerig, de jongen ziet anderen toestromen, bezweet, hun armen vuil nog van het oogsten en planten. Hoe meer er komen kijken hoe krapper de kieren in de kring van de wachters. De broers zijn niet eensgezind over hun vangst, de een zegt dat ze de lafaard in een boom vonden, hem naar beneden dreigden te schieten waarop pis als regen van z'n tak sproeide, de oudste houdt vol dat ze het rode varken in een zelf gegraven kuil aantroffen, dat de gek geluk heeft gehad, ze hadden hem bijna vertrapt.

Een gek zou wat hij hoort aan de roden verraden, z'n huis in het fort maken. Een gedachte die hij niet meer wil voeden en hij stapt achteruit, buiten het bereik van gevaarlijke woorden, tot hij ver genoeg staat om weer doofheid te kunnen veinzen. De oren van een koeskoes en de tong van een geit die alleen maar om z'n eten of z'n moeder roept, maar z'n moeder staat hier niet tussen, hij ziet alleen maar mannen, twee kringen van verschillende kleuren, te veel gebaren, de luidste dieren onder de bomen.

De kapitein gebaart dat Oy bij hem moet komen, die te laat lijkt te beseffen wat er gebeurt. Op weg naar de kapitein valt Oy stil, kijkt om zich heen, maar de anderen houden z'n graaiende blik af, tevreden opeens over hun plaats meer achteraan, hij is alleen.

De roden, spottend, de jongen heeft al vaak op hun gefluit geoefend, het kan huid als doornen krassen, duwen Oy de laatste stappen vooruit. De kapitein houdt z'n hand op, Oy heeft maar een ding om af te geven en gehaast drukt hij de kapitein z'n zwaard in handen. Misschien herkent de kapitein het zwaard van een dierbare kameraad, het is te veel gepoetst, te scherp geslepen, misschien heeft Oy het bevel gemist dat een vernederd zwaard de wapens van de roden niet in verlegenheid mag brengen. De kapitein houdt een schijngevecht, niemand lacht harder dan de anderen nu, Oy staat alsof vastgebonden, wat ooit even z'n zwaard was maait om hem rond.

Goedgekeurd, de kapitein lijkt naar een plek ervoor aan z'n riem te zoeken, dan merkt hij Oy weer op. De kapitein houdt het zwaard boven de kling vast, het doet het wapen krimpen, alsof hij nu een mes vasthoudt. Dan drijft de kapitein de punt naar beneden. Hij probeert zich naar voren te dringen, maar het lukt hem niet om erachter te komen waar Oy is geraakt, die na een korte gil verstomde en in de meute verdween.

Het zwaard, amper bebloed, is een stok geworden, de punt kerft lijnen in de aarde. De kapitein neemt de ruimte, hij dwingt de kring groter met z'n tekening. Eerst leek hij een kruis tevoorschijn te snijden, maar het kruis krijgt nog veel meer strepen en de jongen moet aan de grote mast van het schip denken.

Het is de mast, het bovenste deel, de anderen moeten het nu ook doorhebben, de kapitein tekent geen zeilen, alleen het kale rondhout. Dan begint hij aan de lijnen voor de touwen, het zijn er maar vier en de jongen begrijpt waar de tekening voor dient.

Wanneer de orders klinken heeft hij zich al achter de bomen verborgen.

Hij is zenuwachtig, na het slepen van Geesje heeft hij Nel niet naar de hut zien terugkeren. Hij let op of Nicolaas niet nog meer vallen heeft gezet, de struikeldraden en bedekte kuilen lijken bijgehouden en dat stelt hem gerust. Hij komt zonder geschenken, hij wilde niet aan de mast van de kapitein werken, dacht meteen aan de hut op de heuvel, dat is alles. De dode vrouwen heeft hij teleurgesteld, maar die zitten niet op een kist met een smeulende lont om hun pols op vijanden te wachten. Hij begint te praten, spreekt hun woorden met opzet gebrekkig uit, hij walgt ervan, als ze z'n stem niet herkennen moeten ze hem maar van de heuvel knallen, wat maakt het uit, alle plekken zijn op, beter Nicolaas hier in het volle licht dan de anderen die wachten tot hij ergens alleen in het donker is.

Net op tijd herkent hij een struikeldraad, hij volgt het dunne touw, ontdekt de wachtende tak met de tandenrij, het snijwerk zal Nicolaas lang op z'n kist hebben gehouden. Ik ben het, roept hij nu, de lafaard die hij is, de verstotene, de halfbloed die nog langer wil leven.

Nicolaas zit niet op z'n kist, op z'n knieën wroet hij in de aarde met de rug naar hem toe, voor het eerst ziet hij ook Nicolaas' blote voeten. Hij heeft genoeg lawaai gemaakt om de meeste vogels van hun tak te pesten, maar Nicolaas negeert hem, de zaailingen hebben hem verslagen. Dan het bijtende besef dat hij zich heeft vergist, de machtige krijger is een oude man. Nicolaas komt iets omhoog, draait z'n gezicht, merkt hem eindelijk op, hij is vastbesloten verrassing of schaamte in de blik aan te treffen, in de houding, met de ontdekking Nicolaas te verwonden om hem daarmee de ruimte voor revanche te geven, de oude man hoeft alleen maar op te staan, te dreigen met de dood en de teleurstelling zal verdwijnen, zo moet het gebeuren, sta op oude man, sta op.

Iets landt op z'n borst. Nicolaas heeft het gegooid. Hij raapt het op, een wortel of twijg, het is dor en dood. Tegen z'n schouder, dan tegen z'n slaap, hij proeft aarde, Nicolaas blijft hem met de dode oogst bekogelen. Misschien is het een grap en hij gooit terug, alles landt voor of naast Nicolaas, hij durft dus nog altijd niet.

Daar is Nel. Ze heeft iemand bij zich. Een van de zussen, wat toevallig, het is Seng, ze draagt haar haren anders, Nel moet haar de kleren hebben gegeven. Ze sjouwt manden, een aan elke hand, ze loopt achter Nel, haar armen trillen van het gewicht, ze heeft het warm. Nel draagt niets, ze wappert zich koelte toe met haar schort, gebaart waar Seng de manden moet neerzetten. Daarna stuurt Nel Seng naar binnen, houdt het meisje nog even tegen, blijkbaar wil ze goed worden begrepen, mag het meisje straks niet weer met het verkeerde naar buiten komen.

Dat is het dan. Hij draait zich om en daalt de heuvel af. Hij raapt een dikke tak op van de grond en elke val op z'n pad onthult hij, slaat hij aan stukken.

Hij sluit zich aan bij de anderen, ze zijn nog niet ver, de belangrijkste boom hebben ze net uitgezocht. Er zijn zagen uit het fort, het kan hem niet schelen wie die als eerste vasthield, hij duwt alle slappelingen weg, kiest de grootste en wijst die naar de andere kant. De zaag hapert en hij geeft lange Ano de schuld, gebaart dat die niet zomaar wat moet trekken. De tanden schuiven weer in het ondiepe spoor, hij geeft met een knik steeds het tempo aan, als apenreet blijft opletten kom het goed, elke haal krijgt een uitroep, nu niet vastlopen, de anderen hebben zich rond hen verzameld, hij weet het, deze boom is van hem, al moet de zaag ervoor breken. Ano geeft het op en hij kijkt rond, z'n spot moet de juiste dommekracht uit de menigte lokken. Een van de broers, de jongere, alsof hij nog niet genoeg de held is geweest vandaag, kom maar, laat maar zien wat die mollige armen kunnen.

De zaag is geweldig, hij snuift de schroeilucht op van het opgehitste hout, het ding maakt hem groter dan hij is, wie dit elke dag mag gebruiken kan tot boven de bomen bouwen. Hij merkt dat hij jonge broer kan uitdagen, hij trekt net te vroeg terug, voelt de korte speling, het vluchtige moment dat hij alleen zaagt, de baas is, nog eens en nog eens reageert jonge broer te laat. Hij hoort mannen klagen, schelden, maar die houden de zaag niet vast.

Ze gooien lijnen om de stam, willen zo de val versnellen, de richting sturen. De jongen voelt dat jonge broer het heeft opgegeven, nog maar net genoeg meebeweegt om niet belachelijk te lijken. Z'n armen zijn nat en strak, er moet metaal in huizen, hij wordt maar niet moe, zelfs met een wankelende jonge broer lukt het hem de zaag recht en boos te houden en hij drijft en sleept en ondergaat sidderend de steeds hogere toon van jagende tanden in het laatste hout van de stam.

De slepende knak van de verslagen boom is beangstigend, wekt een walging bij hem op, de schuld van z'n honger, kijk die lafaards die niet meteen de levend uitziende takken van de machtige stam afhakken.

Er is alleen de simpele tekening van de kapitein en verder niets, de roden kijken van een afstand toe, bewaken om beurten hun kring, blijven hun walmende lonten verversen. De mast bepaalt hoe lang de palen moeten worden, de jongen wil zich ermee bemoeien, de pennen die ze altijd voor daken gebruiken zullen niet sterk genoeg zijn, maar z'n vernedering van jonge broer heeft hem een slechte geur bezorgd. Hij mag de boren en hamers uit het fort niet meer aanraken, moet de vrouwen maar gaan helpen.

De roden houden het eten tegen, vegen na het graaien hun handen af aan hun besmeurde hemden, spugen in de manden omdat er nergens vlees in zit.

Het ding kan zo niet staan, ze moeten het veel dieper ingraven of aan touwen rechtop houden. De mast is sterk geworden, maar hij is ontevreden over het werk, de slordige pennen die schuin in het hout zijn gehamerd, overal uitsteken, zelfs niet bedekt worden door het onbeholpen koord dat eindeloos om de verbinding is gewikkeld.

Met een steen en mes kerft hij openingen waarop de punt van een voet past. Een dikke oude tak, maar nog niet broos, en lang genoeg om van de grond naar het dwarshout te klimmen, hij weigert te vertellen wat hij zelf aan het maken is.

Ze graven een dieper gat, klemmen de mast met steeds meer palen, nog verder en het dwarshout komt te laag te liggen, hun langste moet eronder staan om de hoogte te bepalen.

Iemand slaat een touw om z'n nek, doet een stikkend zwijn na. Het komt door de jongens die van de mast af springen, daarna als bokken tegen het ding beuken, net als tijdens die eerste dagen na het schip, het onverwachte gelach overal, het angstige stelen en sarren. De Oude moest het uiteindelijk stoppen, liet zelfs z'n broer wakker slaan, die naakt dochters achtervolgde, hen hagedissen noemde, niet rustte voor hij hun eieren vol had gespoten.

Hij merkt dat de roden hun musketten op steunen laten rusten. Als ze nu schieten raken ze ook de dodenmast van de kapitein. Hij gelooft niet dat ze hun eigen soldaten zullen ophangen, de kapitein wil iedereen bang, hoe vaak heeft hij niet mannen gehoorzaam gekregen door hen naar z'n verlangens te laten raden, hij zal nog eerder de sukkels straffen die de mast voor hem hebben opgetrokken dan dat hij z'n eigen kleur zo openlijk zal laten bungelen, daarom nu ook deze plotselinge waanzin van de anderen, ze moeten iets wegnemen, iets oplossen, de schaamte dreigt voor de roden te groot te worden. De jongen loopt naar voren, als ze gaan schieten wil hij tussen de anderen staan.

De kapitein komt uit het huis van de Oude, achter hem trekken soldaten de vrouwen van de vier mannen voort, de jongen heeft zich vaak voorgesteld hoe de kinderen in hun buiken eruit komen te zien. Lichter dan hij waarschijnlijk, en met sluik haar, maar misschien zullen ze handen delen, neus en wenkbrauwen. Hij zal de oudste zijn en ze zullen hun eigen taal spreken.

Het is tijd, een jongen loopt voorop met een trommel, droge, echoloze tikken, alsof het vel is gescheurd. Een stoet, de kapitein heeft zelfs de broers erbij geroepen, ze mogen zich voordoen als de jagers van de belangrijkste prooi, de redders van het maal.

De vier rennen niet weg, smeken niet om hun leven, hij ziet er allemaal tekenen in dat de kapitein ze niet zal doden. De vier, zo los, ze praten onder elkaar, hebben pijpen en tabak gekregen, hun ongedwongenheid maakt z'n ijver belachelijk, de paal die hij heeft gemaakt zodat ze de mast op kunnen klimmen gooit hij weg, hij vreest het moment dat iemand ernaar zal vragen. Hij is week, spijt bijt hem, de kapitein hoeft maar iets in de aarde te krassen en hij gehoorzaamt, moet weer meer verzinnen dan er wordt gevraagd.

De vier touwen hangen over het dwarshout, de kapitein stuurt een soldaat de mast op. Die houdt zich aan een van de touwen vast, die twee man aan de andere kant naar achteren trekken, daarmee de soldaat omhoogtillen. Hij ziet de trillende grepen, schrikt omdat hij honger herkent, armen met dun bloed. Boven omhelst de soldaat de mast, het bouwwerk houdt het, de kapitein kijkt niet meer naar hem om.

De vrouwen moeten knielen. Hun gehuil maakt ogen onklaar, hij heeft het al eerder meegemaakt, blik na blik wendt zich af, hij wil niet zoals de anderen zijn en blijft naar de vrouwen kijken. De kapitein laat de vrouwen rechtop zetten. Hij trekt z'n zwaard en met enkele snelle houwen opent hij hun kelen, de vier zijn de enigen die schreeuwen. De kapitein maakt een knijpend gebaar met z'n vrije hand en de vier krijgen een band om hun hoofden gebonden die hun kaken van elkaar trekt. Hij denkt: de vier zijn te lang uit het fort geweest, jaloezie onder de achterblijvers heeft giftige verhalen veroorzaakt, ze hadden moeten weten dat de mannen die hen nu gaan ophangen niet meer hun oude kameraden zijn.

De eerste sleuren ze naar het uiterste touw, een magere man met donkere vlekken op z'n gezicht, op z'n voorhoofd, duidelijk zichtbaar zelfs onder z'n baard. Hij krijgt de strop om, meteen springt hij omhoog om los van de grond te blijven spartelen. Hij vraagt zich af hoelang de luid steunende soldaten de man in de lucht kunnen houden. De kapitein komt erbij staan, steekt z'n zwaard in de zij van de man, het laatste stuk duwt hij met twee handen tot de stang naar binnen, daarna wrikt hij het zwaard uit een duidelijk gat, bloed vloeit langs het lichaam omlaag.

Daarna wachten. Hij denkt dat hij altijd als eerste zou willen gaan.

De man hangt eindelijk helemaal stil, de soldaten mogen hem neerlaten. Ze vegen het zweet van hun gezicht, gieten water op hun handpalmen, daarna rapen ze het volgende touw op.

De volgende. Z'n baard is zo dun, misschien is hij de jongste van de vier, ook al is hij de langste. Ze slepen hem naar het hangende touw. De man maakt zich duidelijk zwaar, onder het touw wurmt hij zich los en laat zich vallen. Ze trekken aan z'n schouders, proberen hem om te draaien, maar hij heeft de dode gegrepen en zo moeten ze het gewicht van twee man bedwingen. De kapitein wijst naar de grond, de man hoeft niet meer te staan, de strop zakt. Zodra het hoofd van de man door de lus is, snelt het touw omhoog, de man stijgt spartelend op, de onverwachte haast heeft hem van de dode getrokken, bijna raakt z'n hoofd het dwarshout, maar dan valt hij weer. De jongen ziet de soldaten elkaar de schuld geven, de man op de grond hoest en hoest. De soldaten nemen het touw weer in hun handen, hun armen nemen een aanloop. Het touw schiet omhoog, trekt de nek van de man in een onmogelijke houding. De man hangt en bungelt, de soldaten lijken tevreden, kijken hoopvol naar de kapitein. De nieuwe dode mag omlaag.

De soldaat in de mast is ervan afgesprongen, ze dragen hem weg, z'n benen zien er niet goed uit.

De derde man mompelt, net als de vorige probeert hij zich zwaar te maken, maar hij is kleiner, ze rapen hem makkelijk op en hij begint te schreeuwen, gevaarlijk, iedereen weet dat gillen je lichter maakt.

De soldaten hebben het touw om hun dijbenen en middel gewikkeld, ze hoeven nu alleen maar een paar stappen naar achteren te zetten. Het touw hangt iets te hoog, ze tillen de kleine man op, steken z'n hoofd door de lus, van de kapitein mogen ze niet aan hem hangen. De kleine man wappert met z'n benen, rent op de lucht. De soldaten trekken hem hoger, alsof ze vrezen dat het hem gaat lukken te vluchten. Het schreeuwen is gorgelen geworden, er komt schuim uit de mond van de kleine man. De kapitein komt erbij staan, drijft z'n zwaard weer in de hangende, de kleine man kronkelt, wie moet nu niet aan een gewonde slang denken. De kapitein trekt het zwaard naar zich toe, waardoor de buik van de kleine man openscheurt. De soldaten laten de derde dode neer, knikken, bij de volgende zullen ze het touw weer zo om hun lichaam wikkelen.

De laatste man heeft te veel gezien en is stil. Ze proberen hem van z'n plaats te trekken, maar door op een vreemde manier met de graaiende handen mee te bewegen lukt het hem te blijven staan. Ze krijgen hulp, nu staan er vijf man omheen. Ze slaan hem op z'n rug en schouders, hij bukt of struikelt, verdwijnt uit het zicht, het is wachten op de schoppende bewegingen. Een gil klinkt en de kring valt uiteen, de man ligt op de grond, duwt keer op keer een mes in z'n buik. De kapitein roept, luider dan hij gewoonlijk doet. Ze pakken het mes af, de laatste man bloedt en trilt, hij trekt z'n benen op tot z'n knieën z'n kin raken en zo slepen ze hem naar de mast. Onder het touw trekken ze hem recht, het lijkt makkelijk te gaan, misschien is hij al leeggebloed. Hij krijgt het touw om z'n nek terwijl hij ligt, de soldaten zetten hun stappen naar achteren. Er ontstaat een plas onder de man, de jongen heeft niet eerder bloed horen kletteren.

De kapitein wijst naar de broers, ze moeten bij hem bij de mast komen. Ze rennen allebei een andere kant op, maar de roden staan in een kring en ze komen niet ver.

Hij verstaat het, de kapitein dankt de broers voor hun gevulde geest en hun snelle benen, zonder hen was dit een lege gebeurtenis geweest. De jongste steekt hij dan in de nek, de ander rukt zich los en rent weg. Ze laten hun pieken neer, sluiten de rennende in, hun prooi geeft gauw op, daar knielt hij al, z'n varkenshanden houdt hij open voor zich.

Nu wel de trappende bewegingen, ze gebruiken ook hun pieken.

De mannen kregen daarna hun zeildoek omgebonden, hij hoorde later dat ze vanaf de scherpe klif in zee zijn gegooid. De broers werden opgeraapt, weggedragen, in hun huis gewassen, gereedgemaakt voor hun volgende plek, z'n oom boog z'n hoofd voor hun vader. De vrouwen, die de kapitein had opengesneden, had leeggehaald, moest iedereen laten liggen.

Tot de lichamen verdwijnen, maar dat mag niemand opmerken, zoals niemand weet waar de vrouwen nu liggen.

Ija was de eerste toen, ze stond het dichtst bij de kapitein, Ija, die hij achter een boom had zien huilen, zo lang geleden al. Het heeft geregend, hun afdrukken zijn vaag geworden, de jongen moet raden welke van haar is.

Ze zullen niet met hem willen praten, misschien is dat ook waarom hij de dode vrouwen niet meer hoort.

Die dagen erna is het eiland nog altijd groot genoeg, wanneer hij zonder richting loopt, wanneer hij het scherpe gesteente opzoekt dat z'n enkels en ellebogen rauw schaaft, hij als een kind weer in palmen klimt voor de jonge noten, z'n dijen gaan bloeden omdat hij te gehaast afdaalt.

Soms eet hij, eigenlijk wil hij de tussenpozen uitrekken, na een dag zwerven doet verveling hem dan toch naar gaten in broze stammen speuren, hij hakt de larven tevoorschijn, maar kauwen voelt als een nederlaag en hij stopt met peuteren naar de laatste, die het diepst zitten.

De regen maakt de stromen vanaf de top van de berg feller, hij probeert ertegen in te lopen, maar vindt het niet erg wanneer hij z'n houvast verliest, takken en stenen z'n rug belagen.

Het haar op z'n wangen en kin lijkt dikker dan eerst, sneller gegroeid, alsof iets in z'n gezicht is ontketend. Hij snijdt wat af, ruikt eraan, het is dezelfde dikte als de krullen rond z'n pik. Hij ontdekt een bult achter z'n oor en wanneer hij erin knijpt plakt er iets aan z'n vingers, het is troebel, bijna bruin.

Z'n voeten zijn nog te mooi en hij zoekt de mangroven

op. Hij mag het water niet aanraken, moet op de wortels blijven lopen, aan het eind van de dag is hij tevreden over de krassen, over alle gehavende huid van z'n vlezige voeten.

Resten van vuren, botten van dieren die duidelijk zijn aangevreten, vodden of scherven, de kale plekken op bomen omdat iemand takken nodig had. Iedereen ontwijkt hij, maar de plaatsen waar mensen zijn geweest en iets hebben achtergelaten lijken een pad te vormen, dat hij volgt. Hij besluit naar een hoger deel van de berg te gaan, omdat hij vermoedt dat hij daar minder leven zal aantreffen. Het moet ouder zijn, al langer hebben gelegen, dat is het, het moeten de resten van mensen zijn die hij niet meer kan ontmoeten.

Hij ziet iets glimmen, het lijkt te zijn gevallen, daarna te zijn overspoeld, maar hij kan het nog makkelijk uit de aarde trekken. Het moet van de roden zijn, het is rond en lijkt op z'n knieën en ellebogen te passen en hij denkt aan de soldaten die achter de schipper aan liepen. Hij verwacht nog veel meer te vinden, probeert de richting te raden die de troep heeft aangehouden. Hij moet verkeerd zijn gegaan, want er ligt niets meer onder de bomen.

Daarna wordt het lopen belangrijk, dat en niets anders. Tijdens z'n tochten begeeft hij zich steeds verder van water, het moet opgelegd voelen. Hij stuit op een jager in de verte, bungelende vleermuizen aan z'n heup, dat moet Gos zijn, die altijd een slinger gebruikt. Hij ziet een arm omhooggaan en hij zwaait terug, Gos kijkt hem vreemd aan, het moeten z'n gescheurde kleren zijn. Z'n mond stroomt vol, onverwacht na zo lang niet drinken, te dicht bij iets te eten, de vleermuizen die hij zich boven een vuur heeft voorgesteld. Gos verdwijnt, het lijkt op vluchten, het kan hem niet schelen, hij gaat de andere kant op, blijkbaar moet hij nog hoger om helemaal alleen te lopen.

Toch drinkt hij, wast hij zich, toch maakt hij vuur, verdwenen blijven lukt hem niet, toch komt hij weer beneden bij de huizen.

Hij hoort dat een schip is verschenen, kleiner dan het vorige, maar daar is ruzie over, sommige tellen zeilen, andere willen eerst weten hoeveel mannen en kanonnen, de schoten die de bomen leegbulderden toen hij zich nog op de berg verschanste kwamen vanuit het fort, hebben de nieuweling verwelkomd. Het schip zal vandaag de baai bereiken, hij moet mee om te gaan kijken. Het lijkt een feest, hij ziet schelpen en veren, kinderen die met eten in hun knuisten rondrennen, hij begrijpt niet waarom de Oude dit toestaat na de laatste keer, zelfs z'n oom draagt z'n gekleurde hoofddoek.

Misschien dat hij de dode vrouwen opzoekt, de plaat ligt nog bij hen. Hij heeft kleren nodig, de kinderen wijzen steeds naar hem. Dat kniestuk of elleboogstuk heeft hij ook nog en anders vraagt hij Dra om een mand, wie weet hoeveel handen er voor de oogst overblijven na dit schip.

Iemand heeft de plaat gevonden, de kuil ligt nog open, iemand moet hem in de gaten hebben gehouden, dat kan niet anders, niets viel op aan de plek, hij had niets in de grond gestoken, niets in een bast gekrast, dikke aarde drukte erop, daar zou niet zomaar een voet doorheen dringen, zelfs niet na dagen regen. Hij graaft het gat verder uit, maar de plaat is nergens. Hij zoekt naar sporen, twijfelt over elke indruk, hij heeft zelf al te veel rondgestampt.

De graven lijken nog hetzelfde, de stenen zien er niet uit alsof ze zijn verschoven, hij vraagt wie ze op hun grond hebben toegelaten, wat hun voor deze diefstal is beloofd. Hij tilt toch wat stenen op, maar de aarde eronder is oud, rot en onrustig door insecten.

Dan de angst dat hij zelf degene is die de plaat heeft opgegraven, dat hij niet meer weet dat hij de plaat al lang geleden voor iets heeft geruild, honger heeft hem eerder misleid, hem naar dingen laten grijpen die er niet waren, hem wijsgemaakt dat overal afgronden in makkelijke paden braken. Hij probeert zich iets te herinneren, een beeld van modderige handen, van de tocht met de plaat onder z'n arm, hij zoekt naar gevoelens van spanning en spijt, als hij ermee naar de huizen is gegaan moet iemand er iets over hebben gezegd, hem hebben nageroepen, ze zouden zich niet kunnen inhouden, hem hebben omsingeld. Hij graait nog eens in het gat, hoopt de opening van een gang te vinden die naar de graven loopt, hij wil z'n plaat, wil de macht over z'n gedachten terug.

Djessus zal hem vertellen wat er is gebeurd. Hij klimt in de mango, wie hem ooit heeft bespied zal niet hebben gezien waar hij Djessus verstopte, dat kan niet, Djessus zat bij z'n heup, daarna ging hij van z'n handpalm naar de opening, zelfs al scheen er even licht op, de schittering van de bladeren zal de vreemde flits hebben opgeslokt. Hij kan erbij, steekt z'n vingers in de spleet, die krapper lijkt, hij gaat heen en weer, voelt iets ontsnappen, alsof hij Djessus net dieper de stam in heeft gedreven. Hij strekt z'n vingers zover hij kan, probeert Djessus naar buiten te schrapen, hij knippert een paar keer tegen al het zweet.

Peinosskestasnossoosantifikadosedjateinoom. Op deze plek zal hij Djessus nooit meer achterlaten. Misschien moet hij hem helemaal niet meer verbergen, hij besluit Djessus voortaan bij zich te dragen. Hij kust het gezicht, daarna iedere punt van het kruis, hij vraagt om heiliging, koninkrijk, om verlossing van beproeving en kwaad.

Als een zwerm van iets, hij kan al horen dat het druk is op het zand. Het is geen Portugees schip, maar misschien is dat de verkeerde wens, de verkeerde kleuren hadden de kanonnen gewekt, dan zouden er geluiden van triomf klinken.

De huizen waren verlaten, hij heeft twee koeken gegeten, er waren er nog veel over in de pot, maar nog een en de stapel zou te klein lijken.

Het gekraak van schoten veroorzaakt vogelgekrijs, hij verwacht een wilde meute die z'n kant op komt rennen. Hij draait zich om, weigert zich te haasten, hij wil niet bij de anderen horen die moeten vluchten omdat ze zich hebben vergist.

Niemand verschijnt achter hem. Hij loopt alleen, hij is opgelucht dat hij kalm is gebleven.

De roden ziet hij eerst, ze staan bij de boomrand, nog hoog, dat betekent dat de anderen allemaal op het zand zijn, hij begrijpt niet waarom ze zich door het water en de musketten laten insluiten. Ze hebben hem opgemerkt, hij wil ze niet passeren, hij moet een omweg maken, zodra ze hem niet meer zien zijn ze hem vergeten.

Daar is ze, drie masten maar duidelijk kleiner dan het moederschip. Ze laten boten neer, hij staat te ver, ziet beweging maar kan verder nog weinig aan de mensen in de boten ontdekken. Hij zal iets dichterbij komen, maar net als de roden niet te ver van de boomrand wijken. Het schip lijkt hem sneller, maar het is later aangekomen, het moet zijn verdwaald of veel later zijn vertrokken.

Het pijnigende verlangen weer zo'n schip te naderen, een hand op de ongelooflijke romp te leggen, alle belofte, ook hij miste z'n aanwezigheid in de baai.

Dan houden de roden het niet meer. Ze stappen op het zand, roepen en zwaaien, schieten in de lucht, maar de anderen laten zich niet wegjagen. Het blijft stil op de boten, die hem plat schijnen, hij beseft dat er maar weinig uitsteekt, alleen koppen die amper boven de rand komen. De riemen worstelen, ze bewegen zwak, botsen op elkaar, hij vraagt zich af wie het nog meer opvalt.

De verloren zonen lopen tot hun middel het water in, ze krijgen een touw toegeworpen. Hij denkt aan sjouwen en opdrachten en aan Nel, en de lafheid van Nicolaas, dat hij ooit bang voor die man is geweest. Ze zijn met meer nu, meer honger en meer bevelen, Nel zal haar Seng moeten verstoppen.

Hij ziet riemen op het water drijven. Alle vreemde tekenen verlammen hem, hij wil zich verschuilen, maar het lukt hem niet zich af te wenden, de boomrand te passeren. Het schip ligt niet rustig, aan deze kant leidt maar een enkele donkere lijn van de romp naar het water, ook de zeilen die nog wapperen, helemaal vooraan, niet opgerold aan de mast plakken, hij herinnert zich dit niet.

Ze slepen de boten het zand op. De soldaten klimmen er als eersten uit, ze gooien hun helmen af, rukken aan hun borstplaten, ze vallen op hun knieën. Dan landen jongens op het zand, die zich omdraaien en naar mannen reiken met kettingen en knopen. De mannen slaan een arm om de jongens, worden vooruit gedragen. De boot biggelt leeg, er struikelen roden naar de menigte, roepen om eten en drinken, grissen happen uit de handen van kinderen.

Maak hen niet belachelijk, want dat vrezen ze het meest. Maak hen niet kleiner, minder, het is gevaarlijk naar hun schaamte te wijzen, die hen overal als een schaduw volgt.

Hun eigen mensen zo onbedekt nu, als de zieken, de dieven, het is te veel, het kan niet lang meer duren. Hij rent van het zand af, gelukkig dat hij weer kan bewegen, als hij snel genoeg is kan hij misschien nog meer koeken meenemen, een kleine voorraad cassave aanleggen.

Hij hoort schoten, het is begonnen. De berg heeft taaie stammen van z'n benen gemaakt, hij rent alsof hij nooit moe zal worden. Hij is de enige van z'n soort, sterft hij, dan sterft iedereen.

Ze vertellen het hem met grote verwachting, ze komen er niet uit wie het mag doen, dus beginnen ze allemaal tegelijk te praten, gebruiken woorden die herhaling verraden, hij stelt zich voor zich hoe ze onderweg hebben geoefend, hoe hun plezier groeide met elke betere versie.

Door hen niet aan te kijken hoopt hij hen te ontmoedigen, even twijfelt hij, maar dan doet hij z'n handen op z'n oren. Ze noemen Nicolaas de zwarte duivel, raad wat de zwarte duivel heeft gedaan, de zwarte duivel en z'n zeug konden niet meer wachten, ze hebben geprobeerd een boot te stelen. Gesjor aan z'n armen, maar ze zijn te druk met vertellen om hem werkelijk te laten luisteren. Jouw vriend, zo noemen ze hem ook. Zijn soort kent alleen maar lafaards, de tent met wachters heeft hij in brand gestoken, hij had gewacht tot de meesten sliepen, wie niet wilde verbranden kreeg buiten meteen een kogel of een houw van z'n zwaard, ze zijn als beesten afgeslacht, veilig deze vriend, in het donker van de nacht, overdag was deze duivel niet meer dan een zwarte geit geweest, een geitje dat nog van een tjitjak verliest.

Hun plezier maakt hen slordig, hij vermoedt dat ze in hun haast stukken overslaan, ze beginnen onder elkaar te morren over wat er eerst gebeurde en wat daarna, het maakt weinig uit, hun geiligheid houdt niets geheim.

Het was hem bijna gelukt, zeggen ze, hij had z'n zeug al bijna op de boot gehesen toen de kapitein en z'n mannen hem betrapten. Hij was goed voorbereid, maar dit verwachtte hij niet, de kapitein wilde iets van het schip en hij wilde het al voor zonsopgang. IJzer en glas, zeggen sommigen, maar anderen weten zeker dat het om kruit en kogels ging. Het werd een groot gevecht, twee bokken, hun zwaarden waren tot bovenaan de berg te horen.

Ze verzinnen maar wat, niemand van deze grote monden heeft er iets van gezien, hij weet niet wat Nicolaas bezielde, de kapitein kan hem bij z'n hut hebben vermoord, hem daarna naast de boot hebben gelegd, alles rook en droom, een nuttig gerucht.

De kapitein had bijna van die duivel verloren, z'n mannen moesten hem redden, het was gerechtigd, ze hebben de moordenaar van hun kameraden gewroken.

Hij heeft er genoeg van, hij worstelt zich uit de kring, ze roepen of hij ook gek is geworden, of hij bloed wil zien voor z'n vriend. Hij vraagt wat er met de vrouwen is gebeurd. Met Seng, iemand moet haar hebben aangetroffen. Ze zijn nog niet klaar, dreigen hem aan een hoge palm te hangen als hij van plan is hen 's nachts ook in brand te steken. Hij vraagt nog eens wat er met de vrouwen is gebeurd. Wacht, wacht, hij moet nog horen hoe z'n vriend is geëindigd. Die zwarte hebben ze aan iedereen gegeven die er maar in wilde prikken.

Ze grijpen naar z'n ballen, hij kan niet geloven dat hij hun handen daar moet afweren. Ze blijven Nel een zeug noemen, willen weten waarom hij haar niet kan vergeten, of haar kut bastaarden lustte, wie weet wat hij allemaal op de heuvel deed, waarom de zwarte wilde vluchten.

Hij rent van hen vandaan, ze gillen hem na. Z'n moeder en al haar schuldige namen, alsof ze nog leeft, alsof hij nog een kind is, de oude pijn is weg, hem is zoveel meer te verwijten.

Hij komt soldaten tegen die iets achter zich aan slepen. Ze zingen. Het lichaam aan het einde van het touw is zonder handen, het kruis lijkt uitgesneden, waar het gezicht zat is niets dan vlees, de nek is touw rond bot. Hij herkent de rafels die ooit Nicolaas' kleren waren, verder is alles hem vreemd.

Het schip moet vol, de Oude heeft hulp beloofd, het is zijn manier om hen uit het fort te houden. De Oude kiest de mannen die zullen gaan oogsten, daarna alles naar de ruimen moeten krijgen. Hij zit erbij.

De onderhandelingen waren met een vreemde, niet eerder was deze man uit het fort gekomen, maar nu verscheen deze gladde figuur die geen wenkbrauwen had, z'n hoed droeg alsof het z'n haar was, die met de kapitein aan z'n zijde tegenover de Oude de oogst uittelde, over het komende seizoen verdeelde. De kale leider schoof een van de zakken naar voren die alles zouden houden. De Oude bevoelde uitgebreid de stof, gebaren die gemompel opwekten, ingehouden blijdschap, iedereen begreep wat hun Oude hiermee bedoelde, de roden merkten niet dat de Oude hen met behoedzame vingers bespotte. Het werd te rumoerig en de Oude stopte, de enige weerstand tegen de vernedering hadden ze met hun domme gegrinnik weggejaagd.

Niets over de voorraden die allang in het fort liggen. Hij stelt zich de volle zakken voor, woelend, wormen als hongerige vingers die de stof overal tot leven krioelen, de woede van de roden, die hun kale sturen met een grimmige kapitein, ook de Oude sprak niet over de mensen die na de eerste oogst waren verdwenen.

Er is echt een tent afgebrand bij de boten op het zand, de roden zijn daarna met hun eigen vuur naar de hut van Nicolaas gegaan. Nel was nergens, hij heeft zelfs nog een vogel voor de toegang van het huis van Sengs ouders gelegd, maar hij mocht niet passeren. Een dode rode zou te veel een triomf zijn om verborgen te houden, Nel moet zijn ontsnapt en dan zal iemand haar gauw vinden, of ze is overgelopen, ze zal Seng bij zich hebben gehouden, nog een dochter voor het fort.

Ze varen maar een paar man per keer, willen zo veel mogelijk ruimte laten voor de vracht. Hij roeit, vergelijkt z'n armen met die van Des naast hem, die dikker zijn maar effen, ze missen de knopen en plooien, waardoor er geen schaduw op valt.

Eindelijk zal hij dan op het schip staan, en niet geblakerde delen ervan van de bodem oprapen. De herinnering pijnigt hem dat z'n oom hem de vorige keer van het schip kon afhouden, hem eerst had beetgenomen en daarna met straf had gedreigd, alle jongens die verdwenen, daar wilde hij bij horen.

Ze kijken omhoog, roeien tegen elkaar in, ze moeten keren, botsen bijna tegen de romp, zoveel hout, niets zo groot kan blijven drijven, het beneemt hem de adem, hij moet huilen. Er wordt meteen een vol net neergelaten, maar het kan hem niets schelen, hij klimt naar boven. Alles is glad, hij moet oppassen, hij is er al bijna, wat ze ook roepen.

Zoveel meer wind hier dan op de boot beneden, alsof die hier ontspringt. Z'n haren geselen hem, alle geuren sarren schubben tevoorschijn op z'n huid. Zoveel touw, het doet hem giechelen, het lijkt een vergissing, hij snapt alle mannen nu, een voor elke oneindige draad.

Hij wil niet ophouden, de grote mast daagt hem uit, met al het touw kan het niet moeilijk zijn om helemaal bovenin te komen. De roden zijn in het fort, hij vraagt zich af of ze hun eigen schip zouden beschieten wanneer het nu naar open zee zou varen. Misschien ligt de schipper ergens halverwege de berg, wat zou er gebeuren wanneer hij in de kleren van de magere man op het schip verschijnt, of ze vanaf het fort zouden geloven dat hun schipper is teruggekeerd. Hij lacht en klimt.

Ze schreeuwen dat hij naar beneden moet komen, hij mag daar niet zijn, ze kunnen hem zien. Hij denkt: ze weten niet wat ze zien, de adelaar is geland, ik ben de nieuwe schipper. Het gedeelte waar hij staat is nog niet het hoogste punt en hij klemt zich om het hout, draait z'n handen in het touw, het is niet ver meer, hij kan het springen.

Hoger dan iemand als hij ooit is gekomen, hij laat de adelaar horen, maar ook de apen, hij rouwt om het eerste schip, die mast had hem nog dichter bij de hemel gekregen, hem werkelijk oog in oog met de berg gebracht. Z'n klim heeft de baai veranderd, hij kijkt uit over een vreemde, nieuwe plek, heeft moeite iets ervan te herkennen. De bomen zijn groen vuur, beschermen het eiland, hij heeft niet geweten dat het zo was.

Misschien moet hij luisteren, voordat ze straks op het zand iemand anders voor hem aanzien, zich op de verkeerde gaan uitleven. Het is goed zo, hij laat het touw vieren tot z'n voeten weer hout raken.

Er ligt kots bij de trap. Wat ze naar boven slepen schuift erdoorheen, neemt zure strepen op. Ze staan om hem heen, het is nu zijn beurt. Laat maar zien of de adelaar ook binnen kan vliegen.

Hij moet aan de poelen van de vleermuizen in de grot denken, hij probeert het in te houden tot hij helemaal beneden is, maar hij weet dat hij het niet gaat halen en hij kotst, voelt wat op z'n enkels spatten. Gelach en gestamp vanboven, er komt nog meer aan en hij steekt een arm door de trap om bij de volgende aanval niet van de treden te vallen.

Het is pis en dood en schijt, een pap van zweet en aangevreten huid. Hij is duizelig, z'n hemd heeft hij om z'n mond gebonden. Het stinkt niet alleen, het is ook nog donker, hij stapt in zacht en glad, hij zou nu in zee willen springen. Alles wat loszit moet naar boven, hij grijpt in de duisternis, voelt iets van een ton, vast iets zwaars wat die lul voor hem niet heeft willen tillen. Hij probeert het van de vloer te krijgen, daarna kantelt hij het ding, misschien kan hij het naar de trap rollen. Hij roept om een touw, blijft weg van het trapgat om niets op z'n hoofd te krijgen. Aan elke zijde behalve de onderkant knoopt hij een kruis, dan roept hij dat ze kunnen trekken, alleen een gek blijft eronder staan.

De laatste lading voor het donker wordt, hij is moe, merkt het aan z'n armen, die al van een lege emmer beginnen te trillen, een hamerend hoofd maar overal touw, dus hij hoeft niet om te vallen. Ze hebben een vat met hard brood geopend, de olie die ze al eerder gevonden hadden kreeg de grove plakken eindelijk zacht genoeg voor hun tanden. Iemand zei dat ze dat spul niet moesten eten, hij had het over de olie, zei dat ze die uit mensenhuid persen. Dan moeten we juist verder eten, klonk het van ver achter op het schip, zo kunnen onze buiken aan hun ziektes wennen. De geur gaf de bangerik wel gelijk, de olie stonk naar oud slijm, naar zwijnentongen. Onder in de ton gekrioel van poten en larven, ze waren op tijd gestopt met eten. Ze vulden de ton met zeil, sloegen het deksel weer vast.

Hij kijkt naar beneden, de zee wordt al een afgrond. Hij laat het net zakken, is de laatste op het schip. Hij probeert te bedenken wat hem het meest omringt, het kermende hout of de krakende touwen, misschien heeft de wind hem vandaag al te doof gewaaid. Ze schelden van beneden, dierennamen omdat hij het net het laatste stuk niet meer hield.

Op het zand branden lantaarns, wie zegt dat hij hier op het schip niet de nacht mag doorbrengen, voor een keer, voor zonsopgang zal hij dan al vertrokken zijn, hij kan zelfs in het donker nog het stuk terugzwemmen, het is niet zo ver. Aan het einde van iedere dag sturen ze twee roden naar het schip voor de wacht, dan klinkt de bel ook weer, maar twee man kan hij ontlopen, hij kan zich verstoppen, ze zullen nooit alles doorzoeken, waarschijnlijk slaapt de een terwijl de ander af en toe de bel aait. Ze roepen waar hij blijft.

Hij zou hun kleren kunnen aantrekken, hun wapens kunnen dragen om in hun houding het schip te bewaken. Hij voelt zich verdrietig worden maar blijft z'n gedachten volgen, het is te sterk. Hij is lelijk op dit schip, z'n vreemde voeten op het dek kloppen een misprijzen wakker, spot, voor hun vermaak kunnen ze hem een helm opdoen, hem in hun zware laarzen heen en weer laten stampen, hem als een aap de mast op sturen, kijk eens hoe die klimt, dat kunnen ze goed. Dan de drang om z'n pik aan het schip te tonen, het dek onder te pissen, de bel te stelen.

Waarom snaaien ze steeds kleine dingen, rondslingerend ijzer, stukken touw of vergeten eten, waarom mag niemand iets van hun schijterige diefstal ontdekken, waarom overal maar zeil over leggen, het vat weer sluiten na dat dode brood, waarom nemen ze niet mee wat de roden meteen zouden missen, waarom niet iedereen op dit dek bijeenroepen, een vlag verzinnen en sterke handen naar de ankers sturen, het roer in beweging duwen. Een lafaard moet de vlammen in het vorige schip hebben gestoken, het schip was een straf geworden, een plaag, niemand mocht het meer aanraken, bezitten, uit deze baai wegvoeren, al die misgelopen liefde, al dat verlangen heeft iemand boos gemaakt, bang genoeg voor wraak. Van beneden roepen ze dat ze hem gaan achterlaten, hij weet niet wat hij moet antwoorden, wat als hij dit schip tot z'n nieuwe huis uitroept, hoe zou hij het verdedigen, er zou geen touw meer overboord mogen hangen, hij zou van alles klaarleggen om klimmers mee te bekogelen, met vuur dreigen wanneer ze te dichtbij komen. Ze wachten niet meer, hij hoort het opspattende water van hun roeien.

Hij heeft spijt dat hij Nel is gevolgd, dat hij Geesje naar boven heeft gedragen. Geesje was Nels vracht, niet zijn zorg, hij probeert zich te herinneren of Nel op enig moment iets aan hem heeft gevraagd, of ze hem smekend heeft aangekeken of hem een beloning voor z'n werk beloofde, hij komt niet verder dan z'n handen, die Geesje steviger insnoeren, voorzichtig zijn rond haar gezicht, daarna aan haar gewicht wennen. Z'n bewondering voor Nicolaas, nu hij hem niet meer zal meemaken durft hij zo over hem te denken, kan z'n gehoorzaamheid niet hebben veroorzaakt, zwijgen en zitten hadden hem dan dichter bij z'n held gebracht. Hij heeft een dode vrouw een steile helling op gesjouwd, een onmogelijke kuil voor haar lichaam gegraven en zich niet afgevraagd waarom dit z'n taak was. Een onbekende als Nel, iemand die hij zich pas kon voorstellen toen ze voor hem stond, zonder glimlach of andere verlokking had ze hem in haar lastdier veranderd. Hij wil het aan bedwelming wijten, aan domheid zelfs of angst voor vergelding door Nicolaas, maar besef kerft hem open, het was niet meer dan haar vreemde en kostbare kleur die hem had doen opspringen, waardoor hij zich over haar dode had ontfermd.

De boot is al halverwege, ze zullen niet meer voor hem omkeren. Hij heeft honger, nu hij hier nog even is zal hij naar iets te eten zoeken, het waren slappe schimmen die op het zand vielen, hij zal goed rond de matrassen voelen of niemand iets kostbaars vergeten heeft, iets van hun land of eiland, een eetbaar restant van de planten en dieren die hun die geur hebben gegeven, de wrange pelslucht die nu nog overal hangt.

Hij trekt een harpoen los, zoekt naar iets om op te mikken, hij kiest een dikke prop zeil voorin en gooit. Niet ver van het midden, hij wrikt de harpoen los, draait zich om en gooit dan zonder doel voor ogen naar de achterzijde, hij raakt een deur. De harpoen zit goed vast nu, hij zet een voet tegen de deur, de punt schiet los en hij valt achterover, het scherpe deel duwt hij in z'n struikeling gauw van zich af. Dan gaat hij met een vinger over de inkeping, het hout van de deur moet ooit licht van kleur zijn geweest, hij legt z'n neus erop en snuift. De harpoen, met z'n weerhaken en rechte speer, zal geen moeite hebben grote vissen te grijpen, hij smijt het ding overboord.

In een van de kajuiten vindt hij een korte knuppel. Hij slaat ermee op de bel, keer op keer en steeds harder. Daarna duikt hij in het water en zwemt hij naar de oostkant, waar de zee bij vloed de boomwortels bedekt, geen mensen zijn.

Een verloren zoon heeft z'n halve harnas opgegeven, na de jacht is hij niet meer terug naar het fort gegaan, het bleek Rin, maar dat ontdekte hij later pas, eerst rende hij met de anderen naar het huis van Anan om brandende delen van het dak los te trekken, misschien hebben de roden zich vergist en wraak op de verkeerde vader genomen. Ze konden het niet meer stoppen, 's nachts lag hij wakker en hoorde hij Anan prevelen, die rechtop zat omdat hij z'n kinderen de vloer gunde, het was te krap voor iedereen, maar genoeg jongens hadden aangeboden de volgende dag te helpen met een hut, van groene takken en doorwortelde aarde, niets bijzonders, het zou geen storm doorstaan, maar goed genoeg om de komende tijd in te slapen.

Toen Rin eindelijk verscheen, vertelde hij dat hij een ander schip had gezien, nog klein en onbeweeglijk, te ver om de kleuren ervan al te herkennen. De Oude beval Rin terug te keren naar het fort, maar de jongen weigerde en ook z'n vader protesteerde. Niemand leek te begrijpen waarom de vader zo fel de kant van z'n zoon koos, de weigering werd met steenslagen bestraft, Rin kan z'n handen niet meer gebruiken, wanneer hij eet moet hij met z'n mond door de pap woelen, het gelach aanhoren.

Het fort wist als eerste welke vlag naderde, toen de kanonnen klonken had hij het zelf nog niet kunnen zien. Er spoot ook vuur en rook uit het schip, de hele baai bulderde, iemand, een leugenaar, riep dat er een rood kruis aan wapperde. Het vreemde schip schoot terug, wilde salvo's die het fort nooit konden raken, alleen de voorste jonge palmen schoten uit de aarde omhoog.

De leugenaar had toch gelijk, voordat het vreemde schip zonk had iedereen naar het rode kruis gewezen, op de bemanning gescholden. De jongen begreep niet waarom het gejuich tot de nacht duurde, een geit werd geslacht terwijl ze die beter konden verstoppen.

Zelfs na alle verhalen uit het fort over een vreemde ziekte onder de nieuwelingen, mannen die stikkend stierven alsof ze een giftige lucht niet uitgehoest kregen, moest er steeds meer worden gejaagd en geoogst. Het net voor de vleermuizen hield hij geheim, hij maakte de roden wijs dat de lichte speer het best was om ze mee uit de lucht te krijgen. Wanneer ze toekeken joeg hij in de schemer, waardoor niet alle dode dieren teruggevonden werden. 's Nachts verzamelde hij de verloren vleermuizen, die ze daarna in de aarde gaarden om de geur niet te veel te laten ontsnappen.

Het was niet genoeg om de honger weg te houden. Hij zag het aan de kinderen, die duf rond de huizen strompelden, hun lichamen niet tenger meer, ze rilden, werden monsterachtig. Hij kon het langer volhouden omdat hij al die tijd geoefend had, wist hoe je een kleine voorraad over meerdere dagen moest verdelen zodat je bek niet te gauw gruis proeft, je niet na elke stap weer moet pissen. De Oude liet Rin vastbinden, daarna moesten halskettingen en ringen in een kleed gewikkeld worden dat drie man naar het fort brachten. Het bericht werkte, de kapitein arriveerde omringd door soldaten. De Oude boog en wees naar Rin. De kapitein begreep het gebaar, stak een mes in de nek van de jongen en sneed door tot het hoofd alleen nog aan het touw hing dat eromheen was gewikkeld, tussen de lippen en over de oren, Rin tot een verbaasde uitdrukking trok. Daarna gaf de Oude de kapitein manden met sago mee en kruiken met het gestookte sap van de palm. Ook mocht de kapitein nieuwe verloren zonen uitzoeken. Voordat er ruzie ontstond had z'n oom Ais, Dus en Lon in een rij opgesteld voor de kapitein, ze leken vetgemest, voorbereid. Nu was de kapitein aan de beurt om te buigen, en hoewel de jongen het haatte dat iedereen om hem heen opgelucht klonk, hoopte ook hij dat de Oude juist had gehandeld en ze gauw weer zouden eten.

Het lukte hem niet meer om bij de anderen te slapen, hij bouwde een hut maar dichtbij, een navolging van de takken en aarde die Anan en z'n kinderen 's nachts bedekten.

Even was er meer, de noten die toch geen maaltijden maken moesten ze nog altijd tot in de nacht oogsten, maar ze hoefden niet meer zoveel sago te brengen en wanneer een stapel vleermuizen of apen te hoog werd, mochten ze daar de magere van houden. Z'n oom zorgde voor de verdeling, wanneer hij z'n hut zou afbreken zou hij ook z'n portie krijgen. Hij weigerde en werd slimmer met verstopplaatsen, steeds verder moest hij gaan om ongezien iets te eten, hij had z'n oom niet nodig, hij had niemand nodig.

De gebeden, de witte gewaden, het leek opgehouden, alsof z'n oom het had opgegeven of de Oude het eindelijk had verboden. Hij hoopt de jongens te betrappen, maar grotere groepen zijn zeldzaam geworden, wie niet op het veld staat, is in de boomgaard of lang onderweg, hopend dat de vallen iets hebben gevangen. Hij probeert zich een verhaal te herinneren over een reusachtige tros blimbing, hij weet dat hij dit ook doet om z'n moeders stem terug te halen, wonderlijk hoe sterk hij nu het verschil voelt tussen herinnering en verzinsel, hoe grijs het fruit blijft, iets met twee dragers nog die de blimbing tussen zich in droegen, meer verschijnt niet, en het geruis dat de haperende vertelling aan z'n gedachten opdringt klinkt te laag en eigenaardig, te veel als z'n eigen stem.

Hij luistert naar het leven boven hem in de bomen, elke onverwachte onrust waarschuwt hem, hij moet gauw achterhalen waarheen de vogels schieten, de apen vluchten en hen meteen volgen, de mannen met de haken en touwen zullen hem niet als een suffende roodvacht binnenhalen.

Ze verrasten hem in z'n slaap, op z'n goede plek achter de rots onder een afdak van palmblad, hij begreep niet hoe ze hem hadden gevonden. Blijkbaar was hij de laatste van die dag, want ze gingen direct naar het veld waar hij en de anderen moesten plukken en pellen, ze onder hun rode neuzen de zakken met stenen verzwaarden. Hij ontdekte dat ze hun water helemaal aan het eind van het veld bewaarden, toen ze met te veel tegelijk gingen drinken rende hij weg. Hij vroeg zich af of ze iemand in zijn plaats zouden bestraffen, er zat iets bruikbaars aan hun koppigheid, wie geen gezichten wilde herkennen hoefde ook niet een vluchteling achterna te haasten, die kon een willekeurige vervanger met de zweep toespreken, voor wie vlees eet zijn alle geiten gelijk. Hij wilde niet zo denken, toch dacht hij zo.

Het lukte hem daarna lange tijd om uit hun greep te blijven. De vrouwen verjoegen hem van het weven, hij moest iets anders verzinnen en besloot dan maar z'n marters en ratten te delen, hij deed de kinderen voor hoe ze vallen konden maken.

De hut, hij wilde niet kijken, naderde de heuvel dicht genoeg om figuren te zien bewegen. Z'n boosheid op Nel maakte dat z'n pik sneller ontlaadde wanneer hij aan haar dacht. Waarom legden de anderen niet hun laatste goud aan de voeten van Nicolaas, waarom niet de enige krijger die de roden angst leek aan te jagen met beloftes van eindeloze beloning naar hun kant verleiden, hij was daar, wil hij roepen. Hij begon er zelfs over tegen Dra, die niet meer dik was, hem vertelde dat hij zich uit het fort had gekocht. Dra leek hem niet te horen, dus herhaalde hij z'n beschrijving van hun eigen duivel die hun had kunnen leren terug te vechten. Hij schreeuwde bijna, maar Dra was niet doof, door te blijven zwijgen en onbegrip te veinzen wilde de man tegenover hem, Dra van de boten en de boze vader, van de eerste hap voordat de anderen aten, hem duidelijk maken dat het geen zin had hier nog tegen iemand over te spreken. De woorden verdwenen zodra hij ze uitte, hij vroeg zich af of de roden zo ook hun eilanden bouwden.

Het grote plezier waarmee naar hem gewezen werd wanneer het over de kinderen ging die in het fort werden geboren. Er zouden er inmiddels veel zijn, hij was benieuwd naar hun haren, hoopte die borstelig onder z'n vingers mee te maken, hoopte op een dag de diepte van hun oogkassen en de kleur van hun tong te keuren. Hij naderde het fort zo dicht als hij durfde, maar er kwamen geen kinderen tevoorschijn, hij zag ze niet, hoorde ze niet, in de verhalen die gehurkt rond de huizen werden opgedreund veranderden ze in geesten die je weefdraden lossneden terwijl je niet keek, je mond en neus bedekten tijdens luie slaap, wanneer hij erbij zat werden de verzinsels alleen maar wilder. Het kind, het water, de ton, de slordige worp, er moeten kinderen zijn geweest, maar de kapitein was geen andere man geworden.

Hij maakt zich zorgen over het schip, elke rookpluim lijkt opeens uit de baai te komen. Niet lang meer of het zal afreizen, bovendeks binden ze de volle zakken aan alles vast, het kleine schip moet dezelfde lading als z'n ouder dragen. Hij vraagt zich af wie van de anderen meegenomen zal worden, of er iemand van het eiland een plek zal krijgen, misschien wachten er al genoeg mensen zoals zij aan de andere kant om alles weer uit te laden. Het schip, niets anders zal hem ooit meer zo ver weg kunnen voeren, het beangstigt hem hoe hij naar de reis hongert, wat hij voor z'n verlangen zou moeten verduren, zouden ze aan boord na een van hun doden ooit toestaan dat hij wel mag blijven leven, de mannen die verteerd door hun tocht als holle stammen op het zand vielen zouden elk ander lichaam gebruiken, uitwringen om als laatste over te blijven. Toch rent hij steeds de rook achterna, houdt hij 's nachts hoog de wacht om een vertrek niet te missen.

Z'n moeder en z'n oom en nog vier of vijf anderen zijn

ooit overgestoken, hij denkt aan z'n oom als kleine, bange jongen, aan de sterke hand van z'n moeder, die laatst een tijdlang op Suta leek, hij wist niet waarom. De roep van haar bloed, zo eenvoudig om haar de schuld te geven, te doen alsof zij hem voortdrijft, zij hem dwingt haar over elk pad te volgen. De Oude is nooit voorbij de branding geweest, vroeger, toen hij nog vissen moest, als derde zoon nergens op hoopte. Z'n moeder heeft zich nooit aan de Oude aangeboden, haar zoon zou de prijs zijn geweest voor haar veiligheid en hij leeft nog, bijna niets kruipt of klimt meer op dit kuteiland, maar hij leeft nog.

Ze eten elkaar op, hij heeft het al eerder gehoord, ver voor de vreemde schepen en het donkere fort leefden er al verhalen over hoe ze op een eiland niet ver van hier, of op een plek hier maar vier dagen vandaan, of op een eiland dat daar eerder lag maar nu in zee is verdwenen, in barbaren veranderden die van honger weer op vier poten liepen, elkaar achternazaten voor het laatste vlees, hoe elke buik op elke naderende boot happen van een ander mens kan houden, maar hij is geen kind meer. De honger gelooft hij, het eiland is weerloos tegen de roden gebleken, ze moeten thuis eeuwige oogsten kennen. Hier kunnen mensen niet leven zoals de dieren die niets planten, van prooi naar prooi gaan tot elk nest is leeggeroofd. Het land is nog niet kaal, de bomen ontluiken nog in vrucht, willen de roden eten, dan hoeven ze alleen maar te grijpen, kettingen en gewapende wachters zijn goede mest.

Hij kreeg gelijk toen ze de volle graven niet ver buiten de muren vonden, de vrouwen waren naakt en sommige hadden duidelijke breuken, maar de tandensporen waren van de dieren die vlees door lagen aarde ruiken kunnen, geen moeite met ondiepe kuilen hebben. De lichamen zijn verdeeld, wie een oudste dochter miste mocht aanspraak maken, hij komt bij de vader en de moeder van Di staan. Hij merkt een herhaling in hun gebaren, ze wrijven over hun gezicht alsof ze huilen uitbeelden, dat heeft hij nog niet eerder meegemaakt. Hij doet hen na, keer op keer dezelfde strijkende bewegingen over de wangen en hij begrijpt het, de waanzin en wijsheid van hun spel.

Het schip is vertrokken, het voelt anders dan hij verwachtte. Hij heeft het niet nagekeken zoals hij zich had voorgenomen. Het fort liet de kanonnen afscheid nemen, salvo na salvo, hij dacht er verdriet in te horen, angst. Ergens heeft hij toch geloofd dat ze allemaal tegelijk weer zouden verdwijnen. In het bos is een brul of kwetter een waarschuwing, niets zo snel als een fel geluid, het zorgt ervoor dat soortgenoten verderop kunnen vluchten. Nu denkt hij aan de eerste die het gevaar ontdekt, die het geluid laat horen dat de anderen redt.

Hij wil zich niet meer verborgen houden. Hij is moe, ziet voor zich hoe hij zich overgeeft, het fort binnenstapt en bij de anderen knielt. Hij denkt aan een slaapplaats, aan beschutting, eten.

Ze hebben hun boten op het zand achtergelaten, ook de grootste met het zeil. Te fors en onhandelbaar voor iemand alleen, misschien zal het hem lukken genoeg anderen mee te krijgen, ze hoeven geen hulp te halen, zullen net zo lang varen tot ze eilanden aandoen die nog geen vreemde vlaggen hebben moeten verduren. De dode vrouwen hadden een goede basis gebouwd, stevige muren, alsof ze al iets van storm en wind wisten, en hij heeft de afgelopen tijd meer over daken geleerd, een vlakke plek, meer heeft hij niet nodig, dicht bij goed water, er moeten meerdere mensen in passen, er zal iemand zijn die hem komt helpen, die net als hij zo slim is geweest om de brul voor te zijn, de noodkreet achter zich te houden, iemand zo snel en sterk als hij, iemand die z'n gezicht al kent, z'n gebeden, samen zullen ze hun akker zegenen, hij moet niet vergeten jonge cassave mee te nemen.

Van de baai naar open zee loopt een spoor dat het licht anders weerkaatst, vanaf z'n hoge plek is het goed te zien, alsof ze hun olie van boord hebben laten sijpelen om hun weg terug te vinden. Z'n mond valt droog alsof die zich hun harde brood herinnert. Ze zullen nog spijt krijgen.

Z'n oom is grijs geworden. Iets plaagt hem, misschien de hitte of een insect, steeds kamt z'n oom z'n haren met kromme vingers naar achteren, alsof niets op z'n hoofd stil mag liggen, het is dan dat hij alle grijs ontdekt, zwart is alleen nog maar de buitenste bedekking.

Een brutale list, z'n oom heeft hem gelokt, wil helemaal niet met hem bidden. Om z'n oom te betrappen grijpt hij diens hand en trekt hij hem naar de aarde, naar een knielende houding, daarna wacht hij, de hand in z'n greep trilt licht, tot de oudere man net als hij een kruis zal slaan, z'n moeder moet toch een jongere zuster zijn geweest.

Elk woord van de roden was in het begin reden voor vermaak, later werd het nadoen van de belachelijke klanken een uitweg voor momenten wanneer ernst te veel zou verraden. Z'n oom verbastert z'n kruis, een soort gebroken lus ver van de borst, meer is het niet, toch voelt de beweging niet ongedwongen, alsof z'n oom de beweging heeft geoefend, een vorm verzonnen heeft die zowel z'n neef als z'n eigen god zou kunnen misleiden. Hij laat z'n oom weer opstaan.

– Ik kom eigenlijk hiervoor. Ary heeft het voor je gemaakt.

Z'n oom houdt een korte, dikke en geblakerde bamboestengel voor zich uit. Hij neemt de bamboe over, trekt de stop eruit, ruikt eraan, Ary's kleverige bloesempap, het lukt haar dus nog om het te bereiden. Hij duwt de stop terug.

– Bedank haar. Ik zal het later opeten.

– Nee, nu. Ik wil je zien eten.

– Straks, het is slimmer om het nog even te bewaren. Te verdelen.

– Ik wil dat je nu eet.

– Hier, hou maar dan.

– Ze heeft het voor jou gemaakt. Wacht er niet te lang mee dan.

– Schrik je van me? Wat zie je?

– Dat is niet belangrijk. We moeten eten wanneer we kunnen.

– Ik ben niet veranderd, ik word steeds beter.

– Je ziet er ziek uit.

– Kom je daarom bidden? Is dit m'n laatste dag?

– Je bent mijn neef, ik moet voor je zorgen. Alsof je moeder hier nog is.

– Waarom zeg je dat? Hoe kan ze voor je bestaan? Heeft je god daar geen regels voor?

– Dat is niet belangrijk nu. Dit is een kwestie van bloed. Van belofte.

– Ik kan jagen, een huis bouwen. De roden vinden me groot en sterk genoeg om me te willen vangen. Het is ze al 's gelukt en ik kreeg toen niet het kinderwerk. Volgens mij verzin je die belofte.

– Je bent al oud inderdaad, niemand kan je meer tegenhouden en niemand houdt je ook tegen. Ben je ook al oud genoeg om te begrijpen dat je beschuldigingen je weer meer kind maken? Je weet wat ik bedoel.

– Je bent verbaasd dat ik nog leef.

– Onder mijn bescherming.

– Bescherming? Hier, lieve oom, kijk hier maar eens naar en durf nog 's te liegen.

– Ik hoef 't niet te zien. Je bent schaamteloos. Ik heb de verantwoordelijken gestraft, dat weet je alleen niet. Zoveel weet je niet.

– Wat vindt je god van alle deze geheimzinnigheid? Welk belangrijk deel van je eer raakt beschadigd wanneer iedereen je hulp kan zien? Of moest de straf verborgen blijven? Heb je hetzelfde tegen Key gezegd?

– Jij en je moeder. Jullie spreken te scherp.

– Zij zegt niets meer. Zelfs de doden zijn je te luid.

– Ik heb... ik heb goedgedaan. Ook haar god zou me niet veroordelen.

– Mijn god, jouw god. Het is niet mogelijk.

– Laat me nog eens kijken.

– Je hebt 't al gezien.

– Ga niet weg. We moeten nog praten. Het is belangrijk.

– Je wilt me in het wit. Een van je knapen.

Z'n oom laat zich op z'n knieën zakken, slaat een kruis en zegt de woorden van het gebed beter dan hij, z'n oom klinkt als Nicolaas opeens, hij vraagt zich af of de Portugezen z'n oom ooit hebben gevraagd mee terug te reizen. Hij komt niet bij z'n oom knielen, het eenzame gebed voelt als een boetedoening, misschien doet verbazing hem aarzelen, hij weet het niet. Dan nog een kruis, zelfs een kus op de vingers, en z'n oom duwt zich aan z'n bovenbeen weer omhoog.

– Hij heeft meerdere stemmen, meerdere namen. Soms verschijnt hij, soms is hij schaduwloos. Dit betekent niet dat mensen hun god kunnen optuigen zoals ze willen. Het betekent dat hij in de harten van mensen kijkt, dat we ons niet voor hem kunnen verschuilen, steeds kiest hij de juiste verschijning.

– Je bent nu zelfs god aan het verzinnen. God vraagt niet, hij eist. Kijk maar naar de doden. Als god je zou vragen hem naar de hemel te volgen, dan zou niemand meer sterven.

– De dood onthult niet wie er wordt gevolgd. God of de duivel.

– De duivel weet wie we werkelijk zijn, hij weet welk gezicht hij moet aannemen.

– Het fort eet ons leeg. We moeten aanvallen voordat we niets meer kunnen. De kapitein is achtergebleven. We doden hem en dan is het afgelopen, we nemen het fort over. Als ze terugkomen zijn de kanonnen van ons.

– Je spreekt kanonnen vreemd uit.

Iedereen moet helpen. Dit zijn de offers.

– Je kent mijn god, hij kan je zelfs verstaan. Ik ben geen offer.

– Het wordt een hinderlaag. Jij of iemand anders lokt hem naar de plek, hij kan niet alle soldaten meenemen. We moeten met meer zijn.

– Iemand anders?

– Je had z'n vriend moeten blijven. Hij was de enige die de kapitein kon verslaan. Je hebt hem voor jezelf gehouden. Waar is je spijt?

– Heb jij Seng naar boven gestuurd?

– Dit zijn de offers.

– Dit heb je tegen haar gezegd. Deze woorden.

– Het was niet nodig. Haar vader begreep meteen de noodzaak.

– Heeft iemand iets tegen Seng gezegd?

– De vrouw kwam haar ophalen, als ze niet tevreden was, mocht ze iemand anders uitkiezen.

– Een eerste geschenk.

– Je had op haar kunnen letten. Je koppigheid heeft ons veel gekost. Je had haar op haar taak kunnen wijzen.

– Wat als de Oude niet Seng maar Dja naar boven had gestuurd, of Rut?

– Ga niet weg. Blijf hier. We hoopten dat zijn dochter –

– Seng. Seng.

– Ze heeft niets gedaan. Haar vader is ontroostbaar. Wanneer ze weer opduikt zal ook zij de gevolgen van haar zelfzucht ervaren.

– Je praat tegen iemand die hier niet staat.

– Hij beweegt zich alsof hij van god is, hij is een misverstand, geen nachtmerrie. Deze tuinen zijn niet voor hem. We hebben hem met honing gelokt, maar nu zullen we weer een zwijn van hem maken.

– Je bent te laat. Ik ga naar het fort. Ik word een verloren zoon. Ik ga eten en drinken en je uitlachen vanaf de muur. Ik ga keien op je witte jongens gooien.

– Jij kende hem, je moet van hem hebben geleerd. Je weet waar al z'n wapens liggen. Je gaat ons aanwijzen waar, daarna neem je je plek in bij ons. We zullen ze verjagen, de aarde bemesten met hun lichamen.

– Ik verraad je, ik laat de roden weten dat jullie komen. Ik schenk hun de wapens die niet bestaan.

– Besef je niet hoe onheilig dit is? Om de gunst van een goddeloze te moeten smeken. Vader had iets anders voor me bedacht, maar dit zijn de offers. Ze zijn als stenen. Water glijdt eraf, niets groeit eruit. De gelovigen die niets doen zijn niet gelijk aan zij die met hun rijkdommen en met hun eigen leven voor god strijden. Dit is mijn leven, ik ben geen man voor bevelen. Om voor je te moeten knielen, het maakt een banneling van me. Hoe moet je begrijpen dat de hemel mijn plaats aan het vergeven is, ik zal achterblijven.

– Je bent te plechtig. En een leugenaar. De Oude en jij, jullie zagen het grote schip en waren lang niet bang genoeg. Wat dachten jullie, de sultan konden we wegjagen dus deze ook? Hun soldaten lopen voorop en nog laten jullie de akkers leeghalen en familiedieren slachten, hoe zullen zij daaraan terugdenken? Hoor je ze lachen?

– Hou je mond. Ik kan je opensnijden, de dorstige aarde voeren met je bloed. Je bent overgroeid voordat iemand merkt dat je bent verdwenen. Je naam zal verwarring oproepen. Niemand zal je meer kunnen beschrijven.

– Handel, zagen jullie jezelf al in andere kleren? Een eigen plek op het schip voor je sago en je schelpen en dan van eiland naar eiland gaan. Je eigen vlag? Of wilde je rode kinderen onder je dak? Als een slang van je oude huid af. Wilde de Oude eindelijk zelf sultan worden? Hij dacht, ik krijg ze wel los van hun kruit en hun munten, ze gaan me geven wat ik wil, we hebben zoveel dochters, ze zullen meer slapen dan schieten. Is het gelukt? Heeft de Oude z'n gouden rijk? Ben jij z'n nieuwe zoon?

– We hebben goedgedaan. Alles begon pas na de brand. Het was verraad en we hebben allemaal geleden.

– Ik meen het, ik ga naar het fort. We hebben verloren. Ze zijn de enigen nog om te gehoorzamen.

Oude huid krijgt vlekken als schroeiplekken, wie erin knijpt voelt te veel ervan tussen de vingers, het verdorren doet ook iets met de glans, vet is voor de jeugd, nu is het weggevlucht. Hij probeert zo veel mogelijk huid bij z'n oom te betrappen, bij z'n handen en polsen, z'n hals en wangen, zelfs de schenen van z'n oom lijken minder glad. Hij stelt zich voor hoe hij de armen van de oude man breekt, onder de knie als koppige takken, de gedachte gaat hem makkelijk af, ongelooflijk dat hij ooit bang voor z'n oom is geweest.

Z'n oom houdt z'n onderarmen gevouwen en zingt, hij heeft eerder gezien hoe, met de mond te wijd open, zo dierlijk en vreemd, de onverwachte afgrond met rotte tanden, hij wordt er misselijk van. Hij zoekt naar een geluid, begint dan te klappen, hij merkt dat hij wil dat z'n oom z'n ogen weer opent, van hem schrikt. Een knijpen van de oogleden, z'n oom weerstaat hem en hij komt dichterbij staan, klapt harder. Z'n oom stopt met zingen, maar z'n mond beweegt nog, het voelt zwak, z'n oom had langer moeten doorgaan, hij wil roepen dat god z'n zwichten zal onthouden, hij haat dit domme prevelen nog meer dan de voze open mond en het bijtende gekrijs, *Peinosskestasnossoosantifikadosedjateinoom*, hij zal z'n oom overstemmen, hem onder z'n eigen gebed bedelven.

Z'n oom stopt, hij hoopt niet dat het komt omdat z'n oom de salat heeft afgerond, hij tiert verder over de kracht en de heerlijkheid en het is als spugen, hij hoort zichzelf, de lafheid van z'n geraas, z'n oom, zo stil opeens, zo leeg, dreigt hem te verslaan. Hij wil even bestraffend zwijgen.

– Dat doe je niet. Je blijft hier en bij ons. Zelfs het eten in het fort is een valse belofte. Toen ze hier kwamen, zagen ze ons als dieren. Daarna, nadat ze hier in de bomen iets zagen glinsteren, werden we slaven. Zodra we ons verzetten veranderen ze ons weer in dieren. Je bent trots, dat weet ik, je zult het daar niet lang volhouden.

– Dieren zijn koppig en taai, ze zijn niet allemaal te vangen, sommige ruiken de jager op tijd. Ik ben moe.

– We hebben eten, de families hebben voor ons gejaagd. Ze laten hun kinderen verhongeren zodat wij kunnen vechten. Het is je heilige recht en je heilige taak. Je kunt de zwarte duivel niet meer terughalen. Hij had begrepen dat wij hem al die tijd hebben beschermd, zonder ons hadden ze hem z'n plek daar niet gegund. Zonder ons werd hij weer gevaarlijk, een echte krijger had dit aangevoeld. Nu ontbreekt hij en dat is jouw schuld.

– Hij is te lang bij hen geweest. Hij zou nooit tegen het fort hebben gevochten. Seng heeft hem onthuld.

– We vormen een voorhoede, de spits die hen onverwacht zal verwonden. Dat geeft ons de kans om hen vanuit de schaduw verder te bestoken. Jij wordt deel van de muil die hun beste mannen zal verslinden.

– Je droomt. Je bent een dier.

– Hoe geduldig dienen wij het vuur te verdragen. Jij hoort bij ons.

– Ik ben te laat. Ik had met het schip weg moeten gaan.

– De smeekbede van de smekende. Ik ben nabij.

– Portugezen stinken, ze zijn harig als zwijnen. Hun poten zijn krom, hun oren hebben scherpe punten. Als ze schijten, schijten ze wormen. Ze hebben kleine rattenogen, in hun borst raast een rattenhart. Toch slapen ze alleen maar, een Portugees rent alleen in z'n dromen. Ze zijn bang voor water, wie zich wast mag niet meer bij de anderen wonen. Hun vrouwen zijn als vrouwtjesdieren, klein en grijs, als ze vooroverbukken ruik je dode grotten. Portugezen snijden elkaar de vingers af om een ring te stelen, ze zijn allemaal van dezelfde moeder, allemaal hebben ze dezelfde domme ogen van dezelfde zieke vader. Als ze praten lijkt het alsof ze stikken. Iedereen weet dat Portugezen in mensen met vleugels geloven, in een god die steeds weer een andere dwaas moet sturen om nieuwe dienaren voor hem te zoeken. Ze vullen kanonnen met de hoofden van hun kinderen, ze schrikken van smaak in hun eten, pissen in de hoeken van hun huizen. Ruik aan me, oompje, voel m'n armen, heb je ooit al eens een Portugese pik gezien? Die zijn klein en droog. Durf me een Portugees te noemen. Tuit die vrome lippen van je. Zeg het. Mijn neef is een Portugees. Hij ruikt naar melk en vis die in een ton is geboren. Zelf is hij van mest en vuile kalk gemaakt.

– Je afkeer is voorspeld. Dit is geen lafheid. Het betekent dat gods oordeel je de hand reikt. Hij laat je niet tussen goed en kwaad dwalen.

– Was ze een soort Seng? Heb je je zuster ook voor niets verkocht, wat wilde die Portugees? Is dit je tweede poging om een gevecht los te krijgen?

– Toen je geboren werd waren we bang dat je haar ziekte had. Ze keek niet naar je om. Wij lieten je kauwen en braken, ze had geen drinken voor je, ze bleef wachten en staren tot de zee haar blind maakte.

– Waarom niet een hand op m'n mond gelegd? Waarom

mij laten ademen wanneer ik niets anders ben dan straf?

– Ik heb haar niet aan reinheid gehouden, ik ga hier achterblijven, god kijkt door alles heen, ziet de angstige die zich verschuilt.

– Leeft hij nog?

– Verander van god. Vecht met ons.

– Leeft hij nog?

– Ze stapten van hun boten en vielen op het zand. Niemand mocht zien hoe ze liggend verdergingen. Het werd er zo vol, ze zijn ze buiten de muren gaan begraven. Iemand van ons ontdekte het toevallig, ze proberen het geheim te houden. Ze zijn bijna naakt, blote voeten en blote borst, aan de rest hebben we niets. We laten de graven open.

– Wie heeft me laten leven, jij of je zuster?

– Je moeder was van dezelfde vader als ik, ik kon haar niet laten begaan. Wie weet hoe je eruit zou gaan zien, er zouden nog genoeg mannen zijn die we bij haar en jou konden vinden.

– Ik ga hier weg. Ik maak een boot of steel er een.

– Je afkeer is voorspeld. Je bent al gewogen, ingedeeld, dit hoef jij niet te dragen.

– Deze plek, zo weinig nodig om het af te nemen.

– Je moeder was boos na de sunat, ze wilde je niet op die afstand van je vader. Ze was fel, ik herinner me haar, haar scherpe mond, alles werd klauw en tand aan haar, je kent haar al niet meer.

– Een oom is niets. Geen vader, geen broer, niets.

– We hebben wat zwaarden, we kunnen je speren goed gebruiken, we wachten tot ze de oogst ophalen, soms gaan ze tegelijkertijd jagen. Dat is ons moment. Zodra iemand de veer van de kapitein ertussen ziet vallen we aan.

– Waarom niet vuur in het fort gooien? Je beste schutters zet je bij de poort, na de eerste pijlen durven ze niet meer naar buiten, tot ze weer van de vlammen moeten wegrennen. Vergeet de kapitein.

– Hij is hun moed. Hun wraak.

– Je hebt een god van hem gemaakt. Daarom Nicolaas. Die had hem weer in een mens veranderd. Zonder mij. Zonder mij.

– Na de overwinning is hun fort van ons, het is niet wijs het op te offeren. Tot ver zullen ze weten dat we kanonnen hebben. Ook de boten waar je zo hongerig naar loert zijn dan van ons.

– Ik kan m'n eigen boot maken. Je nieuwe slaven gaan het me leren. De zeilen, de richting, alles.

– Laat me je mes zien.

– Nee.

– Je mes.

– Je vergeet je plaats, oompje. Zelfs volgens jouw telling ben ik al een man.

– Je mes!

– Wat win ik? Nicolaas had je na de overwinning afgeslacht. Je trots is een moordenaar. Wat is mijn plek in het nieuwe koninkrijk? De Oude heeft je een verzinsel meegegeven, heb je ook zo tegenover de roden gestaan, met woorden die heen en weer slaan als slangenstaarten? Het gaat je niet om de kapitein, die zal net zo lief voor de Oude vechten, waarom blijf je hier zo lang praten? Is het dit mes? Duurt het je nu te lang, is het tijd voor bloed? Je begrijpt niets. De zee biedt geen vlucht.

– Je opwinding is dierlijk, geen verschil meer tussen jager en prooi, net je moeder.

– Haar zoon heeft nog altijd z'n mes.

– In je mes zitten handen die je nooit hebt zien bewegen, z'n ijzer is langzaam in het donkere steen gegroeid, geloof je werkelijk dat er ook maar iets alleen voor jou bestaat? Je mes herinnert je aan je schuld. En die zul je inlossen.

– Hier, neem. Jij wint. Dit is de inlossing. Je hebt m'n mes, nu ben ik geen man meer.

Hij heeft spijt, hij merkt iets in z'n lichaam zo zonder mes, maar hij moet volhouden. Over z'n verlangen naar een boot heeft hij al te veel gezegd, daar moet hij nu over zwijgen, z'n oom lijkt slecht te luisteren en dat lucht hem op. Wat een oude man, er groeit zelfs grijs in z'n wenkbrauwen, hij krijgt de benige vingers niet goed om het heft, laat los grijze schim, laat maar vallen, kracht verlaat je, de dood is dichtbij. Een dode oom, ook dat lucht hem op.

– Je hebt gelijk. Een oom is niets.

Z'n oom gooit z'n mes de schaduw van lage bomen in. Hij probeert het mes te volgen, markeert in gedachten de plek waar het verdwijnt, hij hoort het een keer stuiteren, en nog eens, daarna het ruisen van dichtere begroeiing, het geluid stopt, hij weet niet of het mes de aarde heeft gehaald of ergens is blijven steken.

– Niemand anders zal het terug kunnen vinden. Je geur is te vreemd.

Hij voelt zich ziek, z'n oom mag niet beseffen hoezeer het verlies van z'n mes hem aangrijpt. Hij moet zich niet meer tot spreken laten verleiden, z'n stem is een verrader nu. Z'n oom blijft maar staan, in gedachten raast hij al door de struiken, graait hij over de bosvloer. Een mondvol beloften, god zal alles, alles krijgen. Hij wacht z'n oom niet meer af, rent naar de plek waar het mes aan het licht ontsnapte.

Z'n vader en god zijn dezelfde, de luide gedachte overweldigt hem, daar het beeld weer van z'n vader als een gouden koning, het maakt hem klein en kind. De schemer onder de stugge stelen en dikke bladeren lokt deze gedachten, hij verwacht elk moment oog in oog met iets groots te komen, hij is niet meer alleen. Z'n vader die het mes aan z'n voeten zal leggen, zodat hij z'n handen niet tussen de slangen hoeft te wagen, z'n vader zou verschijnen wanneer hij nodig was. God is ver maar dan is er honger of dood en hij is weer dichtbij. Dan is er gevecht, storm, water dat in wilde stromen de berg verwondt, dan neemt de zee. Dan is er het vuur naar vrouwen, hen op te eisen, te verwonden, z'n vader die toestemming geeft, als god klinkt, de stem die hij dan niet kan verdragen. God hoort geen hulpgeroep, z'n vader is het vuur, het gevecht, de honger, het kan niet anders.

Hij woelt door de modder, hoopt dat de punt van z'n mes z'n hand zal steken. De geur wordt sterker en hij vermoedt een hol of een nest, hij weet niet of hij in poep knijpt of eieren vertrapt, is opgelucht wanneer hij nergens een opening in de taaie modder voelt. Z'n moeder mag niet weten dat hij haar vergeet. Hij moet moeite doen voor haar verschijning, ze kan geen god zijn. Alle takken zijn het heft, hij trekt wortels los maar niets is z'n mes.

Uny is er nog, hij zal het aan haar vragen. Haar vader hing altijd de vangst uit, hij had de beste plek ervoor gevonden, helemaal aan de andere kant, hij had zelfs nieuwe roosters laten bouwen, strafte jongens die de vis niet goed vrij legden. Haar moeder stond erom bekend lang te doen met voorraden, het gerucht ging dat ze alles aanlengde, soms sago voor nieuwe kleuren om haar heupen ruilde, maar haar zoons waren groot geworden, groter dan hij, ook rook het rond hun huis altijd naar eten.

Hij merkt dat ze van hem schrikt. Dat wil hij niet maar hij weet dat ze gelijk heeft. Hij begint over boten te praten, de woorden sluiten niet goed aan, hij struikelt van gedachte naar gedachte en hij wil dat ze het hoort, hoopt dat ze begrijpt dat het belangrijk is waar hij achter probeert te komen. Langzaam gaat het beter, af en toe herhaalt ze iets, ze reageert wanneer hij naar uitrusting vraagt, naar manieren om vlees en fruit langer goed te houden, zodra hij de zee weer noemt lijkt ze van hem weg te vluchten en hij besluit voortaan ver van het water en boten en de redenen voor z'n reis te blijven. Dan antwoordt ze te snel, achter elkaar praat ze over bamboe, over zout en een bepaalde bast, iets moet hij eerst koken, dan is het nodig dat hij niet te gauw iets van de haak haalt, zo kan hij dit niet allemaal onthouden. Hij wil haar onderbreken, maar dan kijkt ze over z'n schouder, haar gehoor is beter dan het zijne, hij draait zich om en ziet jongens in wit rennen. Hij zegt dat ze niet deze kant op komen, maar Uny pakt haar manden op en loopt weg. Hij gaat haar achterna, maar dan rent ze, ze gooit de manden z'n kant uit, verdrietig houdt hij z'n pas in. Het lukt hem niet haar domheid te verwijten, haar de schuld voor z'n verstikkende rouw te geven. Ze verlaat het pad, hij wil haar naroepen dat ze dat niet hoeft te doen.

Iets met een inkeping, dan de bamboe begraven en rook die een bepaalde kleur moet blijven, hij probeert zich te herinneren of hij er eens bij was, het moet zo vaak zijn voorgekomen, een kuil met eten, dat moet hij toch hebben meegemaakt, hij denkt aan de koeken die hij wel kan bereiden, maar hij blijft ver van de akkers, misschien heeft hij nog iets aan z'n speren.

Heru kan hij niet vinden, de huizen zijn stil, hij ziet benen languit en roerloos liggen, durft niet meer binnen te komen.

Grootmoeder zegt dat ze niet bang is, de sultan heeft haar ook nooit de berg op gekregen, de roden zijn geen duivels, ze moet de eerste nog meemaken die niet bloedt. Hij helpt haar overeind, uit haar kring van urine en poep, laat haar op de balen lappen weer zakken, niemand die hier nu toch iets mee doet.

Bij het volgende huis vindt hij rauwe cassave met tandensporen, hij kijkt om zich heen of hij ergens kinderen kan ontdekken.

De soldaten zitten op tonnen rond een vuur, die ene slungelige vindt het leuk om er met de steel van een lange lepel in te porren. Net buiten hun ring, aan de kant van de zee, gestoken in het zand, de hoge takkenbos van hun pieken.

Iemand doet iets met het zeil van de grote boot, het ziet eruit als straf, ook omdat de jongen alles, het losknopen opnieuw oprollen daarna weer dichtbinden, alleen uitvoert. Er loopt nog een spoor van het water naar de boot, ze moeten er even eerder mee zijn uitgevaren. Nergens ziet hij vis, misschien verveelden ze zich, misschien hebben ze de opdracht het hout van de boot vochtig te houden. Hij is te ver van hen vandaan om ze te verstaan, hij ziet wel dat deze groep jonger is, hun baarden zijn dun en bij de meesten nog maar vlekken op hun wangen. Hij voelt aan z'n eigen stugge kin, er is bijna geen gladde huid meer tussen z'n oren en lippen.

Twee jongens staan op, lijken een open stuk op het zand op te zoeken. De kleinere trekt een lijn met de hiel, de andere is daar niet tevreden over, de jongens beginnen elkaar te duwen. De kleinere lijkt de worsteling te winnen, tot de te dik geklede jongen struikelt en daarmee de lijn uitwist. De kleinere trapt zand over hem heen, de andere jongen doet alsof hij er niets van merkt en sleept met een vuist een nieuwe lijn, misschien is het een cirkel.

Ze trekken hun messen, gooien een voor een. Dan rennen ze hun worp achterna, er wordt druk gebaard, de kleinere heeft duidelijk verloren.

Hij vraagt zich af of er iets in de tonnen zit, of de jongens hun messen in het zand zullen vergeten omdat ze te druk ruziën over de uitkomst van hun spel. Hoelang het spoor diep genoeg blijft om zonder hulp de grote boot terug in zee te duwen.

Onder de bomen was hij nooit veilig. Om ver van het water te zijn, daarom is hij nu diep in het bos. Het stinkt er, hij moet aan het nest dode vogels denken waar hij ooit van schrok, de dampende zwarte brij met snavels, aan huid ook, aan smeltende wonden. Hij herkent de omgeving niet, ongelooflijk dat er nog steeds stukken zijn waar hij nog niet eerder is geweest. Misschien vergist hij zich, heeft hij hier eindeloze eerdere keren gelopen, hoort dit dichte bos bij alle andere herinneringen die hij nog in zich voelt maar geen beeld meer worden.

Hij hoort de krakende echo's van schoten, merkt dat hij meteen wil doen alsof het de geluiden van vallende takken zijn, het bos is oud en rot, heel vaak laten de bomen hier iets los. Dan blijft het stil, hij denkt aan herladen, verwijt zich niet meteen de duur te hebben bijgehouden vanaf het laatste schot. Een volgend salvo lijkt lang uit te blijven, hij wil dat het bos z'n bek houdt zodat hij beter kan luisteren.

Daar, het is ze toch gelukt nog eens te vuren.

Niet iedereen is even snel met z'n kruit, steeds volgt er nog een schot. Ze moeten de soldaten tijdens de jacht hebben verrast, het geluid lijkt niet van de kant van de boomgaarden te komen.

Hij wacht, mist z'n mes. Het blijft maar stil, dan hoort hij bladeren druppels kaatsen, hij vraagt zich af of de regen schoten onhoorbaar kan maken.

Toen hij voor de roden op apen en vogels moest jagen nam hij ze mee over de oudere paden, daar kijkt hij eerst. Het zal niet te ver van de huizen zijn, hij weet niet goed waarom hij dit vermoedt. Z'n oom zal nieuwe jongens niet te lang hebben laten dwalen, niet zo lang dat ze er bang van kunnen worden. Misschien sturen de roden er ook alleen nog maar nieuwelingen op uit. De jongens die hij bij de boten zag, die in een kluwen bij hun vuur sliepen, eruitzagen of ze wisten wat er allemaal buiten hen was en daarom heel dicht bij elkaar lagen. Hij loopt nog tot de bocht, dan gaat hij weer ergens anders heen. Niemand verlaat het fort voor de jacht zonder iets te eten bij zich te hebben, daar denkt hij aan.

Het eerste lichaam ligt met opgetrokken knieën onder de waringin. De jongen haast zich ernaartoe, bedwingt zich dan weer. De ogen zijn open, overal insecten, de jongen maakt wegjagende gebaren, ziet dan zichzelf, een zwaaiende dwaas, laat z'n armen weer zakken. De oren missen, een slinger mieren leidt al naar een van de gaten in het hoofd. Wonden overal, alsof hij omsingeld is geweest, van korte afstand steeds op hem in is gestoken, het wit is doorweekt, de jongen kan niet ophouden naar steeds nieuwe kerven te speuren. De kleren moeten onhandig hebben gezeten, een arm lijkt erin verstrikt, misschien heeft dat hem hier tussen de wortels gekregen.

De jongen kijkt ook iets verderop, bij de oever, en achter bomen. De roden moeten hun doden hebben meegedragen. Misschien heeft hun kant niemand verloren, konden ze nog allemaal op eigen kracht hiervandaan. Ze hebben zelfs geen speren of messen achtergelaten. Na hun overwinning zijn ze niet gestoord, van iedereen hebben ze de oren afgesneden. Alleen z'n oom hebben ze onthoofd, de jongen vraagt zich af of de kapitein erbij was.

Het voelt vreemd om de lichamen niet bijeen te brengen, hen niet in een rij of kring te slepen. De schroeiplekken op sommigen begrijpt de jongen niet, ze moeten recht voor de lopen hebben gestaan. Misschien is een gevecht nooit de bedoeling geweest.

De jongen vindt touw en stopt dat bij zich, een verloren hoofddoek is nog bruikbaar, ook trekt hij een lege kruitfles los, de jongen kan niet beslissen of hij de anderen nu ook zal omdraaien, er zit bloed in de modder, hij moet niet meer alles willen wegvegen, z'n vader zegt dat het genoeg zo is, laat ze maar liggen.

Z'n vader herinnert hem aan water, de kruitfles lijkt geen kieren te hebben en de jongen vult het ding, bindt het daarna om. De jongen vraagt naar stroming en wind, naar de namen van zeilen, z'n vader loopt voor hem uit en zwijgt, de jongen moet sneller over de klamme weke bodem om hem niet kwijt te raken.

XXIV

Roep haar, de pijn is terug. Het licht is anders, je hebt geslapen. Waar blijft ze, ze moet dichtbij blijven, het is niet goed voor haar om zo ver te gaan, je moet haar banger maken.

Waar is ze, ze moet je de pot brengen, je roest opvangen, je loog toen ze naar je jaren vroeg. Ze leeft met jou, Balthazar. Je bent weer twee, ook al is dat niet genoeg voor een kind, het is mislukt haar de jouwe te laten dragen. De verspilling van die ander, de jongere die beter was gebouwd, haar heb je werkelijk verloren. Net als jij werd ze slijmerig na de regen, je voelt het nu, een mond vol vergane bladeren.

Een droom heeft je gewekt, je dacht dat je ergens anders was, op een schip, maar er was een binnenplaats breed genoeg voor paarden, die krompen zodra je erop klom, ze klonken niet meer als paarden, toen viel je in het water, de zee bleek alleen duisternis, je bleef maar vallen, vissen grepen mis, je graaide om je heen. Ze zal je hebben gehoord toen je nog bij de paarden was, daarom heeft ze je alleen gelaten.

Er groeit iets in je oksel. Je gaf haar een mes, legde haar uit hoe ze de inkeping moest maken, pas bij de alcohol riep je om het leer. Het is terug en duwt weer naar binnen, in je hele schouder groeien doornen, je wilt dat mes niet meer in haar hand.

Je moet haar uitleggen wat in de kist zit, hoe ze het kan gebruiken om van dit eiland af te komen, ze verdient haar deel, ook al lig je nu als een kind met een buik vol slechte pis in de hitte te creperen. Je joeg haar weg, toch verkoos ze je wankele vesting op de heuvel. Ze maakt je verdrietig, je bent verdrietig met haar.

Je wilt nog eenmaal vechten, verschijnen.

De wind maakt je dak belachelijk. Je dromen doen geen moeite te verdwijnen, je praat met de doden, je dringt je op, ze houden zich doof voor je geklaag.

Je angst voor haar veranderde in medelijden, daarom heb je haar ook het meisje laten houden.

Wat is er met die jongen gebeurd, die rare die hier als een vos rondsloop, de gedaantewisselaar, z'n stam had hem bij z'n geboorte meteen moeten doden.

Het lijkt hier niet op de plek waar je zou blijven. De bomen zijn vreemd, beschrijf nog eenmaal de baden en tuinen, Balthazar, de wuivende akkers daarachter, de kinderen die je verwelkomen.

Je vervliegt. Je bent twee en toch ben je niets.

MIX
Papier van
verantwoorde herkomst
FSC® C004472